U0948511

迷心罪

九滴水 作品

中国友谊出版公司

你永远不知道你面前的人在想什么！

迷心罪 / Crime of heart

Contents

目录

楔子

“沙皮”曾是我的线人，刚认识他时，他还不到十五周岁。那是我上班的第二个年头，刑警队辖区接连发生了二十多起砸车窗盗窃的案件，根据监控视频显示，作案人是一帮小孩子，年纪均不大。在获取了嫌疑人清晰的影像后，我们刑警队组织人员在案件高发地段蹲点，第二天便把这个团伙一网打尽。

团伙一共五人，清一色的未成年，那时“沙皮”作为老大，也只是刚满十四周岁。按照法律规定，盗窃案件，作案时未满十六周岁，不负刑事责任，也就是说，虽然这起系列案件涉案价值和社会影响都相当地大，但最终的处理结果，只能批评教育之后由家人带回。当晚是我值班，团伙的头目“沙皮”由我亲自审讯。

在软硬兼施地阐述了相关的法条后，沙皮如实供述了自己盗窃的犯罪事实，可能是心里盘算着说完就能回家，他还主动交代了一起我们没有掌握的抢劫案。根据他的供述，我在接警系统中找到了这起案件，经受害人指认，“沙皮”就是当天独自一人持刀抢劫他的犯罪嫌疑人。有了确凿的证据，案件算是板上钉了钉，就在他满心欢喜准备回家时，我却把他押上开往看守所的警车。他直到进入号房才知道，原来抢劫罪年满十四周岁就要坐牢。

这起案件的证据很扎实，但为了保证诉讼顺利，我又提交了现场监控及目击者笔录，当卷宗交给检察院时，已无任何疏漏。

去法院听审是提高办案能力的最好办法，我也有这个习惯。很多人可能不知道，一起案件要经过公安局、检察院、法院三个部门办理才可以定案，每个部门都要在职责范围内去收集证据，法院开庭时，所有的证据会一一呈现。法庭是培养证据意识的最好学堂，尤其是自己办理的案件，体会得会更加深刻。

“沙皮”抢劫一案，我如期坐在了旁听席中，开庭时“沙皮”背对着我，所以他不知道我就坐在他的身后。在法官宣布开庭之后，庭审程序一一进行，可令我万万没有想到的是，“沙皮”在嫌疑人陈述之前说了这么一句话：“当时审讯我的那个警官对我刑讯逼供了，否则我不会交代这起案件。”

原本当天可以宣判的案件，就是因为这句话拖到了第二天。我被法院要求提供当天审讯的全程录音录像。好在从我上班那年起，单位的基础设备就相当地完善，审讯“沙皮”的录像我原封未动地保存在电脑上，这也是办案的硬性要求。在确凿的证据面前，谎言不攻自破。宣判当天，我冷冷地看着“沙皮”，从他的脸上我读出了一丝羞愧。

因为“沙皮”未成年，符合依法从轻处罚的情节，原本三年以上的刑期，最终以一年零六个月宣判。审判之后，案件画上了圆满的句号。“沙皮”这个人也在我的记忆中逐渐地被冲淡。

2011年7月，我上班的第三个年头，当天我正坐在值班室内吹着空调，刑警队的大门被缓缓地推开，一个拎着水果的少年蹑手蹑脚地走了进来，我抬头瞧了一眼，有些面熟，但就是想不起在哪里见过。

少年摘下棒球帽，露出圆润的光头，他自我介绍道：“哥，我是沙皮。”

他这么一说，我才对上号，我笑嘻嘻地看着他：“怎么？放出来了？”

“嗯，出来一个星期了，我前天来过一次，警官说你今天值班，所以我就在家等了三天。”

“你是专门来找我的？”我有些不解。

“哥，我是专门给你赔不是的。”“沙皮”把一个硕大的西瓜放在了值班室的桌面上。

“你这是？”我有些丈二和尚摸不着头脑。

“沙皮”把西瓜放稳，抽出一根烟卷给我点上，他有些忸怩地说道：“当年我宣判的时候，在法庭上说你对我刑讯逼供，这事你还记得吧？”

我嘴角一咧没有说话。

“沙皮”见我的脸上没有了刚才的和颜悦色，慌忙解释说：“哥，当年是我错了，我们号房里的那几个兔崽子让我这么说的，我真不是诚心的，他们说这样可以判得轻一点，所以我就……”

“算了，过去的就过去了。”我摆摆手，打断了他。

“哥，这事情我一直搁在心里，不是个滋味，你审讯我的时候对我够照顾的了，我想吃啥你给我买啥，去看守所时还给我塞了两百块钱，还叮嘱号房的管理员多关照关照我，可我还是恩将仇报了。”“沙皮”露出十分懊悔的神色。

我当时也有所触动，慌忙起身，拍了拍他的肩膀：“没事，你能认识到这些，说明你这一年多的牢没有白坐。”

事情既然已经说开，后面的交流就轻松畅快起来。“沙皮”送来的西瓜，我也没有推搡，直接用刀破开分给了值班的同事，剩下的一半，我和“沙皮”一起享用。我和“沙皮”你一言我一句地聊了近两个小时，最后以“沙皮”的一句“哥，以后有事给我打电话”，结束了这次会面。

按照交友之道，“沙皮”的移动号码被我存在了手机通讯录中。

2011年8月15日晚上9点，我们队辖区发生了一起拦路抢劫杀人案，根据视频追踪，嫌疑人跑进了一个叫“湖滨巷”的城中村内。我们在村子周围蹲守了三天，仍没有见嫌疑人的下落。这时专案组推断，嫌疑人极有可能就是“湖滨巷”人，下一步需要秘密地摸排，侧面打听消息。

就在大家都在“八仙过海”之时，我突然想起了“沙皮”，因为他的家就在“湖滨巷”。我本着试一试的心态，拨通了他的电话，在千叮咛万嘱咐之后，我对他说出了此次找他的目的。

“沙皮”满口答应，活接得是相当爽快。

我本没有抱太大的希望，可无心插柳，“沙皮”第二天就给我传来一条振奋人心的消息，说家门的堂哥要出门避难，说不定案子就是他干的。在得知情况后，我又让“沙皮”弄来了一张对方的照片，虽然照片有些模糊，但是通过技术比对，基本可以确定当天晚上抢劫杀人的就是他。在“沙皮”的带领下，我们直接将嫌疑人抓获，他也因此获得了五千元的奖励。

从那之后，“沙皮”简直成了“活线索”。三教九流、五行八作，基本上都跟他有接触，只要办案需要动用到“沙皮”，他绝对不会让人失望。

可令我没想到的是，2012年9月，“沙皮”因涉嫌敲诈勒索锒铛入狱。事后听说，凡是要想在沙皮的地盘开KTV、桑拿浴，都要交纳相应的费用，否则就会遭到举报。后来他的“黑爪”更是伸到了正规场所，一些证照齐全的店都成了他敲诈的对象，只要不给钱，就给你搅和得不能安生。很多正规场所被逼无奈，只能联名举报。“沙皮”也因涉嫌敲诈勒索，最终被判处五年有期徒刑。

“沙皮”被送进监狱之后，我的心里久久不能平静，我怎么也没有想到，“沙皮”在我面前称兄道弟，到了别家，却换了另外一副嘴脸，而这副嘴脸还隐藏得那么完美。虽然他得到了应有的惩罚，但在我心里却留下了不可治愈的伤疤。

每每闲暇之时，我都在想一个问题：“我们是否真的了解一个你认为熟悉的人。当你选择把自己最私密的东西分享给对方时，你是否真有把握猜对他的心？”

声明：本书中的故事和人物内容纯属虚构，均不真实存在，切勿对号入座，否则后果自负。

第一章

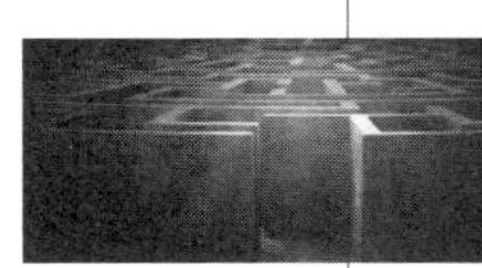

未完成的凶杀

一

深夜的团结巷，像是被蒙上了一层厚厚的黑布。巷子中段，一杆年久失修的路灯，老态龙钟地立在那里，微风拂过，发出嘎吱、嘎吱的声响，在寂静的夜晚显得格外刺耳，仿佛打搅到了周围其他活物的睡眠，草丛中的蛐蛐第一个站出来抗争，“唧唧”地表示不满，贪婪吮吸的苍蝇也跟着发出“嗡嗡”的叫嚣。

漆黑的巷子口，忽然被闪烁的红蓝光芒包围，光亮由远及近朝巷子尾部快速驶去。

“吱呀”一声，轮胎摩擦地面的声响惊醒了一切。

那个挂着“刑警大队”牌匾的三层小楼，瞬间变得灯火通明，渐渐地，门口那条小路上停满了各式各样的轿车，从值班室所有人脸上严肃的表情可以看出，这一晚，已经变得非比寻常。

“师父，发生什么事了？”熟睡中的卓米慵懒地举起手机，有气无力地问道。

“快回单位，命案！”

卓米被这句话惊得睡意全无，他既紧张又激动：“师父，你说什么？发命案了？”

电话那边的“师父”丝毫没有心思在这个问题上纠缠下去，催促了一声：“暂时别问那么多，赶紧回单位！”便按断了电话。

卓米愣了愣神，要不是手机听筒中还在传来“嘟……嘟……”的长音，他简直不敢相信这一切是真的。

没参加招警考试之前，卓米一直是《今日说法》的忠实观众，一看到节目中紧张刺激的侦破环节，他就深陷其中，无法自拔。不可否认，每一位80后男生心里都有一个“警察梦”，卓米也是如此，所以他在公务员考试中义无反顾地选择了“刑警”这一让人肾上腺素激增的岗位。

俗话说，初生牛犊不怕虎，刚上班没几天的卓米，虽然对“命案”没有丝毫概念，但在好奇心的驱使下，依然感觉有些寸阴若岁。

卓米一个鲤鱼打挺，从床上翻滚到木地板上。

“哎哟！”膝盖传来的剧痛让他的眉毛拧在了一起。

“我得抓紧时间！”卓米来不及去关心腿上的瘀伤，咬着牙捡起散落在地上的衣物，一瘸一拐地走出了房门。

盛夏的夜晚依旧有一丝凉意，卓米搓了搓手臂上鼓起的鸡皮疙瘩，在路口拦了一辆出租车。

他拉开车门，坐上后排，对司机说了句“团结巷”，便把身体埋在了黑暗之中。车窗外的街景在路灯的映照下像披上了一层黄纱，有些模糊不清。随着车速加快，稀疏的灯光连成了段段虚线向车后迅速撤去。

在刑警队实习的近三个月里，因为“师父”请假外出，所以卓米没跟上几个像样的案件，而刚刚那一通电话，终于让他的一腔热血等来了“用武之地”。

“是仇杀？财杀？还是情杀？会不会是变态杀人？”

与“师父”的通话不到十秒，好奇心无法满足的他，开始漫无目的地猜测，二十分钟的车程对初出茅庐的卓米来说是那么漫长和煎熬。

“司机师傅，能不能快点，我赶时间！”卓米按亮手机屏幕，看了一眼时间。

出门做生意，最怕遇到劫道的人，深夜开车的司机，最擅长察言观色。卓米一上车就引起了司机的注意，车越来越逼近深巷，为了防止意外，车速也慢了下来。

卓米的催促声让司机本能地瞥了一眼后视镜，借着手机屏幕微弱的亮光，他看清了卓米满是正气的面容。人们都说，面由心生，出租车司机也算是阅人无数，单从长相来看，卓米基本上不可能和坏人画上等号。于是他试探地问道：“小伙子，你是去团结巷哪里？”

“刑警队！”说出这三个字时，卓米感觉无比自豪。

“哦，原来是刑警队啊！”司机眉头舒展，说着，把右脚踩在了油门上，“那您可坐稳了。”

排气管蹿出一股刺鼻的汽油味，卓米感觉稍有不适，缓缓地摇起车窗回了句：“那麻烦您！”随后，双手抱于胸前，不再说话。

卓米最后一次看了眼时间，正好是凌晨三点半。

“到了，小伙子。十五块！”司机按亮了头顶的小夜灯。

“二十，不用找了！”卓米推开车门，迫不及待地朝那栋亮如白昼的小楼跑去。

一楼值班室人满为患，日光灯管下飘着一层厚厚的浓烟，所有人都表情肃穆，如临大敌。

卓米站在门口快速了扫了一眼，对站在里侧的一位中年男子挥手示意：“师父！”

喊声吸引了所有人的目光。

“老陈，你的小徒弟来了！”一位肩扛两杠一星的中年男子打趣道。

老陈闻言转过身，抬头看了看墙上的电子钟，接着又望向卓米，眼神中似乎有些不悦，他招招手：“小米，到这边来！”

“哎！”卓米似乎并没注意到老陈脸上的细微变化，美滋滋地挤过人群站在了老陈面前。

“师父，到底发生了什么事情？”卓米小心翼翼，生怕自己触及什么敏感话题。

“一名男子在东风巷巷口被人杀死了，现在案件性质还不好确定！”老陈简单地一句带过。

“会不会是抢劫……”

卓米刚想对案件分析一番，便看见老陈瞪起的双眼，他很识趣地没有继续说下去。

“邓大队！”人群中有人喊了一声。

只见一位年近四十，肩扛两杠两星的男子急步走到人群中间，作为刑警大队的一把手，邓大队极为干练地吩咐道：“我已经通知了技术科的人去勘查现场，我们还按照老规矩，两人一组，分为八个调查组，现在立即动身前往案发现场！”

话音刚落，十六个人已经两两离开了值班室，卓米自然跟老陈分到了一组。

刑警队办案，大多都没有开警车的习惯，老陈的座驾是一辆比卓米还大几岁的白色普桑。

“小米。”上了车，老陈并没有着急拧动打火钥匙，他叫了声坐在副驾驶上有些委屈的徒弟。

“怎么了，师父？”卓米虽然心里有些不悦，但还是礼貌地抬头看着老陈。

“知道我刚才为什么阻止你说下去吗？”

卓米摇了摇头。

“听说过李金柱吗？”老陈似乎拿定卓米会知道这个名号，很有底气地问。

“李金柱？难道是……”

“对，就是他。”

卓米虽然刚上班不久，但是“李金柱”这个人的传说，可是如雷贯耳。刑警案卷室有个荣誉墙，湾水市多年来颇具影响的大案、要案均有记录，“7·30刘新庄一家七口被灭门案”“2·12南陵路杀人碎尸案”“8·21、8·23、8·28、9·02系列抢劫出租车杀人案”三起为数不多的特重大刑事案件的办案人一栏，均写着“李金柱探案组”的名号。卓米为此还专门打听过“李金柱”是何方神圣，得到的结果有二：第一，李金柱，男，从警三十年，年过半百，绰号“湾水老福”——“湾水市福尔摩斯”的缩写。其不光有敏锐的判断力，还有过人的胆识，因为表现太过突出，被破格提拔至公安部担任要职。第二，李金柱和老陈是“铁把子”，有过命的交情。

卓米回过神来，在好奇心的驱使下，他小心翼翼地问了句：“师父，听说您和李金柱前辈很熟？”

“我们两个曾是搭档。”

“什么？你们是搭档？您是李金柱探案组的成员？”

老陈干笑一声：“什么狗屁探案组，那都是后辈给瞎起的名号。当年探案组就我和他两个人。”

“师父，您是说，档案室墙上贴的那些案件您都参与过？”卓米觉得有些不可思议。

“对啊……”老陈重重地点点头，接着说，“要不是你师娘身体不好，或许我们俩到现在还是搭档！许久没联系了，听说这家伙干上国际刑警了！”老陈有些伤感地拧了一圈点火钥匙。

汽车发动机如生了锈的发条，发出“嗡……嗡……”的声响，一次，两次，三次，老陈的手有些发酸：“这破车！老毛病又犯了！”他骂道。

卓米坐在副驾驶盯着老陈手上的动作，一声不吭。

“知道当一名刑警最忌讳什么吗？”老陈额头青筋暴起，又使劲拧了一把点火钥匙。

“嗡……”这次的声音拖得比刚才几次更长一些。

老陈左脚踩动离合器，右脚猛点了几下油门。

“轰隆隆！”汽车的前大灯终于亮起。

“呼！”老陈擦了一把额头若隐若现的汗珠。

当卓米感受到自己的身体在随着车身移动时，他很适时机地续上了刚才的话题：“忌讳什么？”

“先入为主！”

“先入为主？”

“对，破案讲究的是证据，不能凭借一面之词便开始揣测案件性质，更何况你连凶杀现场是什么样子都没有看见。”老陈打了一把方向盘，拐出团结巷驶向朝阳路，“刚才值班室里都是咱们刑警队的老刑侦，别回头让他们笑话我老陈带不好徒弟！”

“师父……对不起！”卓米有些羞愧。

“你是我的关门弟子，我是准备把你培养成刑侦专家的，所以对你要求严格了些！”

“我知道师父是对我好！”

老陈松开右手，拍了拍卓米的肩膀，打开了话匣子：“你是通过公务员考试进入警察队伍的，和专业的警校生还不一样，除了在刑警队实习的这三个月，你从来没有接触过公安工作，而且不凑巧的是，这三个月我还请假出去了两个多月，有些细节你不知道也情有可原。”

“师父，什么细节？”卓米来了兴趣。

“别看咱们市的经济水平在整个湾南省排不上号，但我们这里的破案率绝对是头一名！”老陈侧目看了一眼认真听讲的徒弟，“不管是什么案件，证据永远是关键，一起案件发生，咱们只有把所有的关键物证提取完毕，才能分析出案件的性质。拿咱们这起案件来说，你连现场都没去，怎么可以张口就说是抢劫杀人？当然，你的这种猜测有很大的可能性，但这也仅仅只能是猜测，与其把时间浪费在虚无缥缈的猜想上，还不如实地去调查来得实在，你说是不是这个理？”

“是，师父。”听了这番话，卓米已经完全释然。

“不过话又说回来，要真是抢劫杀人，这起案件可能真的不好办！”老陈皱起了眉头。

“东风巷位于老城区，别说监控，连一盏像样的路灯都没有，一到晚上到处漆黑一片，一个人影子都找不到，如果真是无预谋的抢劫杀人，受害人和嫌疑人之间没有交集，这样的案件侦办难度确实很大。”

“嗯，分析得很到位。”老陈对自己徒弟的这番话很是赞赏。

“我就租住在那附近！那里的地理环境我很清楚，所以……”卓米感觉自己的脸蛋有些微热，这是被夸奖的幸福。

“呵，你小子还真实诚。”

“师父。”卓米有些欲言又止。

“嗯？”

车刚好行驶到了十字路口拐弯处，老陈扭脸看了一眼副驾驶方向的后视镜，确定没人后，他拨动了右转向灯，随着转向灯忽明忽暗的闪烁，车内发出滴答的声响。

汽车直行，转向杆跳回了原来的位置。

“怎么不说话了？你刚才想问什么？”

“如果真是抢劫杀人，那这起案件该从何下手？”

“有老胡他们，就算是抢劫杀人，问题也不是太大。”

“老胡？是不是市局技术科的主任胡永？”

“对，就是他。别看他比我小七八岁，这家伙就是一个怪胎，不光是他，他带领的那个技术科个个都是，那案件分析的，我都佩服得五体投地！”

“他们技术科的本事我刚到单位就听说了，师父，你是说他们今天晚上也会去？”卓米此刻的心情仿佛粉丝要见到心仪已久的偶像。

“他们当然要去，我们市的命案都是他们出现场，而且他们经手的案件，基本上没有不告破的，真是不服不行啊！”

“好厉害！”

老陈话锋一转：“他们组那个负责痕迹检验的皮克好像就比你大两岁。”

“啊？”卓米张开的嘴巴能塞得下一个拳头。

“所以，你要更加努力，知道吗？”

面对老陈的旁敲侧击，卓米使劲点了点头。

二

师徒俩赶到时，东风巷口到处闪烁着红蓝相交的警灯，一辆写着“刑事现场勘查”字样的江淮依维柯停在巷口的正西边，车顶一排LED灯把整个巷子照得如同白昼。

东风巷呈东西走向，北临淮阳河大坝，向东是一条死胡同，西临一条南北走向的双向两车道，取名为东风大道。东风大道北端贯穿河坝涵洞通向渡口，南端连接东西走向的淮滨路。因为地处老城区，所以居住人口并不密集。以至于发生如此恶劣的案件，现场竟然没有一人围观，冷清度可见一斑。

“师父，里面穿着白色防护服的就是胡主任他们？”卓米伸长了脖子朝警戒圈内望去。

“对！”老陈心不在焉地四处观望。

“看起来好专业啊！”发生命案，除了负责勘查现场的技术员能第一时间进入案发现场以外，其他人只能在警戒圈外维持秩序，连刑警队长也不例外，目前还未转正的卓米更是没有资格踏进警戒圈半步。

“那个就是皮克吧？”卓米盯着圈内那位和自己差不多年纪的痕迹检验员，心里久久不能平静。

“我什么时候才能像他那样啊？”卓米的视线慢慢从他身上挪开，微微低下头，有些自卑。

“走，去听听报案人怎么说。”卓米的身体被一阵巨大牵引力拽得失去了重心，缓过神来的他，渐渐跟上了老陈的步子。

一位三十多岁的侦查员此时正坐在路边的石桌旁，他手持一张二代身份证记录着相关信息。

“陈老，你来啦！”侦查员看见老陈慌忙起身，客气地说。

“小刘，你忙你的！我带小米过来学习学习。”老陈对他向下压了压右手，示意他不要再起身。

“哎！”小刘没有过多寒暄，接着又坐回了石礅上，和他面对面的是一位五十多岁的妇女。

从她身上穿着的睡衣看，她可能是刚睡醒。

卓米瞥了一眼身份证的姓名栏——“李娟”。卓米的目光又回到了女子身上，他这才注意到李娟的全身都在不住地颤抖，此时的湾水市正值三伏天，她很显然不是因为寒冷才战栗，从她空洞无助的眼睛里透出的更多是恐惧和惊吓。

“说一说整个的案发经过。”小刘把身份证递了过去。

李娟仿佛还没有回过神来，直挺挺地坐在那里，盯着远处发呆。

小刘看对方没有反应，把身份证按在桌面上，使劲推到李娟面前说了句：“请收好。”

“给她一点时间。”小刘刚想开口接着问，老陈打断了他。

“可是邓大队那边还等着这份报案笔录。”小刘有些为难。

老陈做了一个“打住”的手势，冲卓米使了个眼色，接着把小刘支到一边小声说道：“现在技术科的人没出来，我们暂时还不知道案件的性质，如果这起案件真是抢劫杀人，以案发现场的条件来看，破案的难度不是一般的大，因此报案人的笔录就显得尤为重要。”

“您说得对。”小刘认可地点了点头。

“你有没有注意报案人李娟的眼神？”老陈侧目。

小刘顺着老陈的目光，偷偷瞄了一眼，很显然，他还没闹明白老陈想表达的意思。

老陈接着提示：“你有没有发现她的目光有些木讷？”

听老陈这么一说，小刘再次瞥了李娟一眼，其实他还是没看出对方的眼神中藏有什么猫腻，但是老陈是他们队里公认的刑侦老前辈，既然老陈说有，那他也只能跟着回了句：“嗯……有！”

老陈继续解释：“这分明是心不在焉的表现，你喊她，她不搭理你，很有可能是因为她的大脑在回忆某件事情。”

“某件事情？”

“咱们来分析一下。”老陈的声音低沉而有穿透力，“如果李娟只是途经案发现场，无意间发现死者，那她只可能是被吓到，而正常人受到惊吓一定是大喊大叫，浑身颤抖，或是说话结结巴巴，或是短时间内语无伦次，但情绪很快就会稳定。而李娟现在所表现出来的，分明不符合这个特征，我怀疑她可能目击了凶手杀人的经过。目光呆滞，是思考的表现，她现在或许正努力回忆案发时的场景，所以，我们要给她时间，说不定李娟能给案件侦办指出一条捷径。”

听完老陈的分析，小刘很崇拜地瞅了他一眼。同样感到吃惊的还有听力异于常人的卓米，三个月以来，他第一次和师父出来办案，令他没有想到的是，平时闷不作声的师父，思维竟然如此缜密。

老陈掏出那个跟了他很多年的诺基亚，按亮了手机屏：“现在是凌晨四点，胡主任他们是几点进去的？”

“刚进去不久，最多十五分钟。”

“那时间还早。”老陈把手机重新揣回裤子口袋，“我建议把李娟带回单位慢慢引导，这里毕竟是案发现场，不利于问话。”

按理说，小刘和老陈并不是一个探组，相互之间分工也有所不同，但刚才听老陈这么一分析，报案人李娟绝对是个关键人物，如果老陈不在，他心里还是没有底，所以为了能找到“突破口”，抱住老陈的大腿绝对是上上之选，于是小刘试探性地问了句：“陈老，要不咱们一起？”

“行，我正好带着小米。”

“好嘞，那咱们就去最近的派出所，找一间询问室。”看老陈答应得如此爽快，小刘也吃了一颗定心丸。

“没问题，抓紧点时间，我们这组还有其他活。”

“得嘞。”小刘应了声，把警车开到跟前，众人上车之后，小刘双脚不停地在“离合”与“油门”之间切换，穿过四个十字路口，警车停在了一座刷着蓝白油漆的院子门前。院子坐北朝南，中间围着一栋三层小楼，小楼一层的值班室透着灯光，屋内人影攒动，丝毫没有睡意。

“嘀……”小刘按了几下车喇叭。

值班室的带班民警闻声探出头来，一看是警车，民警按动了手中的遥控器。

嵌在院墙内的推拉电子门缓缓地朝一边挪动。电子门刚露出差不多一车的宽度，小刘便一脚油门冲进了院子。

几人走下车，值班室的民警也都鱼贯而出。

“老陈、小刘，是你们啊！”院子里，除了卓米和李娟，其他人相互之间都十分熟络。

“命案怎么样了？”和老陈差不多年纪的值班民警快步走到几人面前。

“真是好事不出门，坏事传千里啊！”老陈从口袋中掏出烟，分发给众人。

“师父，我不抽烟。”卓米把递到自己面前的烟挡了回去。

“笑话，刑警哪有不抽烟的！熬夜就指着它提神呢！接着！”老陈又把烟塞到了卓米手中。

“师父我……”

“点上！”老陈点着打火机，送到了卓米面前。

卓米有些为难，但并没有扫老陈的面子，他三根手指捏住烟头对准火苗，接着弓起身子猛吸了一口。“咳咳咳——”辛辣的烟草呛得他有些喘不过来气。

“他是？”值班民警瞄了一眼卓米身上那一个拐的实习生肩章。

“今年新招的，我的关门弟子，小米。”

“各位前辈好。”卓米抹了一把被呛出来的眼泪，礼貌地打着招呼。

“跟了老陈可是你小子的福气，以后要好好学。”值班民警打趣道。

“滚球，我的徒弟还用得着你来教训，在警校时哪学期垫底的不是你？”

“你个老东西，当着晚辈，能不能给我留点面子？”值班民警开始埋怨老陈不分场合。

“甭扯那没用的，赶紧给我们腾一间询问室，好茶好水伺候着，我们要做询问笔录。”

“借地方还那么嚣张。”

“嘿，谁让我是你师兄呢！”老陈理直气壮。

“得，看在命案时间紧、任务重的份儿上，我也不跟你争，等案件破了，咱们酒桌上磕。”

“醉仙楼，我等你。”

“就这么说定了。”值班民警从腰间掏出钥匙，“左手第一间，VIP询问室，不用我带路了吧？”

老陈笑眯眯地把钥匙从他手中接过：“都来八百回了，你把四杯铁观音准备好，其他的就甭问了。”说完，老陈领着卓米等人朝办案区走去。

值班民警笑骂：“你个老陈，真是上辈子欠了你的。”

三

询问室呈南北走向，四周墙壁都嵌上了厚厚的蓝色软包，“公正执法”四个红色大字挂在房间正北方。一张询问桌，一台连着打印机的电脑，三把固定在地面上的椅子，便是屋内所有的摆设。这是严格按照“两名民警询问一人”的标准配备的。

四个人，三把椅子，这种局面多少有些尴尬。

“师父，你和刘哥坐，我站着就行。”卓米把报案人李娟领到座位上之后老实地站在了一旁。

由于案件比较紧急，老陈和小刘也没有过多客套，很快坐在了询问桌前的椅子上。

小刘按动了电脑主机上的开关键。

当XP系统正在读条载入时，小刘口袋里的手机发出“嗡嗡”的震动声，为了节省时间，他用肩膀把手机夹在耳边，双手则翻动面前厚厚的黑色笔记本，电话接通后，他问道：“喂，什么事？”

……

“对，报案人我在问，没在现场，我把她带到新淮派出所了。走访？我这儿走不开啊。得，我打电话跟邓大队解释。”

“怎么了？”老陈见小刘把手机重新装回口袋，问道。

“邓大队安排我们这一组去走访，报案人的材料还没问完，哪有空去？”

“小米，你是想去走访还是想在这里询问报案人？”

卓米瞅了一眼报案人，慢吞吞地说：“都行。”

“要不这样，小刘。”

“陈老，您说。”

“李娟的询问笔录我们来问，你去邓大队那儿报到。”

“哎呀，那是最好不过，俗话说老将出马，一个顶俩，求之不得。”

“你去忙吧。”

“哎！笔录结束给我打电话，我来接您。”

“得嘞！”老陈应了一声。

小刘连忙夹起笔记本便朝门外走去，生怕老陈反悔似的。

见小刘已经走远，老陈拍了拍身边的皮椅：“来吧，小米，坐。”

“嗯，师父。”卓米乐滋滋地把板凳朝老陈的方向拉了拉。

“你小子，下次心里想什么就说出来，有什么不好意思的？”

“嘿嘿！知道了，师父。”

“别傻笑了，言归正传。”老陈迅速把自己调整到最佳状态，接着侧头对卓米说，“我来询问，你打字记录。”

“好的，师父。”

见卓米已经打开笔录软件，老陈抬头看了看距离自己不到一米远的报案人。此时的李娟虽然还有些瑟瑟发抖，但此刻远离凶杀现场，她的脸上也终于浮现出一丝血色。老陈抓住时机，趁热打铁：“根据110接警平台的信息显示，你是凌晨两点五十分报的案？”

“差不多是这个时候。”也许是因为老陈慈眉善目，给人一种亲切感，李娟的情绪已经平稳很多。

“能不能麻烦你回忆一下当时的情况？”

老陈十分客气的口吻，让李娟有种聊家常的感觉，她揉了揉太阳穴，努力回忆着当时的场景：“我平时有打夜场麻将的习惯，记得麻将散场已经是凌晨两点，我迷迷糊糊地从麻将馆走回家，等我洗漱完准备上床睡觉时，听见窗外有人在说话。当时已是深夜，我已经困得不得了，就想安安稳稳睡个觉，可窗外你一言我一语说个不停。”

“男人还是女人？”老陈瞅准时机开始针对细节提问，这也是询问的关键所在。人脑都是选择性记忆，一旦让李娟重复完整个经过，再想对之前的细节进行提问，十有八九都是白问。这就好比去饭店吃饭，每吃一道菜，让你点评一次，很多人都能说个七七八八，但如果让你吃完一桌菜，再让你点评第一道菜是什么滋味，除非是资深美食家，否则一般人绝对语塞。虽然这只是询问中的细节，但它绝对是衡量一名刑警办案能力的一个重要标准。毕竟不是谁都能准确地把握询问的节奏点，但这对老陈来说绝非难事。

听了老陈的询问，李娟开始仔细回忆当时的片段，几分钟后，她很确定地回道："听声音是两个人。"

"男人女人？"

"两个男人。"

"确定？"

"嗯。"

"青年，中年，老年？"

"听声音，年纪不大，应该在三十岁左右。"

"两个人说的什么？"

"我当时迷迷糊糊的，没听清楚。"李娟面露为难，双手已经把太阳穴按出了红印。

老陈没有气馁，开始循循善诱："你听到什么就说什么，不一定要成句，一个字、一个词都行，你应该可以回忆起来。"

李娟的眉头微微隆起："我当时睡得迷迷糊糊，生怕自己听错了或者神经错乱，我不敢确定我听到的对不对。"

老陈眼中射出精芒，他"哦"了一声，接着压低声音对李娟道："不管对不对，先说来听听。"

李娟双眼斜视右下方，轻轻地点点头，道：“想来想去我只能回忆起来他们在说‘面筋两包’‘告发’什么的。别的我就不清楚了。”

“面筋？告发？你确定没听错？”

“对方在说这两个词的时候声音很大，我应该没有听错。”李娟实话实说。

“接着发生了什么？”老陈没有在这个问题上纠缠太多，这里面又涉及另外一个询问技巧。众所周知，人的思维还具有发散性，如果在某个问题上太过纠缠，往往只能适得其反。举个例子，比如在纸上写一个最常用的汉字，你瞟一眼，或许想都不想就能认出，但如果让你仔细观察一个小时，接着再问你这是什么字，很多人都会惊奇地发现，这个对自己来说很熟悉的汉字，突然变得相当陌生。关键问题的询问，就像是用铅笔绘画，如果在某个点上强迫报案人去回忆，那只能越描越黑，有经验的刑警往往坚信一点，被询问人的第一感觉或许就是客观事实。

老陈恰到好处的打断，让李娟又进入了第二段回忆：“我回家时都已经凌晨两点，早就困得不行了，可窗户外面的声音非但没有减小，反而越来越大，我本想朝着窗户骂上两句，可担心对方是周围邻居。俗话说，远亲不如近邻，咱们这里本来就没几个人住，万一骂得难听了，以后低头不见抬头见的，也怪难为情的。所以思来想去，还是和和气气把人劝走最为妥当，打定主意后，我拿起手电筒就朝屋外走去。”说到这里，李娟和老陈的对话已经像是好朋友拉家常那般随意，见老陈没有打断的意思，李娟接着说，“我记得当时我披了件外套，刚拐出大门，就看见一个黑影从我面前跑了过去。等我回过神来，人已经跑远，我当时还在想，会不会是趴在我窗户边说话的其中一个，心想着人都走了，我终于能安安稳稳睡一觉了。我正准备回屋，转而一想，万一搞错了我岂不是还要出来一趟？犹豫片刻之后，我还是走进了屋外的巷子。”

言毕，李娟面露痛苦之色：“刚站到东风巷口，就有一股子血腥味扑面而来。为了搞清楚到底怎么回事，我按亮了手电筒四处寻望，可越往巷子里走，血腥味越浓，我突然有一种不祥的预感。走了没多久，我的脚好像踩到了软物，低头一看，一个男人躺在地上，脖子已经被划开，血流了一地。我当时吓得一屁股坐在了地上，好半天才缓过劲来。”

老陈很平静地听完，接着开口问道：“你能否确定，在你窗外交谈的两个人就是这两个人？”

李娟使劲地点点头：“可以确定，那男的就死在我窗户底下，当晚除了他们，就没有其他人。”

老陈在笔记本写上“两男”，并重重地画了一个圈，随后继续问：“这两人有没有发生争吵，或者其中一方大声喊叫？”

李娟摇摇头：“他们两人只是在窗户前说了很长一段时间的话，没有争吵。”

“从你面前跑过去那个人长什么样？”

“脸没看清，身高该有一米八，很瘦。”

“别的还有没有？”

“没了，我能想起来的就这么多。”

老陈若有所思地点了点头，沉思了几分钟后，他再次开口：“行，那今天咱们就到这里吧，你先回去，有什么情况我再联系你。”

“警官……”李娟身体半蹲，面露为难。

“怎么了？”

“你说这个杀人犯会不会报复我？我天天都打麻将到很晚才回家，这要是……”

“放心吧，案件不破，你家附近天天都会有警察，有我们在，你放心打麻将就是。”

“哎，这我就放心了！”李娟如释重负。

老陈从派出所叫了一辆警车，叮嘱把李娟安全送回家后，接着又折回了询问室。此时卓米已经把刚才的询问笔录整齐地码放好，放在了老陈的位置正中。

李娟的问话笔录卓米已经来回阅读了好几遍，但依旧没有看出一点头绪，他偷偷瞅了一眼眉头舒展的老陈，开口问道：“师父，这份笔录，您怎么看？”

“熟人作案。”老陈直接给案件下了定论。

“什么？熟人作案？师父，您从哪里看出来的？”卓米感到不可思议，接连抛出了三个问题。

老陈指了指桌面上的询问笔录：“抢劫杀人，属临时起意案件，一方必有言语威胁，这起案件没有，这是其一。其二，双方有过交谈，且没有争吵，根据报案人李娟提供的只言片语推断，死者应该是有某件事情要告发嫌疑人，引发了嫌疑人的杀人行为。只有知道隐情才存在告发一说，所以嫌疑人和死者之间不光熟悉，而且关系可能还不一般。”

卓米恍然大悟，见老陈分析得句句在理，他又问道：“师父，那李娟笔录中说的‘面筋’是什么？”

老陈眉头紧锁，在屋中来回踱步，思来想去之后，他仿佛捕捉到了一丝讯号，但又不敢肯定，于是他只能老实回道：“我也不知道，或许是李娟听错了也说不定。”

连老陈都不知道，卓米自然过渡到了下一个话题：“如果是熟人作案，那侦办起来的难度就小多了，只要围绕死者的关系圈去调查就一定能找到嫌疑人。”

“等技术科勘查完现场，掌握的所有证据材料都会汇总，也许还有更便捷的途径也说不定。”

“嗯，希望如此。”

四

“师父，已经一整天了，怎么还没有结果？”卓米从刑警队休息室的单人床上坐起，揉了揉惺忪的睡眼问道。

“我们在等技术科的勘查结果出来，估计也要不了多久，不行你再躺一会儿？”老陈坐在隔壁床上点了一支烟，眼睛无神地望向窗外。

“师父，你都一夜没合眼了，你是不是在担心师娘？”

“连你小子都看出来啦？”老陈有些忧伤，“这些年，我最怕的就是发生命案。”

“是不是因为命案期间没办法回家陪师娘？”

“是啊。”老陈长叹一声，“你师娘现在是尿毒症晚期，还在等肾源，这也不是什么秘密了，相信你来单位时也听说了。”

“嗯，听说了，师父你也别太……师娘会好的……”卓米也不知道如何去安慰，憋了半天只说了这句不痛不痒的话。

“反正年纪也大了，就算是……也不算亏……”老陈抹了一把眼角。

“师父我……”

“行啦，师父没事。”

“会议室，开会！”两人正在交谈，门外忽然有人喊道。

“看来技术科有结果了，咱们抓紧时间上楼，听听怎么说。”老陈赶忙掀开被子，三两下穿戴整齐，“小米，快点。”说完，他便一路小跑上楼。

卓米赶到时，椭圆形的会议桌前已经围得满满当当，在场所有人的目光都交织在了技术科的几人身上。早年，为了坚决杜绝冤假错案的发生，国家多次对《刑法》《刑事诉讼法》进行修正，把“讲证据、不轻信口供”的原则，灌输到每一位办案的民警。而作为第一时间接触物证的技术科，在案件侦办前期有着举足轻重的作用。所以这第一次专案会，往往都是技术科的主场。

卓米搬了一个塑料板凳贴着老陈的身边坐下。

“下次记得动作快点。”老陈小声叮嘱道。

“对不起，师父，我下次注意。”卓米说完便着急忙慌地掏出笔记本，准备记录。

老陈一把将卓米手中刚打开的笔记本给合上：“你只管听，不要记。”

“为什么？您不是说要学习别人的办案经验吗？”

老陈点点自己的太阳穴：“你要动的是脑子，不是笔。会议记录是内勤文职的活。”

“哦，知道了，师父。”卓米把刚拔出的笔尖重新插入笔帽。

“大家都安静一下。”邓大队的一句话消除了会议室内的杂音，见所有人都正襟危坐，邓大队对技术科的胡主任道，“咱们开始吧。”

胡主任礼貌性地点点头，接着他对身边的肩扛一杠两星的青年男子说道：“皮克，先从你的痕迹检验开始。”

“唰！”卓米的目光迅速聚焦在了一位帅气的年轻人身上，看着他一丝不苟、身经百战的气场，卓米有说不出的羡慕，甚至还有些许的嫉妒。

“现场是在室外，排除干扰鞋印，我可以确定这种鞋印为嫌疑人所留。”话音一落，一张印着“耐克”字样的运动鞋底照片打在了会议室的投影仪上，皮克继续介绍物证，“现场地面为灰土路面，我在现场提取了大量的成趟足迹，通过鞋印的大小和步幅特征分析嫌疑人为男性，身高1.8米左右，身材较瘦。嫌疑人步态凌乱，步角外展，案发当晚他可能处于醉酒状态，且他走路有明显的外八字。”

“太神了吧？身高跟报案人说的简直一模一样。”坐在墙角的卓米听到这里肃然起敬。

“还有没有？”胡主任继续发问。

皮克“嗯”了一声，点头继续回答：“我在墙面上提取到了多条新鲜的线条状痕迹，根据测量，这是匕首所留。通过比对显微镜观察，痕迹底有明显波浪条纹，所以嫌疑人使用的杀人工具应该为特种军用匕首，痕迹检验方面，目前就这么多。”

“好，方允，你来讲讲理、化、生物检验方面。”胡主任按照技术科的座位次序，点了左手边第二位中年男子。他叫方允，中国刑警学院的高才生，四十多岁，鼻梁上架着一副厚厚的酒瓶底眼镜，听到胡主任点名，他习惯性地推了推眼镜片开口说道：“直接说重点，我在死者指甲缝隙里提取到了少许的皮肤组织，并检测出了DNA，根据皮克所说，嫌疑人有可能是处于醉酒状态，所以我怀疑死者和嫌疑人有过接触，死者指甲缝中的DNA基本可以推断是嫌疑人所留。”

“嗯，接着说。”胡主任示意。

“除此之外，我在案发现场墙面露出的铁钉上提取到了少量的纤维，纤维不属于死者身上的衣物，怀疑为嫌疑人所留，通过分析纤维成分，我得知嫌疑人下身所穿衣物可能是一条浅蓝色牛仔裤，且裤子的面料较为高档，应该是品牌，预估算，价值在一千元左右，再结合小龙提取的耐克鞋印，可以判断嫌疑人的经济条件应该不错。”

“还有没有？”

“没了。”

“这样，我来插一句。”胡主任接过了话茬，“尸体解剖证实，死者为颈动脉锐器伤，一刀毙命。我从死者身上翻出了一张身份证以及少量现金。身份证上显示，死者名叫吴思浩，男，二十七岁，本市城区人，其他的还没有时间去核查。”

“嗯，这个交给我们刑警队。”邓大队开口接了一句。

胡主任点了点头，从笔记本中抽出一张打印着死者信息的A4纸，递了过去。

邓大队双手接过，简单记录后，转给了坐在他身边的刑警中队长。

“接下来，我来说说案件的性质。”

“嗯，胡主任你说。”

“刚才通过分析，我们得知了这些信息，嫌疑人生活水平较高，在杀人的过程中并没有侵财，所以我排除了抢劫杀人的可能性。案发现场为老城区，夜晚人迹稀少，且现场距离死者的居住地有十几公里的距离，如果不是相约，不可能在凌晨两点多的时候出现在那里，这也就排除了偶遇杀人的可能。”

卓米竖起耳朵，生怕漏掉任何一个字：“这案情分析简直太精彩了。”他的内心早已激动不已。

“通过对现场细致的勘查，我们推测，这是一起熟人作案，嫌疑人应该是死者生活圈内的人，且关系不一般。”

“他们没有见过报案人，竟然能分析得一模一样，真是太厉害了！”卓米用敬畏和崇拜的眼神盯着技术科的每一个人。

“我这边就说完了，李元，你说说监控的情况。”

胡主任口中的李元，毕业于中国刑警学院刑事照相系，在技术科主要负责视频分析和图像处理工作，他的专业就是处理各种视频。听见胡主任点名，早就跃跃欲试的他开口说道：“根据方允对嫌疑人衣着的刻画，我调取了案发现场周围所有的监控录像，经过细致的分析，大半夜下身穿着牛仔裤的就只有这个人。”说着，李元从自己的笔记本中拿出一张监控录像截图递给了邓大队。

“面部轮廓这么清楚！”

“我对截图稍微做了点处理，还行吧。”

“有了嫌疑人面部照片，知道了DNA身份信息，又推断出嫌疑人为死者生活圈中的人，这不就能直接按图索骥了吗？难怪师父说要等着技术科的分析结果。”卓米转头看了一眼好像早已洞察一切的老陈。

关键物证调查完毕，剩下的便是根据线索确定侦查方向，待技术科的几个人起身离开时，刑警队的侦查员又重新坐在了一起。

“王中队！”邓大队喊道。

“在。”一位三十多岁的中年男子应声。

“案件发生在你们辖区，侦办主力以你们中队为主。”

“明白！”

“咱们接下来的重点工作就是全面调查死者吴思浩的关系网，我们还按照惯例，两两一组，分为八个组，其中调查小组四个，从死者的亲戚网、朋友网、恋情网以及生活工作网下手调查，另外四个组为抓捕组，原则上要保证二十四小时不间断反馈，从现在开始，每天晚上十点钟准时召开案件调度会，汇报一天的调查情况，如果有紧急情况需要推进的，我再临时从其他刑警中队抽调人手，有没有问题？”

“没有。”

“那好，对表。”

会议室内的所有人都掏出了计时工具。

“现在是十四时三十分，二十二时我们准时在这里集合。”

“明白！”

分工完毕，邓大队起身先行离开，室内只留下刑警队中队的侦查员。

“头儿，我们这组负责调查死者的亲戚网。”会议室内有人自告奋勇。

王中队循声抬头望了一眼：“亲戚网留给老陈他们组，你负责朋友网的调查。”

“老陈，卓米。”

“在呢。”

“你们先去吧。”

“好！”

师徒两人领命离开了会议室。

“师父，刚才……”卓米想问又不敢问。

“你是不是想知道为什么有人会主动要求调查死者的亲戚网？”

“嗯。”

“这起案件嫌疑人和死者都是年轻人，相互为亲戚的可能性比较小，可以说调查亲戚网是最轻松的，只不过有些人想偷懒而已。”

“原来是这样……”

“你是不是还有一个问题没问？”

“师父，你怎么知道？”

“说出来听听。”

“王中队干吗要选我们去调查……”

“你刚参加工作没多久，我平时又需要照顾你师娘，可以说我们这一组的综合实力最弱，所以王中队才会有此安排。”

“哦……”

“你也不用太失望，案件目前已经逐渐明朗了，剩下的调查工作不外乎就是走走问问，都是一些常规工作，没有什么大学问，我知道你小子在想什么。”老陈溺爱地摸了摸卓米的头，“你想快速成长起来，好能替我这个老骨头挑大梁是不是？”

“师父不老。”卓米并没有反驳。

“记住，刑侦工作切不可操之过急，欲速则不达，还需要稳扎稳打，慢慢来。”

“知道了师父。”

“嗯，这就对了。”

“师父，咱们现在去哪里？”说着，两人已经走到了那辆老爷车前。

老陈翻开笔记本：“按照程序，法医在解剖前已经把吴思浩死亡的消息告诉了他的家里人，从解剖结束到现在已经过去十几个小时，估计死者家人的心情也稍微平复了些，我们先从死者父母那儿开始吧。”

五

兰苑小区是湾水市最早建立的成规模的住宅小区之一，它就像一台摄像机，记录着整个湾水市的时代变迁，皲裂的墙皮标志着它已经褪去了以往的光环，曾经的富人聚集地早已时过境迁，如今的这里，成了小商小贩的天堂。

“我们应该到了。”老陈核对了一下手中的户籍信息，抬头看了一眼有些年头的建筑物。

“死者的父母住在哪栋楼呢？”卓米把头伸出窗外，漫无目的地瞅了瞅。

“我以前在这里抓过毒贩，地形还算熟悉，如果我没记错的话，前面拐个弯上二楼应该就是。”老陈坐在驾驶室，朝汽车的前挡风玻璃比画了一下。

“师父，你看前面那群人！”

老陈抬头看了一眼远处：“披麻戴孝，估计是死者的亲属，这就更错不了了。”

“可是这儿这么多人，我们该怎么调查？”

“这起案件是亲戚作案的可能性不大，咱们只要照例给死者的父母做份问话笔录，再把嫌疑人的相片给他们看看，基本就可以结束了。”

“就这么简单？”

“就这么简单。”

老陈把车停在小区的绿化带旁，师徒两人沿着那条沾满泥垢的小路步行了几分钟，空气中刺鼻的火药味越来越浓，被风卷起的炮仗纸贴着两人的脸颊飞过。

“师父，灵堂！”卓米站在十几米开外的位置停下了脚步。

“灵堂怎么了？走啊！”老陈轻轻推了一把有些惊慌的卓米，径直走进了那间摆放着吴思浩黑白照片的雨棚。

“请节哀，我们是刑警队的，这是我们的警民联系卡！”为了调查方便，师徒二人都没有穿警服，一张张印着自己职务和联系方式的卡片正好可以证明老陈的身份。

很快，死者的家人全部围了过来。

“警官，凶手抓到没有？”人群中不知谁问了这么一句。

“暂时……暂时……还没有……”老陈有些为难，但还是回答了实情。

“警官，您一定要为我的儿子申冤啊！”一位中年妇女泪流满面地跪在地上哀求。

“我给你们磕头了，给你们磕头了！”另一位年纪相仿的男子也跟着跪了下来。

“你们这是干什么，赶快起来。小米，快过来帮忙。”老陈慌忙丢掉手中的皮包，伸手试图将两人托起。

“叔叔，阿姨，您快起来，我们已经知道凶手长什么样了。”

“真的？”

“真的，你们看，这是监控截图。”卓米拿出照片之前，曾和老陈有过眼神的交流，他见老陈没有反驳，这才鼓足勇气按照自己的意思做出了这个举动。

照片落在了吴浩然母亲的手中，周围所有奔丧的亲朋都围了过来。

“有认识的吗？”卓米又抽了几张分发下去。

人群中没有一人应答。

“你们真的都不认识？”

摇头的人越来越多。

“看来师父说得没错，果真不是死者的亲戚干的。”虽然早知道是这个结果，但是卓米还是有些失落，他转头看了一眼老陈。

“找个安静的地方，给死者的父母做一份问话笔录，简单询问一下吴思浩的情况就行。”

“嗯！”卓米弯腰捡起被扔在地上的公文包。

“叔叔、阿姨，我们能进屋里说吗？”卓米很礼貌地做了一个请的手势。

围观的人群主动闪开了一条通道。

烟瘾上来的老陈没有跟进去，找了一个僻静的地方掏出了烟盒，就在他伸手去掏火机时，他口袋中的手机忽然响了起来。

“怎么是固定电话号码？”老陈叼着烟盯着屏幕上一串陌生的数字思索，“是谁打来的？”

当数字变成“未接来电”之后，老陈的手机紧接着又响起来，还是那个号码。

看来不是打错电话了。老陈把那根没来得及点燃的烟夹在指间，按动了接听键：“喂，是哪位啊？”

“我知道凶手是谁。”

是女人的声音。老陈浑身一紧，赶忙闪进一个无人的角落，他压低声音，表情严肃：“你说什么？”

“我说我知道凶手是谁。”对方重复了一遍。

“当真？”

“不仅如此，我还知道关于凶手的一个秘密！”

“秘密？”

“对，一个足以让他丧命的秘密！”

“好，那你说说看。”老陈飞快地把手机调成了录音模式，这是他职业的本能。

“小区门口杂货铺后面有个巷子，我在那儿等你。”

这个人现在为什么会出现在死者居住的小区？老陈挂了电话暗自思索。来死者家中，是我临时的想法，除了小米，不会有人知道。而且我们都穿着便装，从外表看，不会有人知道我们是警察。

那唯一能解释通的就是，这个人应该是在我发警民联系卡时看到了我的号码。老陈把手机握在手中，开始扫视周围的每一个人，他努力思索着有谁曾提前离开过这里，但人来人往那么多，老陈哪里能分清？

她混在人群之中，那她为什么不当场说出来？会不会有什么陷阱？整件事情太过蹊跷，老陈习惯性地摸了摸隐藏在腰间的那把压满膛的六四式手枪，在关键时刻，只有触摸它才能让老陈觉得安心。

就算前方是天罗地网，老陈依然决定亲自一探究竟。

杂货铺后面的巷子距离灵堂没多远，最多一支烟的工夫，他站在了巷子的进口处，说是巷子，其实只是杂货店和楼宇之间的空隙，最多只能容得下一人经过，地面上堆了厚厚一层生活垃圾，让人有些望而却步。

多年刑警生活的磨炼，让老陈没有停下脚步，走着走着，视野逐渐开阔，突然，他停在那里：是死胡同！

老陈快速把手按在了腰间。

“陈警官！”有人在背后喊了他的名字。

老陈刚想转过身去，只听对方严声厉词地喊道：“不要回头，否则我什么都不会说！”

老陈闻言，僵在原地，他的大脑在飞速思索多年来仇家的名号，在确定自己目前的处境还算安全后，老陈开了口：“举报者通常都会寻求自保，这也情有可原，行，你说吧！”

“谢谢！”对方的语气缓和了很多。

“凶手是谁？秘密是什么？”老陈最关心这两个问题。

“凶手是吴思浩最好的兄弟谭子明，就是你们照片上的那个人，他有两个落脚点。”

“在哪里？”

对方没有着急回答，接着说道：“谭子明表面上跟着自己的父亲做地产生意，其实私底下他还干着贩卖毒品的勾当。”

“这就是你说的那个秘密？”

“对。”

“多大的量？”

“很大！”

“你怎么知道？”

“他现在的一个住处里就藏有两公斤未脱手的海洛因，我这儿有毒品的照片，照片和地址我会放在地上，至于是真是假，你们一调查便知。”

“有多少人可以证实？”

“吴思浩已经死了，知道这件事的只剩下我一个。”

“你的目的？”

“让谭子明血债血偿，我要让他死。”

说完，巷子中那人的脚步声渐渐远去，直至消失。

六

老陈搭在腰间的右手缓缓放下，他整了整被撩起的衣角，转过身，一个牛皮纸信封刚好在脚下。

老陈弯腰捡起，右手按住了信封的两个边缘，封口处被捏成了椭圆。

朝信封内望去，一张模糊的照片外加一张信纸，便是里面的全部内容。

信纸被打开，几十个工整的楷体字写在纸上。

老陈扫了一眼夸赞道：“字倒是写得不错。”

虽然那人提供了详细的信息，但真假难辨，接下来还有很烦琐的调查工作，老陈是一名元老级侦查员，所以他并没有对纸上的内容表现出多么浓厚的兴趣。

刚才那支未来得及点燃的烟被老陈重新叼在嘴上，随着他粗重的吮吸声，一团团白色烟雾向他后方快速消散。

烟瘾得到满足的老陈，把那张信纸贴身收好后走出了巷子。

再次站在灵堂前的老陈一根烟刚好抽完，他一抬头便望见急匆匆往门外跑的卓米。

“问话结束了？”老陈迎了上去。

“师父……”卓米左手夹着皮包，使劲咽了一口唾沫，接着大口大口地换气，“你的手机怎么老打不通？”

“可能是信号不好，怎么了？”

“刚得到的消息，嫌……嫌……嫌疑人抓到了。”

“是谁？在哪里？”案件告破，按理说，老陈应该感到兴奋，可现在的他，却一点儿也高兴不起来，他甚至有了一些不好的预感。

卓米没有注意到老陈的细微变化，翻开笔记本照本宣科道：“凶手叫谭子明，他是在花园小区3号楼4单元6室的家中被抓到的。”

老陈心中一沉：“怎么找到那地方的？”

“是技术科负责监控的前辈分析视频找到的。”

“他住的地方搜查了？”

“应该搜查了，听说还在他被抓的地方找到了凶器，DNA都比对了，师父，案件告破了！”卓米已经乐开了花。

“真的是他？”老陈眉头紧锁，在思考着什么。

“师父？”

“嗯？”

“王中队让咱们赶紧回去，说要审讯嫌疑人。”

“好，知道了，你先去车里，我解个手。”

“嗯。”

老陈把车钥匙递给卓米，他自己则转身走进了死者父母家中的卫生间。卫生间的房门很快被反锁，他小心翼翼地掏出了那张信纸。

“花园小区3号楼4单元6室！果真有这个地址，我们没有在这里搜到毒品，如果举报人说的是真实情况的话，那她口中的毒品就一定藏在另外一个落脚点，举报人究竟是什么人？她怎么会知道得这么清楚？难道那个人也参与其中？”多年的侦查经验，让老陈开始怀疑对方的动机。

老陈把纸条贴身收起，按动坐便器上的冲水按钮，打开房门快速朝车的方向走去。

“师父。”小米的声音有些急切。

“是不是着急想听听审讯啊？”

“嗯！”

“嫌疑人刚抓到，就算现在回去我们也参与不了审讯。”说着，老陈拉开车门坐在了驾驶座的位置。

“为什么？”

“在我们市，只要发生命案，头一遍审讯都是由技术科负责的。”

“怎么会有这么奇怪的规定？”

在卓米说话间，汽车已经发动：“这是我们市局的规定，因为只有技术科知道现场物证的情况，这样问起来有针对性，第一遍审讯结束，接下来我们才会接手。”

“这好像跟电视里放的不一样。”

“现在破案可不像以前，我记得我刚参加工作的时候，嫌疑人只要稍稍一审，什么都招了。可现在不行啊，社会环境的影响，一个两个都是不见兔子不撒鹰，没有证据，很少有人会主动开口，所以才会有了这样的规定。”

“原来是这样。”

“虽是这样说，咱们还是要抓紧点时间，我这里还有一个重要情况要核实。”

“嗯！”

刑警队值班室内，所有人都一脸愉悦，照这个情形，如果能摆上几瓶啤酒、三五盘凉菜，庆功宴都指定开起来了。

“老陈，你师徒俩可是最后到的！”正说着，人群中抛来两支烟，老陈一把接住，扔给卓米一根。

“嫌疑人呢？”老陈叼着烟借了个火。

“技术科在问第一遍问话材料。”

“证据怎么样？”

“视频监控、鞋印、DNA，还有纤维物证全部比对上了，作案工具也找到了，百分百铁案。”

“师父，我能不能去审讯室看一看？”卓米小声征求老陈的意见。

“去吧。”老陈挥挥手。

“小米还真是好学！”

“是啊，现在像小米这样的年轻人不好找了。”

“陈老，你可带了个好徒弟啊！”

人群中，你一言，我一语。

“你们先聊着，我去办公室歇会儿。”老陈心中有事，打了岔，直奔二楼办公室。

办公室的房门被老陈锁死，信封被平整地摆放在桌面上。老陈顿了顿，慢慢地从中抽出那张像素有些模糊的照片。

“这应该是手机拍摄后冲洗的。”他捏着照片一角仔细打量，“肥皂块大小，牛皮纸包装，颗粒细腻，如果真是毒品应该是海洛因。”

老陈放下照片，皱眉沉思了一会儿。

“这两块加起来至少有两公斤……故意杀人加上贩卖毒品，那这个谭子明绝对是死刑立即执行。可对方为什么要置谭子明于死地呢？”老陈捏着下巴，“这个人究竟是出于什么目的？她知道这么多内幕，难道是想借公安局的手杀人？

“现在摆在我面前的有两条路。一是跟专案组如实汇报，但这样正中了举报人的下怀，极有可能被她牵着鼻子走。二是暂时不汇报，看看事态的发展，可这明显不符合规定。”

如果换成卓米，估计早就把信封交上去了，但老陈算得上是刑侦专家，思维缜密地看待问题，是他多年养成的职业习惯，也是他能屡破奇案的制胜关键，所以他不得不多考虑几步。

“真是没有选择的选择啊……”他的内心极度矛盾。

老陈的手机突然响起，他低头一看，是家里的电话。

“喂，爸，什么事？”

电话那边短短的两句话，让老陈欣喜若狂。

“当真？”

……

“好，我马上就回去。”

七

审讯室内烟雾缭绕，卓米趴在窗边目不转睛地注视着里面的一举一动。技术科正在给嫌疑人做第一遍审讯材料，主审人正是技术科的主任胡永。

“谭子明，这么多证据面前，你还有什么好说的？”胡主任把一摞物证报告摆在了审讯桌前。

“我……”谭子明欲言又止。

“怎么？想玩沉默？”

谭子明懊恼地骂了自己一句：“妈的，我他妈就知道我喝完酒迟早出事。”

“怎么，现在知道后悔了？”

“唉！”谭子明长叹一口气。

“说说吧，咱们也不用兜圈子。”

谭子明仿佛做了极大的内心争斗，许久之后，他开口说道：

“吴思浩是我发小，我俩从小一起长大，关系很铁，我喊他耗子。”他咽了一口唾沫继续说，“我平时跟着老爷子干地产生意，这两年湾水市经济水平直线下降，房子不好卖，欠的贷款还不上，银行利息也跟滚雪球似的越滚越大，一到过年过节，工地上全是讨薪的工人。这眼看马上就要中秋了，我手里是一毛钱没有，我心里郁闷，就喊耗子出来借酒消愁。晚上我俩都喝多了，耗子提出去淮阳河边走走。我们打车来到河边，一直胡吹海侃到凌晨。耗子比较能喝，酒醒得比较快，后来他说时间不早了，要回去。我当时酒还没醒，对他说：‘我是让你出来陪我解闷来了，你着急走什么走？’他说他第二天要上班，执意要走。我立马就火了，冲他喊道：‘是上班重要还是兄弟重要？’他没有理睬我，硬是把我拖到了东风巷那里。我心里是一万个不愿意，冲着他骂了起来。”

“你怎么骂的？”

“我说他还不如一个婊子，婊子给钱还能玩一夜呢。但是，警官，我绝对是有口无心，就是因为我喝多了才……”

“接着往下说。”

“我嘴里骂骂咧咧的，结果就把耗子给惹怒了，他拽着我的衣服扇了我一耳光。也正是这一耳光，我也被搞毛了，我掏出匕首就去捅他，他紧接着跑进了巷子里。我以为他尿了，便来了劲头，我冲进巷子中，摸着黑划了一刀，我也不知道伤到他哪里了，直到耗子直挺挺地倒在我面前，我才意识到好像闯祸了。感到害怕的我，酒突然醒了，我打开手机，用电筒一照，我……”谭子明面目扭曲在一起，他很不愿意去回忆当晚发生的事情。

“接来下怎么了？”

“我看见耗子的脖子在不停地流血，我把手指放在他鼻子前发现他已经没气了，我……我……杀了他。”

“后来发生了什么事？”

“东风巷黑灯瞎火，周围也没有人，估计不会有人看见我杀人，所以我就抱着侥幸心理跑路了。我本想这几天出去躲躲风头，可没想到，你们这么快就找到我了……”

“还有没有什么要补充的？”胡主任见口供和证据对得八九不离十，掐灭了手中的烟准备结束问话。

“没，没，没了，从头到尾就这么多。”谭子明一脸诚恳。

“行，那咱们就到这儿吧，皮克。”

“在。”

“把他的第一遍问话材料打印出来，交给刑警队，我们回科室。”

“好的。”

透过那扇半开的玻璃窗，审讯的情况卓米听得一清二楚。

“都交代了，技术科可真是厉害啊。”

“吱呀。”房门被打开，技术科的人从审讯室鱼贯而出，刚好瞧见趴在窗子外的卓米。

“你是刑警队招的新警？”警服上的肩章表明了身份。

卓米闻声抬头：“是的，皮克师兄。”

“我们这边工作结束了，正好你在这里，能不能麻烦你看管一下嫌疑人？”

“我……我……我行吗？”卓米有些受宠若惊。

“没事的，嫌疑人现在已经被铐在了审讯椅上，审讯室内还有监控，你只要坐在这里，防止他自伤自残就可以。”

“自伤自残？”

皮克见卓米有些担心，微微笑道：“他是命案嫌疑人，身体都被绑成了粽子，一般情况下不会的。你既然干了这行，迟早都要经历，没事的，你能行。”

皮克的鼓励，给卓米吃了一颗定心丸，他满怀信心地回道：“行，师兄，那就交给我吧。”

“记住，有情况你就站在走廊里喊一声，我们都在隔壁。一会儿笔录交接完，剩下的工作就要交给你们刑警队去完成，邓大队会派人手过来，没事的。”

“好的，师兄，放心吧。”

“那你进去吧。”皮克主动给卓米推开了房门。

“咚，咚。”卓米感觉自己的心跳在逐渐加快，当技术科的所有人从他身边走过后，他涨红着脸走了进去。

八

审讯室的房门在铰链的带动下自动关闭，剧烈的撞击声让卓米浑身一颤。也就在0.01秒之后，他仿佛意识到有人在目不转睛地打量着他，这个人正是坐在审讯椅上的嫌疑人谭子明。

“这下丑大发了。”卓米偷偷瞄了一眼，视线快速移动到了天花板的吊灯上。

“我是警察，他是嫌疑人，我慌什么？”卓米在心里给自己打气。

“咳咳咳。”他拽了拽自己的蓝色领带。

“警官。”谭子明率先开口打破了尴尬的局面。

“嗯？什么事？”卓米稍稍恢复了平静。

“警官，我能不能问你一个问题？”

“什么问题？”卓米走到审讯桌前坐了下来。

“我会不会被判死刑？”谭子明有些惶恐。

“我刚才在门外听了你所有的供述，你说的都是真实情况吗？”

“绝对是真的。我真不是故意把吴思浩杀死的，请你们相信我。”

卓米看着一脸诚恳的谭子明点了点头，他虽然不是警校毕业生，但刚参加过招警考试的他对一些法律条款还是比较熟悉的。

在凶杀案件中，从嫌疑人的主观动机来分，杀人方式常见的有两种：一种是故意杀人，杀人之前有过详细的预谋，他的主观故意上就是要把人给杀死。另外一种是激情杀人，与预谋杀人相对应，嫌疑人之前无任何杀人动机，但在被害人的刺激、挑逗下而失去理智，失控而将他人杀死。相比之下，后一种的社会危害性较小，所以在量刑上也会从轻处罚，只要嫌疑人认罪态度良好，愿意承担相应的民事赔偿，取得死者家属的谅解，一般激情杀人被判处死刑立即执行的案例并不是很多，除非是那种极大的恶性案件。

卓米已经在脑海中检索到了相应的法律条款：“可能……”

“可能什么？我会不会被判死刑？”

“如果你能取得被害人家属的谅解，可能会保住一命。”

“警官，你说的是不是真的？”

“法律上有规定，这可不是我说的。”

“那就好，那就好。”谭子明如释重负。

“小米。”走廊上响起了熟悉的声音。

是师父。卓米站起身，对窗边挥手：“师父，我在这儿呢。”

老陈加快步子走进审讯室。

“小米，你先出去一下，我有话要问谭子明。”

“好！”卓米一向对老陈言听计从。

“嘭——”审讯室的铁门被重新关上。

“谭子明。”老陈阴着脸。

“警官，您这是什么表情？”

“少跟我装糊涂，你是不是少了什么东西没有交代？”

“警官，我发誓，我都说了。”

“你平时有两个落脚点，另外一处地方是不是藏着什么东西？”

“您，您，您说什么我不清楚。”谭子明听老陈这么一说，不敢正视，说话也开始结巴起来。

“故意杀人加贩卖毒品，估计你这条小命是保不住了。”

“我不知道你在说什么。”谭子明一副负隅顽抗的表情。

“你不知道我在说什么？”老陈的语气已经变得相当不客气，“行，不说是吧，咱们走着瞧。”老陈丢下这句话，转身走出门外。

“师父，这么快？”卓米刚想掏出手机看看新闻，老陈就已经推开了审讯室的铁门。

“小米，把这个人给看紧了，我有事情要跟邓大队汇报。”

“好的，师父！”

“一定要注意安全。”

“放心吧，师父！”

第二次走进审讯室的卓米，比第一次要轻松许多，他轻车熟路地再次坐在审讯桌前。

咦？当他的目光再次看向谭子明时，他发现了一些异样。

这小子怎么了？感觉好像瞬间萎靡不振了？

师父刚才跟他说什么呢？

真不愧是老刑警啊，这才进去这么一小会儿，感觉谭子明像变了一个人。

“这位警官。”

“嗯？什么事？”卓米回过神来。

“我，我，我能不能有一个请求？”谭子明露出一副楚楚可怜的模样。

“你说？”

“我能不能给我母亲打个电话？”

“打电话？”

“对。”

“这个……”

“警官，这起案件只有我一个嫌疑人，你不用担心我打电话会串供，我就是想交代一下后事。”

“这不符合规定。”

“警官，我母亲年纪大了，而且我这个事犯得也比较突然，我害怕老母亲承受不了这个打击，所以杀人后没敢跟她老人家说，我本以为我能跑路，可现在被你们抓到了，我就是想跟她老人家说几句话，我求求您了还不行吗？”

“我……”看着谭子明的泪水在眼睛里打转，卓米有些心软。

“反正是用您的电话打，您拿着手机，如果我说一句题外话，您就直接把电话给挂掉，这还不行吗？”

“可是……”虽然谭子明的方法没有任何破绽，但卓米依旧有些顾虑。

“你们公安局不都说，坦白从宽，抗拒从严，我现在都坦白了，您就当帮我个忙还不行吗？”

“我……”

“警官，就当我求您了！”

“那……”

“警官……”

“那，那，那好吧。”

“谢谢，谢谢。”

“电话号码是多少？”

“136××××××××”

卓米按照谭子明报出的数字，快速按动手机。

“喂，谁呀？”

电话接通，卓米把手机贴在了谭子明的耳边。

“妈！”

“是子明吗？”

“妈，是我，我杀人了。”

“什么？你杀人了？”

“我失手把我兄弟吴思浩给杀了。”

“你这个不争气的东西！”

“妈……儿子对不起你，妈……”

“呜呜呜……”电话那头传来了呜咽声。

“妈，我用的是警官的电话，人家是破例才帮我的，你别哭了，听我把话说完。”

谭子明见那边哭声小了些，赶忙说道：“妈，你回头去吴思浩家做做他们家人的思想工作，多少钱咱们都赔，我银行卡的密码是125687，你把钱都取出来，只要能取得他们家人的谅解，我就能保命。”

“咕咚。”谭子明咽下一口唾沫，赶忙接着说：“银行卡在我的小院里，你现在马上就去拿，把屋子打扫干净些，等我放出去，咱一家就在那儿养老。”

“知道了。”

“妈，那你赶紧去取银行卡，把屋子打扫打扫，现在就去，一定要快，挂了啊，妈。”说完，谭子明主动把耳朵偏离了卓米的手机，“警官，我说完了，谢谢你。”

“不客气。”卓米嘴角一扬，“希望你能改过自新。”

“一定！”通完电话的谭子明表情轻松了许多。

与此同时，审讯室外一个矗立许久的黑影在卓米挂断电话的那一刻，也开始缓缓朝走廊尽头挪动。

九

刑警大队办公室内。

邓大队和技术科做着最后的案件交接工作。老陈拿着一个信封，焦急地站在门外等候。他手上的烟不停地交接，走廊窗框上已经被他按出了好几个黑点。

“行，胡主任，辛苦你们，接下来就交给我们了。”邓大队寒暄的声音逐渐清晰。

老陈慌忙回过头喊道：“邓大队。”

“老陈，你怎么在这里？有事？”

“邓大队，胡主任，关于这起案件，我有一个重要的情况要汇报。”

“什么情况？”

“我去死者家中走访调查的时候，有一个神秘的人交给我这个东西。”老陈将自己手中的信封交给了邓大队。

“这个是？”

“在我们没有抓到嫌疑人之前，神秘人就已经知道凶手是谭子明，而且还说出了谭的两个落脚点，我们在其中一个地方抓获了谭子明，我想这不会是巧合。”

“能提供这么精确的地方，显然这个神秘人知道情况。这个神秘人是谁？”

“她当时有意躲着我，所以我也不知道她是谁。”

邓大队看了一眼信纸上的内容，接着把它递给了胡主任。

老陈接着说：“这个人不仅举报谭子明杀人，还举报他贩毒，信上说，在谭的另外一个落脚点，藏有两包海洛因，目测重量应该在两公斤左右。”

“两公斤？”

“精面。”技术科负责理化检验的方允对着信封里那张模糊不清的照片开了口。

“精面是什么？”所有人都面露疑色。

方允推了推眼镜：“从物理外观看，海洛因和面粉很相近，所以很多贩毒者的黑话中，通常把它称为面粉。海洛因分为多个等级，最高等级的海洛因纯度可以达到百分之八十五左右，也叫‘四号’，但纯度太高很容易致人死亡，市场上不会直接流通，市场上流通的基本上都是掺杂以后的海洛因。掺杂的海洛因可以分为三个等级：最低等叫面粉，好一点的叫白面，最高等级就是精面。”

方允从胡主任手中拿过照片接着介绍：“关于毒品我经常化验，精面我见过不止一次，虽然照片有些模糊，但是我还是可以证明我的推断。至于重量，跟老陈估算的差不多，应该在两千克左右。按照市场价一克一千元来算，这两块精面的总价最少在二百万。”

“我想起来了。”邓大队一拍脑门。

“邓大队，你是说报案人李娟的问话材料？”老陈也突然茅塞顿开。

“对，李娟的问话材料中涉及一个词‘面筋’，这很有可能是她听错了，有可能说的就是‘精面’。”

老陈开口说道：“既然报案人能说出这个关键词，说明并不是巧合，如果神秘人所说属实，那谭子明百分之百会被执行死刑。”

胡主任说道：“老陈，人命关天，你带路，我们现在就去勘查谭的另外一个落脚点。”

“没问题，按胡主任说的办。”

渔港码头曾经见证过湾水市渔业的辉煌，早在几十年前，各式各样的渔船可以把码头围得水泄不通，码头旁的集市更是车水马龙，好不热闹。如今随着时代的变迁，再加上新渡口的建立，这里正逐渐被人遗忘。码头上用于登船靠岸的木板早就“落入寻常百姓家”，除了几根揳进水中的原木外，码头早已满目疮痍，杂草丛生。

码头的西侧有一条铺满鹅卵石的小径，沿着蜿蜒曲折的小路直行，就看到一座仿古气息很浓重的四合院，院子的围墙上满是涂鸦。

“就是这里了。”胡主任核对了一下信纸上的内容。

“邓大队，你们的人在外围，我们发现东西以后再联系。”

“没问题，胡主任。按老规矩办就是。”

老陈在出发之前把卓米带在了身边，见四下无人，卓米张口问道：“师父，这是干什么？”

“谭子明还有其他的事。”

“其他的事？”

“对，有人举报他贩毒，而且数量巨大，如果查实，谭子明可能会被判处死刑。”

“死刑？”卓米看了一眼远处的四合院，突然有了一种不好的预感。

一个小时后，技术科的人从院子中走了出来：“邓大队，现场被人打扫过，我们没有发现举报人所说的毒品。”

胡主任的话一字一顿地落在了卓米的耳朵中。

“被人打扫过？”邓大队有些诧异。

“对，从屋内地面的水渍来看，是刚打扫不久。”

“难道有人提前知道了消息？”邓大队眉毛拧成了一团。

“从谭子明杀人到现在已经过去了五十多个小时，而且我们派出了这么多人去调查他的关系网，可以说消息早就走漏了出去，如果他真的贩毒，估计也早有准备。”老陈在一旁分析。

“嗯，你说得不无道理。”邓大队点了点头。

“第一遍审讯材料中，谭只承认自己杀人的犯罪事实，根据我们目前的调查，没有人可以指认谭贩毒，也没有证据能证实谭贩毒，我们现在唯一有的就是这封检举信，而检举人又不愿意露面，所以现在还暂时无法认定谭是否真的贩卖毒品。”胡主任从证据的角度做了阐述。

“现在能不能想办法联系上这个检举人？”邓大队看向老陈。

“联系不上。”

“那行，我们先按照故意杀人将谭子明刑事拘留，他贩毒这事我们慢慢调查，这家伙就算不死也最少是个无期徒刑，我们有的是时间把这件事搞个水落石出。”邓大队使了缓兵之计。

“嗯，目前也只有这样了。”胡主任没有反驳。

“那行，这里的现场就先这样，案件接下来的事情由我们刑警队接管，有情况我会随时联系你们。”

“邓大队，那我们就先走一步了，兄弟们辛苦。”

说完，技术科的人钻进了现场勘查车，待车已行远，邓大队对身边的侦查员摆摆手：“收工，回队里。”

众人接到撤回的信号，纷纷朝自己的车走去。

老陈见刚才还在身边的卓米不见了踪影，高喊了一声：“小米！”

没有回音。

老陈加大了音量："小米！"

依旧没有声响。

"这孩子，跑哪里去了？"

眼看警车一辆接着一辆驶离开，老陈心急火燎地四处寻找。

"陈老，别喊了，小米不是在你那辆老爷车里？"不知谁说了一句。

老陈一歪头，刚好从车窗中看见了卓米："这孩子，不会是睡着了吧？"

老陈嘀嘀咕咕地走到驾驶室位置，拉开车门坐进车内。

"嘭！"用力的关门声让卓米一惊。

"喊你半天，你也不说话，想什么呢？"

卓米两眼无神地坐在副驾驶，好像元神出窍般，一声不吭。

"你到底怎么了？"老陈感觉有些不对劲。

"师父……"卓米机械性地转头看向老陈。

"你这孩子今天是怎么了？吃错药了？"

"我，我，我好像闯祸了。"

"闯祸了？闯什么祸？"

"我好像被谭子明利用了。"

"什么？你说什么？再说一遍？"

"师父，技术科在审讯结束之后，谭子明让我帮他一个忙，他想给他母亲打个电话。”

“然后你给他打了？”

“嗯！”

“这种违反原则的事情你怎么能干？”老陈说着用手指戳了一下卓米的太阳穴，有些恨铁不成钢。

“我看他怪可怜的，所以就心软了。”

“可怜？他可是杀人犯！你哪里来的同情心？是谁教你这么做的？”老陈带着怒气，使劲拍了一把方向盘，被蛮力按动的汽笛在空旷荒凉的码头嘶鸣着。

“师父……我……”卓米的眼角滑出泪水。

“把眼泪给我擦干，告诉我谭子明都说了什么。”

卓米怯懦地点点头：“他告诉他母亲银行卡放在一个四合院里，让他母亲去取钱，我怀疑就是这座四合院。”

“别的还有没有？”

“他还说让他母亲把四合院打扫一遍……”卓米已经不敢直视老陈的眼睛。

“这个谭子明很有可能利用你，让他母亲把藏在这里的毒品给销毁了。”

“师父……我该怎么办？这么大的事，我会不会被判刑？”

“小米，你冷静一点，听我说。”

“嗯，冷静，我要冷静，师父你说。”卓米强忍着眼泪，强迫自己恢复平静。

“谭子明是不是贩毒现在还是个未知数，所以事情在没有查清楚之前，你不要太自责，或许这件事跟你一点关系都没有。”

“可是……”

“没有可是，还有，这件事有几个人知道？”

“审讯室内只有我一个人，没有其他人知道。”

“好，从今天开始，这件事不要跟任何一个人说。”

“但是审讯室的监控录像好像拍到了画面。”

“一般诉讼程序，只需要嫌疑人被审讯的那段录像，你给谭子明打电话是审讯之后的事，所以只要没人刻意去调取录像，就不会有人知道。等一个月以后，录像一覆盖，这件事就不会有第三个人知道，如果真出了意外，我也尽量会帮你解释。”

“谢谢师父。”卓米感激地看了他一眼。

“你小子，就是心太软，如果你一直这样，很难在刑警队里混下去。”老陈有些失望地摇了摇头。

“师父，你是不是不想要我了？”

“都说了，你是我的关门弟子，我还有几年就退二线了，我争取这两年把我的本事都教给你，以后能不能成事，就看你自己的造化了。”

“哦，师父，我知道了。”

“我已经老啦，以后你的路还长。”老陈轻叹一声之后，表情突然异常严肃，“记住，以后干什么事都要多长点心眼，千万不要轻易相信任何人，有时候知人知面不知心，你一定要把这句话给我刻在脑子里。”

“嗯，师父，我记下了。”卓米眼眶微红地点了点头。

十

“请问吴思浩的父母在家吗？”铁门外一位中年女人的声音传来。

“谁啊？”应答声略显疲惫。

“是我。”对方答非所问。

屋内拖鞋的声响由远及近变得清晰起来。“吱呀”一声，房门被打开，门缝中出现了女人的半张脸。

吴思浩的母亲上下打量着眼前这位陌生的女人：“你是？”

“我比您小，我应该喊你一声大姐。”女人挤进门缝。

“你到底是谁？”

“扑通！”女人双膝重重地跪在地上：“大姐，我是替我儿子赎罪的！”

“你是谭子明的母亲？”

“对，我请求您能高抬贵手，放我儿子一条生路。”

“生路？你儿子动手之前，想过给我儿子一条生路吗？你滚，你现在就给我滚！”女人的怒火被点燃。

“大姐。”女人声泪俱下地跪在地上一动不动。

“你给我滚！”

“大姐，你听我说，你听我解释。”女人紧紧抱住她的腿，瘫软在地上。

“你的解释能换回我儿子的命？你如果再不走，我就报警了！”

“大姐，我知道，不管我怎么补偿，你儿子的命始终是我儿子害的，现在说什么都晚了，他自己也得到了应有的惩罚，我只希望您能大人有大量，放我儿子一条生路。”女人从口袋中掏出一张银行卡，“这是我们家的全部家当，一百万现金，算是对你们的一点补偿。”

“一百万能买来我儿子的命？我们家不缺钱！拿走你的臭钱！”

“大姐，这件事不光毁掉了你们，也毁掉了我们自己。我发誓，只要我儿子的命可以保住，这个债，我们愿意一辈子背下去。”

“呜呜……”吴思浩的母亲号啕大哭起来。

“你还是走吧，让我们先静一静。”吴思浩的父亲开了口。

“大哥……”

“走吧……”

对方态度坚决，女人只好缓缓起身，把那银行卡和一张写着密码的纸条放在鞋架上，不舍地离开了房间。

“师父，已经一个月了。”卓米坐在老陈的办公室内，用笔在台历上画上第三十个圈。

“嗯，我知道。”老陈背对着卓米，站在窗边眺望。

“有没有查出来谭子明涉嫌贩毒？”卓米继续问道。

“暂时还没有。”

“那举报人之后有没有再联系你？”

“杳无音讯。”

“难不成是举报人搞错了？”

“不排除这个可能性。”

“那，我给谭子明打电话那事……”

“没人知道，你小子就放心吧，不过你以后千万别再犯这种低级错误。”

“知道了，师父。”

老陈转身，会心一笑：“知道就好。”

湾水市中级人民法院刑一庭内。

“谭子明故意杀人案终审开庭。”坐在审判席的法官开了口。

“请公诉方发言。”

审判席下标注着“公诉方”字样的代表，开始对整个案件的证据材料进行阐述。厚厚的一本卷宗，花了近一个小时才宣读完毕。

“下面请辩护方发言。”

……

庭审按照程序在一一进行，时间一分一秒地过去，旁听席上的很多人都已经有些困乏，唯独一个人除外。

很快，四个多小时的庭审终于快落下帷幕，坐在审判席上的法官起身："现在宣判。被告人谭子明犯故意杀人罪成立，由于获得被害人吴思浩家人的谅解，故判处死刑，缓期两年执行。判决即日生效。"

这个结果似乎得到了很多人的认可，谭子明以及他的家人也得到了他们想要的答案，但对于旁听席上的另一个人来说，这一切才刚刚开始。

第二章 滴血的线人

二

生活在南北交界的湾水市人，既有北方人的豪放，又有南方人的婉约。这一点从他们的饮食习惯就可窥探一二。一碗漂满辣椒油的牛肉汤，便是他们一天的开始。在这里有一个怪现象，越是招牌醒目、环境幽雅的店面，越难做出最正宗的牛肉汤，和重庆小面一样，那一排排摆在路边的塑料凳，才能体现出小面别样的滋味。酒香不怕巷子深，湾水市人绝对可以为了一碗正宗的牛肉汤放下身段，就算端起汤碗，蹲在路边，那也是一种满足。

桥头牛肉汤，对于湾水市人来说那可是如雷贯耳，饥肠辘辘时，只要提到这个名字，便难以阻挡舌尖涌出的口水。

要说这“桥头牛肉汤”的店名还颇有点来历。相传在五十年前，淮阳河边住了几户人家，家中有娃需要渡河上学，但渡口离家太远，往来需要几个小时。“再穷不能穷教育，再苦不能苦孩子”，就因为这简单的一句话，几位住户家的壮年劳动力便在一起合计修一座铁索桥。

他们选取淮阳河最窄处，在空中架起双向铁索，索道中间镶嵌滑轮用于推送，滑轮的下方用钢丝连接渔舟，乘舟人可以拉动索道上的辅助绳索自行渡河。

虽然索道曾因资金问题几度停工，但在大人们的执念下，最终的结局还算圆满。

这座铁索桥不仅方便了上学的孩子，更方便了其他路人。渐渐地，这片平时鲜有人经过的空地，也因为这座桥聚拢起了人气。

虽然渡河的人越聚越多，但修桥的几户人家并没有因此向渡客收取任何费用，他们只是借着自己的地理优势在这里做起了买卖。

除了上学的娃儿，渡河者以商人居多，为了能赶上清早第一趟生意，很多商人起早贪黑那是家常便饭，早餐作为支撑一天劳作最重要的一顿，唯独牛肉汤与锅贴馍馍的完美搭配才是上上之选。

在所有渡客的千呼万唤声中，其中的一家搭起锅架，卖起了牛肉汤，因店址设在桥头，便有了“桥头牛肉汤”的名号。

在那个年代，出来做买卖的多为行脚商人，他们挑着扁担，走街串巷，渴了就在街边喝口大碗茶，饿了就顺势找家饭馆对付对付。因为吃得多了，对于牛肉汤的口味，他们心中都有杆秤。为了满足每位食客的口味，“桥头牛肉汤”的老板汲取了很多商人的意见，对汤的味道做了多次改良，最终这“桥头第一汤”的名号不胫而走。时隔这么多年，虽然“桥头牛肉汤”店的老板已经多次易主，但好就好在，这口味被原封不动地保存了下来。

每天早上七点，在这个平时鲜有人出没的废弃桥头，会停满各种名牌轿车，有的人甚至早早地过来排队，就是为了尝上一口传说中的美味。

对别人来说，想喝上这里的牛肉汤或许要费上一番工夫，可对于卓米来说再简单不过，他住的地方距离这家汤店步行也只需要十分钟。

“王叔，给我来碗汤，不要辣椒。”卓米是这里的常客，而店老板又是个热心肠，几次攀谈之后就相互熟络起来，因为店老板与他父亲年纪相当，所以卓米平时就以叔尊称。

“好嘞，多加肉是吧！”慈善的店老板在忙碌中搭着腔。

“谢谢叔！”

“怎么，今天起这么早？”被唤作王叔的男子拿着漏勺边抓牛肉边问。

“这已经不早啦，我赶到单位再打扫打扫卫生就到点了。”卓米用筷子从馍篓中夹了一块锅贴馍叼在嘴中。

“妥了！”几句寒暄中，一碗牛肉汤已经上板。

“上板”也是牛肉汤的一大特色，在湾水市，很多牛肉汤店都是自家经营，店老板经常是一个人忙几样活，遇到人多时，可能会连做汤的时间都没有，为了节省时间，有的店老板灵机一动，便在大口径的汤锅上横一块木板，做好的牛肉汤会直接放在木板上，由食客自行端走找位置品尝。这个办法在很多牛肉汤老板间产生了共鸣，渐渐地便演变成了一种习惯。

所以，在湾水市吃牛肉汤不能太矫情，端起自己的汤，自己选地儿，爱蹲着、爱站着、爱趴着，都随意，别的不图，就图一个痛快。

卓米从口袋中掏出五元钱放进钱盒，端起汤碗找了一个无人的木头桩，把碗一放，蹲在地上便大口大口地喝起来。

“你妈的，给我滚蛋，死叫花子。”汤刚喝到一半，卓米听见一声叫骂，他抬头一看，一位蓬头垢面的拾荒者蹲坐在一位男子身边，眼巴巴地盯着男子手中的饮料瓶。

“妈的，喊你呢，没听见啊！一股子酸臭味！”男子的叫嚣引来了很多食客的侧目。但大多数人仅仅把眼前的一幕当成了一场好戏。

拾荒者有些胆怯地往后挪了挪，但依旧没舍得离开，他看着男子碗中的牛肉汤，喉结上下不停地滚动。

“嘿，你妈的，叫你走你还不走，给你脸了是不是？”男子把牛肉汤碗一摔，走到了拾荒者面前。

“你想干吗？”拾荒者惶恐地往后退了退。

“干吗？老子就想教训教训你！”男子撸起袖子，一手抓住了拾荒者的衣领。

“给我住手！”如果换一个角色，这件事卓米可能不会去过问，但既然选择了警察这职业，他就不能坐视不理。

“你干吗？多管闲事？”男子一脸横肉。

“对，这个闲事我管定了！”

“你什么意思？”男子松开手走到卓米面前。

“你说什么意思？”由于身高的落差，卓米低头看了男子一眼，“你是不是想打架？”他捏了捏自己的十指关节，发出“嘎巴嘎巴”的声响。

男子刚才是在气头上，没有仔细看卓米的身架，当意识到卓米有一米八的大个儿和紧实的肌肉时，顿时心中暗苦：力量上的悬殊已是“秃子头上的虱子”——明摆着的事，如果真来硬的，肯定不是卓米的对手，但这么多人围观，面子还是要顾及一点。几经掂量之后，男子丢下一句：“行，你小子给我等着。”接着灰溜溜地朝远处快步走去。

卓米对着男人的背影啐了一口：“呸，欺软怕硬的东西！”

“谢谢大哥。”危机化解，拾荒者连忙作揖道谢。

卓米做了一个打断的手势，阻止拾荒者继续说下去，扭头对看热闹的店老板喊道：“王叔，再给我来一碗。”

“得嘞！”在这场戏中，“正义”最终战胜了“邪恶”，也算是大快人心，受到感染的店老板爽快地应了一声。

卓米转身把那碗刚出锅的牛肉汤送到拾荒者面前：“吃吧，我请客。”

“谢谢！”可能是饿坏了，拾荒者并没有客气，端起汤碗便狼吞虎咽起来。

“你好像跟我差不多大。”卓米端起自己的汤碗，蹲在他身边，有一句没一句地聊了起来。

“我是1989年生的。”

“嗯，比我小两岁。听口音，你不是本地人？”

“我家在庆安那边。”

“怎么跑到这里了？”

“被人带过来的，后来那人出车祸死了，就剩下我自己了。”

“来了多久了？”

“五六年了。”

“你为什么不找份正经的工作？”

“我是黑户，没有身份证，根本没人要，只能靠拾破烂赚点钱。”拾荒者嘴角挂着葱花，有问必答。

“黑户……”卓米眉头紧锁，面露为难之色。虽然卓米只在刑警队待了一年多，但由于工作的原因，也算是认识些三教九流的人，正儿八经的工作他是没有本事帮忙，但找个地方让拾荒者出出劳力，赚点糊口的饭钱倒是不难。可对方是黑户，这就有些不好办了。湾水市近年来对各行各业的流动人口管理相当严格，几乎是月月清查，如果拾荒者连个身份证都没有，基本没有哪个场所敢用他。

既然帮不上忙，卓米也只能抱着“缘分已尽”的态度，待把碗中的汤喝完准备起身离开之时，猛然想起店老板王叔经常跟他抱怨：很多食客素质太差，经常乱扔饮料瓶，搞得桥头垃圾遍地。

店老板一天几千元的收入，自然是不会把一毛钱一个的饮料瓶放在眼里的，卓米灵机一动，忽然想到一个两全其美的办法：让拾荒者每天定时来捡饮料瓶。这样既能减轻店老板的负担，也能顺便让拾荒者有口饭吃。店老板的脾气他很清楚，而且他的店半年前曾被盗窃过，还是自己出手帮他追回的损失，所以卓米不用事先征得意见都能猜到结果，这个面子店老板一定会给。

“帮人帮到底，送佛送到西。既然自己遇到了，袖手旁观也不是我的作风。”于是，打定主意的卓米对旁边的拾荒者说：“这家牛肉汤店的老板我熟悉，回头我告诉他一声，客人喝剩下的饮料瓶，我都让他给你留着，你每天记得过来收一次。”

拾荒者瞪大眼睛，仿佛不敢相信自己的耳朵，赶忙又确认了一遍：“哥，你说的是真的？”

“对，我也只能帮你这么多了。”

“够了，够了，帮这么多就够了。谢谢，谢谢。”拾荒者放下碗再次作揖。

“我进去说一声，你接着吃吧。”卓米拿起空碗朝店里走去，再次走出来时，他冲拾荒者做了一个“OK”的手势。

二

“喂，大姐，娟子的肾源匹配上了，这些年给娟子做透析，家里的积蓄都花得差不多了，我能不能从你那里转点？”

……

“哎，那行，我再想想办法。”

“嘀嘀……”

手机按键的声音再次响起。

“喂，钱军！……哦，是弟妹啊，钱军呢？……哦，没什么事，那挂了。”

“喂，是博涛吗？”

……

“是，是。……行，哥知道你的难处。……好，那先这样，忙着。”

卓米刚到单位，还没来得及推开办公室的房门，便听见木门另一边响起老陈的声音。

卓米悄悄走近，将耳朵贴在门上，心中暗忖：“这么说，师娘的肾源匹配上了？”

正听得入神之际，木门被从里面打开，卓米差点儿摔了个趔趄。

“师父。”卓米不好意思地挠挠头，尴尬地站在门外。

“小米来啦。”老陈看破却没有点破，只是声音透着疲惫。

卓米没有说话，径直走到自己的办公桌前，放下背包。

“你……都听见了？”老陈点了一支烟，叹口气道。

“听见了。”卓米对自己的师父很了解，以他思维的缜密程度，卓米没有说假话的必要。

办公室内一下子安静下来，藏青色的烟雾一波又一波地从老陈的嘴角缓缓吐出。

“师父，能给我一支吗？”

老陈有些诧异地打量着卓米，这还是他第一次主动向老陈要烟。

“就是想抽一口。”

“好。”老陈从口袋中掏出烟盒，上下抖动了两下，一支烟从烟盒中探出头来。

卓米抬手将烟从烟盒中抽出，叼在嘴边。

“给。”老陈把嘴里的烟头递了过去。

卓米接过，在烟灰缸里弹掉多余的烟灰，只余烧红的火星，他把自己的那支烟对上去，几次吸气后，烟终被点燃。

“咳咳咳。”卓米一时间还不习惯这种味道，烟雾刚一入口，便呛得他剧烈地咳嗽起来。

“知道刑警为什么都喜欢抽烟吗？”

卓米摇摇头。

“我们不能像其他人那样，心里有苦可以找家人、找朋友去倾诉，既然选择穿上这身警服，就有纪律压在身上，有些苦我们不能向任何人提起，抽烟最起码可以让我们暂时冷静下来，如果你连烟都不抽，时间长了容易憋出病来。”

“师父，那你现在心里苦吗？”

老陈笑了笑，没有回答。

“能不能……跟我说说你和师娘的故事？”

“你想听什么？”

卓米壮着胆子："你和师娘的感情很深，我能感觉到，能不能说说你们两个之间的爱情？"

"爱情？"

"嗯！"

老陈又续上一根，眼神有些迷离："我和你师娘是经人介绍认识的，两个人看对眼了，就琢磨着结婚。我们那个年代，只要你情我愿，父母大多都不会阻拦。我娶你师娘时，只有一间单位分的筒子楼，四十几平方米，你师娘也没嫌弃，摆了几桌酒，就跟我过上了。"

被勾起回忆的老陈有些甜蜜："那时候我刚参加工作，年轻力壮，不管是什么案件，埋头就干，有时候为了抓到罪犯，经常整天整夜不回家。你师娘担心我，她每天都会到邮局给我打电话。当年我们整个大队就一部值班电话，后来发展到，你师娘一天不打电话，接线员都感觉跟缺了什么似的。"

"师娘对师父可真好。"

老陈微微一笑，接着说道："女儿刚出生时，我被提拔当了探长，一边是我热爱的工作，一边是急需我照顾的家庭，这让我进退两难。"

"这个……确实很难抉择。"

"可你师娘告诉我，家里有她。"说到这儿，老陈的眼眶有些红，"我上班整整三十一年，没洗过一双袜子，没做过一顿饭，我不是个合格的丈夫，更不是一个合格的父亲。"

卓米一时语塞，不知道该如何去安慰。

老陈深吸一口气："十年前，你师娘查出尿毒症，从那时候开始，我就再也没有看她笑过，她总是说，'老陈啊，我成了你的负担，家里没钱治，你还是不要再坚持了，还不如让我走了的好……'"

"师娘她……"

老陈哽咽："你师娘默默无闻地把一辈子就这么给了我，到这一刻我才明白，你师娘才是我的全部，只要她能活着，就算是把我的命搭进去，我也愿意。"

"师父，师娘的肾源不是匹配上了？"

"对，这一天，我已经等了三年，可是……"

"我这儿有二十万，是我爸妈给我准备买房子的首付款。"卓米从钱包中掏出银行卡。

"你一个人，从外地考过来，需要用钱的地方太多，这钱我不能要。"

"师父，我现在还单着呢，而且我想等几年再谈婚论嫁，钱没了，还可以再赚，可师娘只有一个，先治师娘的病要紧。"

"小米，你……"虽然老陈和卓米是师徒关系，但也仅限于工作层面，老陈在社会上摸爬滚打这么多年，可以说是看遍了世间的人情冷暖，他已经打过几十个电话借钱了，如果不是很亲近的亲朋好友，他根本不好意思张这个口，可嘴皮子磨了一上午，竟一分钱都没有借到。而他这个小徒弟想都没想，就把全部家当拿出来了，这让老陈寒了半天的心忽然一暖。

卓米见老陈有些犹豫，连忙劝说："师父，您就别拒绝了，您刚才打电话我都听见了，您就拿着吧。”

“这……”对老陈来说，这是救命钱，就算他感觉有些不妥，但此时囊中羞涩的他，根本找不到拒绝的理由。

卓米见老陈如此纠结，直接把银行卡塞到老陈手中：“我这是借给您的。”

老陈的手僵在空中，他的四指微微弯曲，艰难抉择后，他把银行卡握在手心：“谢谢你，小米，一年以后，我会连本带利把钱还给你。”

“师父，您就别再跟我客气了，我不着急用钱。”

“不，一年，一年以后我一定还。”

卓米见老陈回答得如此坚决，也不好再出言相劝，只能认真地回答道：“行，我听师父的！”

老陈干笑一声，卓米则识趣地借故离开房间。办公室的房门被重新关闭，老陈缓缓地走到窗边，他的眼睛眺望着远方，口中轻声呢喃：“这是一条不归路，可我……没法选择，我欠你们的，总有一天都会还清。”

一周后，省立医院住院部四楼，一群人站在手术室外焦急地等待着。

“师父，不用担心，师娘肯定会没事的。”卓米拉了拉因为紧张变得有些哆嗦的老陈。

“一定要成功，一定要成功。”从警三十多年，什么大场面老陈都见过，什么情况都能临危不惧，但这一次，他却怎么都平静不下来，全身快速流动的血液一次次冲击着他的心脏，若不是信念在苦苦支撑，老陈已经快要窒息了。

“爸，妈一定会没事的。”一位和卓米年纪相仿的女孩使劲拍了拍老陈的肩膀。

她叫丽丽，是老陈的独女，大学毕业后选择扎根在北京。

手术室的灯光依旧明亮，谁也不知道这漫长的等待何时是个尽头。

丽丽的朋友圈里充斥着“平安”“顺利”的祝福，走廊的吸烟室里塞满了烟头，连卓米自己都不知道，他何时恋上了这种味道，一支接着一支，一刻都没有停歇。

突然熄灭的手术灯像集结号一样把所有人聚拢在一起。

手术室最外层的房门被推开，一位身穿绿色手术衣的医生走了出来，他拽掉口罩，对焦急等待的众人微微笑了笑。

“手术很成功！”

虽然有预感，但这个结果还是让在场的所有人都松了一口气。

“师父，手术成功了！”

“爸！妈没事了！”

“成功了……成功了……”老陈呢喃着，泪水夺眶而出。

“病人需要静养！”医生的话，如同课堂上老师对学生的训斥，手术室外瞬间一片安静。

很快，挂着点滴的手术床被推了出来。

老陈和丽丽扶住床边，卓米也赶忙上前帮忙，在三人合力之下，手术床被推进了病房。

简单庆贺之后，众人微笑的合影被丽丽用手机拍了下来。

“妈妈的手术很成功，谢谢各位。”这是丽丽朋友圈中最新的一条图片说明。

很快，朋友圈的图标中出现了一个“红圈1”。

丽丽点开，是一条回复：“站在病床旁边的那个男孩是谁？”

丽丽回答：“他是我爸的徒弟，叫卓米。”

三

夜深人静，坐落在湾水市第七中学南侧的“梦幻网络”里却好不热闹，一到晚上，这里便成了未成年人的天堂。

“包夜打游戏”好像已经成了这所学校落后学生的唯一生活乐趣。

“撸啊撸（《英雄联盟》）”应该算是这家网吧最为火爆的游戏，这款游戏的占座率至少可以达到百分之九十。

“快准备，你这个傻×！”

“不怕神一样的对手，就怕猪一样的队友。”

“什么破键盘！”

"对方行不行？不行给我滚蛋！"

十四岁的黄坤叼着烟蹲坐在沙发上，对着YY语音系统大声地叫骂着，一天的学习压力，也在这一刻全部释放。

"又输了！真他妈倒霉！"黄坤恼怒地将可乐瓶摔在地上，巨大的撞击声引来周围一群人的白眼。

而另一边，一位瘦高的少年正暗暗观察黄坤的一举一动。他眯起眼睛，因为黄坤扔在电脑桌上的那包价值二十五元的金皖香烟引起了他的注意。

总算选定目标的他，双手插兜离开了网吧。

"猴子，怎么样？有没有可以动手的？"说话的是站在门口的一位少年，他目光冷峻，神情处乱不惊，看来是这伙人的核心。

"老大，屋里第三排那个，我盯了很久。"猴子指了一下黄坤的方向，众人透过玻璃门看去，锁定了黄坤的具体位置。

猴子接着说："我看了，这家伙是一个人来上网的，浑身上下都是名牌，抽的是金皖，身上肯定有钱。"

"看来今天晚上大伙的烤串有着落了。"为首的少年把嘴上的烟头掐灭，往地上狠狠一摔，沉着冷静地吩咐道，"兄弟们，抄家伙，干。"

一声令下，其他五个人同时掀开夹克，从腰间掏出明晃晃的"狗腿砍刀"。

已是深夜，网管蜷缩在高高的吧台内，一副昏昏欲睡的模样。来网吧的主要都是些胆小怕事的少年，所以，就算网吧人满为患，但对于这伙持刀青年来说，跟入无人之境没有任何区别。

“妈的！你们……”黄坤刚想伸手去抓桌面上的烟盒，突然感觉脖子上传来一丝凉意。

一把明晃晃的砍刀，已经架在了他的脖子上。

“你……你们想干吗？”黄坤虽然一身痞气，但这场面他还是第一次见，差点儿吓尿了。

“兄弟，你这一身阿迪、耐克，还抽这么好的烟，想必日子过得不错吧？”说着，为首的青年从黄坤的烟盒中抽了一支烟，叼在嘴上。

“大哥，有什么话，咱们可以好好说。”黄坤主动拿起打火机，给他点上。

“行，有点眼色，那我也不为难你，给你留点面子，咱们出去说。”为首的少年把砍刀从黄坤的脖子上移开。

黄坤连声道“好”，慌忙收拾自己的东西，跟着一群人走出了网吧。

而除了坐在黄坤身边的一位少年有些吓蒙了以外，其他人仿佛什么事都没发生过一样，依旧淡定地玩着自己的游戏。

出了网吧大门，左转，是一条乌漆麻黑的胡同，黄坤被一行人逼到角落，他见几人不言语，哆哆嗦嗦地张口问道：“大、大、大哥，你们想怎么样？”

为首的少年冷哼一声，谈起了条件："我们五个人今天找到你也是缘分，看你也不像不明白事理的人。"

"对对对，大哥说得对，我懂，我懂。"

"你这吃香的，喝辣的，我们这哥儿几个可寒酸着呢，你看怎么办？"

"大哥，您说怎么办，我就怎么办，我身上的钱全部都给你们。"

猴子接过了话腔，上下打量着黄坤，阴阳怪气地问道："你身上现在有多少钱？"

"大哥，你等等，你等等。"黄坤慌忙把身上的口袋全部翻出来，把一把零钱举在半空中，"就……就这么多。"

猴子一把从他手中抢过，数了数："五块，十五，十七，二十二。"

钱一点清，猴子突然暴怒，一耳光甩了过去："妈的，总共才二十二块钱，打发要饭的呢？"

黄坤狠狠地挨了一记耳光，左脸上火辣辣的，五个指印登时清晰可见，他还没来得及喊疼，脖子上又传来一阵刺痛，眼睛向下瞥，只见刀刃已经划破了脖颈的皮肤，有血珠渗了出来。他高举双手，不住苦苦哀求："大哥饶命，大哥饶命。我真的就这么多钱，不信你们翻。"

猴子没了主意，把目光望向自己的老大。

为首的少年嘴角一扬，慢慢悠悠地开口说道："这家伙牙齿上有烟垢，看来烟瘾不小，可过来包夜，烟盒里却只剩下三根烟，三支烟怎么可能撑到天亮？他肯定还会买。二十二块钱，根本不够买烟，所以唯一解释得通的就是这家伙身上还有钱，只是他把大钱藏了起来，口袋里只装了零钱，我说得对不对呀？”

汗顺着黄坤的额头流了下来。

“他刚才上网的时候是脱鞋盘腿坐在沙发上，如果钱藏在鞋垫里，他不会这么做。”为首的青年右手握着砍刀，自上而下从黄坤的身上慢慢滑过，“自己的钱肯定还是藏在自己身上，既然不在鞋子里，那……”刀，定在了黄坤的裆部，青年笑了笑，“只有藏在这里最为隐蔽。”

“大、大、大哥。”为首少年刚一说完，黄坤便面露央求之色。很显然，这一切均被说中了。

“猴子！”为首的少年大喊。

“在，老大。”

“把他的裤子给脱了。”

“是！”

“大哥，不要，这可是我的学费。大哥！”黄坤双手死死地抓着自己的皮带不肯松手。

“学费？”猴子一巴掌扇在黄坤脸上，“搞了半天在这儿跟我们扯犊子呢？妈的，手给我拿开！”

“大哥，这学费要没有了，我妈非弄死我。”

“你要不给我，我现在就弄死你。”猴子拿起砍刀，怒目圆睁，恶狠狠地说道。

“大哥不要……”

“松开，快点儿！”猴子抡起砍刀，瞪着黄坤警告道。

“大哥——”

“我数三下，信不信我连你的手一起砍断？”猴子丝毫没有开玩笑的意思。

“大哥——”

“一。”

“二。”

数到“二”时，猴子已经把砍刀挥向半空中。

“三！”

猴子丝毫没有留情地砍了下去。

说时迟，那时快，黄坤立马松开了双手。

“尿包！”猴子一脸鄙视，吐了口唾沫。

“拿着。”他把刀递给了旁边的同伙，双手解开黄坤的皮带，一把将猴子下半身的衣服全都拽了下来。

“你他妈还硬了？！”

黄坤通红着脸没有说话。

被卷成一捆的百元大钞从内裤夹层的口袋里掉在地上。

猴子望向地面，对为首的青年竖起大拇指：“乖乖，老大你真神了，这里果然有钱。”

一切都在算计之中，为首的少年并没有觉得惊讶，他吩咐猴子道：“数数有多少。”

猴子转而吩咐另外一个团伙成员：“鸡仔，捡起来数数。”

“你怎么不数？”鸡仔哼了一声，极不情愿。

“你大爷的，怎么跟你哥说话呢，让你数你就数！”猴子显然是个暴脾气。

不管是什么团伙，均有等级长幼辈分之说，在这个小集体里，一共有五人，猴子排老二，鸡仔老三，下面还有两个兄弟，虽然五人在一起摆过香炉，拜过把子，但鸡仔心里只对老大是心服口服的，对于只会吵吵嚷嚷意气用事的猴子，他没有任何尊敬之意，毕竟兄弟们能出来“办事”都是唯老大马首是瞻，猴子不过就干个点灯（探风）的活，并没有什么技术含量，要不是顾及老大的面子，以鸡仔的脾气，两人估计早就干起来了。老大曾经吩咐过，出来办事要速战速决，鸡仔作为团伙掌钱的管家，必须要懂大局、识大体，所以他也懒得和猴子计较，拿到钱才是要紧之事。

不过，鸡仔虽然嘴上不说，心里还是一万个不爽，他白了猴子一眼，捡起百元大钞：“这家伙没尿裤裆吧。”鸡仔暗自叫苦，硬着头皮开始数那些有些臊烘烘的人民币。

“一百，两百，三百……”

“你能不能数快点，磨磨唧唧的。”

“要不你数！”鸡仔把钱递到了猴子面前。

猴子往后闪了个趔趄：“滚蛋，快数！”

鸡仔瞪了一眼，钱在他的手中越来越薄，很快，一个数目得了出来："老大，一千三。"

"好，知道了。"

"你是七中的学生？"为首的青年转而问道。

"对。"

"七中的学费加上一个月的生活费差不多是这个数，这家伙没什么钱了。"

黄坤见鸡仔已经把钱装进了口袋，有些为难地哀求道："大哥，我……"

"你别说话，我心里有数。"为首的少年语气充满了警告。

"鸡仔，拿三百块钱出来。"

"好的，老大。"

"做事留一线，日后好相见，我小虎办事有我小虎的规矩，你也别跟我讨价还价，今天兄弟们缺了，所以从你这儿转点，如果我小虎日后发达了，这钱定会如数奉还。今天咱们就当交个朋友，我小虎也敢跟你保证，今天是第一次，也是最后一次，以后咱哥儿几个见你也不会为难你。这一千块钱我们拿走，至于你怎么跟家里解释，那是你的事。"

小虎把鸡仔递过来的三百块钱塞到黄坤手中："三百块你拿着，我们不会像别人那样往死里弄。今天这事，你给我烂在肚子里，就当没有发生过。如果你敢报警，我小虎保证你不会活着离开七中。"

这一番话把黄坤吓得目瞪口呆。

“听见没有！”猴子吼了一声。

“听见了，听见了。”黄坤对着五人连忙作揖。

“把裤子穿上吧，我们走。”

小虎一挥手，一群人很快消失在夜幕中。

劫后余生的黄坤瘫软在地上，他目光无神地望着一群人离开的方向，喃喃自语：“大哥，这钱可是我弟弟的学费，被抢了我真的交代不过去，不是我不守规矩，是你们硬把我往绝路上逼，那我只能对不起各位了……”

四

刑警大队的会议室内烟雾缭绕，邓大队长眉头紧锁，脸色很不好看。

待所有侦查员落座，他翻开笔记本。

“王中队长，你把案件的情况介绍一下。”

“好。”

言毕，会议室里传出了哗哗的翻页声。

会议室内再次安静下来，王中队长开了口：“从9月1日到现在，半个月的时间里，我们区发生了多起持刀入网吧抢劫的案件。

根据110报警系统的检索，一共二十八起之多，而这仅仅只是报案的，如果算上因为害怕没有报案的，恐怕要远远高于这个数字。”

“这二十八起具体是什么情况？”邓大队问。

“根据我们的初步调查，这二十八起应该为同一个团伙作案，这些案件有以下几点共性：

第一，他们大多选择学校周围的网吧为作案目标，因为这些网吧一到晚上基本上都是学生，好下手。

第二，他们选择抢劫的对象多为穿着讲究，独自一人上网的青少年。

第三，他们基本上都是选择在凌晨两三点钟作案，这时候网吧里的人都处于困倦期，很少有人能察觉。

第四，他们每次抢劫都不抢完，还会给受害人留一些，为的就是堵住受害人的嘴巴，这也是那么多人没有报案的原因。

第五，这伙人并没有避讳网吧里的监控录像，所以我们在每起案件中都能找到清晰的截图，团伙一共有五个人，身份还没有查实，但根据受害人的报案材料反映，他们为首的名叫‘小虎’，负责寻找目标的绰号叫‘猴子’，管账的叫‘鸡仔’，剩下协助抢劫的两人分别叫‘赖猫’还有‘捆肠’。

从年龄上看，这伙人应该是未成年人，都是陌生面孔，不是我们本区人。而且从他们的穿着打扮看，也不像是在校学生，所以我更偏向是社会闲散人员。邓大队，我们目前掌握的信息就这么多。”

“各位还有没有什么要补充的？”邓大队扫视一眼。

见在场的所有侦查员都没有作声，邓大队接着说道：“案件的受害人都是在校学生，案件性质十分敏感，现在已经有很多学生家长联名举报到了市政府，市委书记亲自批文，要求限期破案。这一系列案件多发生在你们中队辖区，所以我决定把专案组放在你们中队，由王中队长担任组长。老陈——”

“在，邓大队您说。”

“你是老刑侦，说起侦查经验，在座的各位没有谁能跟你比，你就担任这起案件的专案内勤。”（注：为了打击某一系列犯罪行为，或者有重大影响的案件，刑警队都会成立一个专案组，专案组内勤主要收集、整理参战民警的调查笔录及相关证据，负责把握整个案件侦办的进程和方向。）

成立专案组就相当于领军打仗，在一个专案组里，专案组长和专案内勤的关系就相当于三国时的刘备和诸葛亮，刘备只是负责协调，而真正出谋划策的还是诸葛亮，所以一般专案内勤都是由办案经验丰富的老侦查员担任，正如邓大队所说，这里没有比老陈更合适的人员，所以他也没有推辞，爽快地应了声：“好！”

“市委、市政府给我们十天，希望大家充分发挥自己的主观能动性，争取提早破案，散会。”

回到办公室的卓米很自然地抽出一支烟递给老陈：“师父，这起案件该从什么地方下手？”

“我担心一个问题。”老陈的脸色很不好看。

“什么问题？”卓米把头伸得老长。

“之前所有的报案材料我都看过一遍，为首的那个叫小虎的脑子很灵光，组织策划也很严密，这是其一。其二，他们每次作案选择的时间、地点、作案目标都恰到好处，而且屡屡得手，这说明每次作案之前，他们都有可能精心设计过。其三，这几个人没有犯罪前科，且都是生面孔，说明他们之前没有来我们区作过案，可是他们能在短短一个月内作案那么多起，说明这个团伙不简单，换句话说，他们的反侦查能力很高。那么……问题就来了。”老陈拖长音。

“什么意思？我怎么越听越糊涂？”

“他们反侦查能力这么强，为什么每次作案都不避讳网吧内的视频监控？”

“对啊！”在老陈的提醒下，卓米瞬间顿悟，“师父，这是为什么？”

“一般我们办理的案件中，不惧怕监控录像的有三种人。”老陈竖起三根手指，“第一种，他本人不知道有监控。第二种，作案人为外地人，生面孔，不惧怕监控。第三种，就是有某种原因使他不害怕。我们逐条来分析：监控全覆盖，是开网吧的硬性要求，这是路人皆知的事情，这帮小孩子不会不清楚，所以第一种情况可以排除。报案人材料里说得很清楚，这帮人操的是我们湾水市口音，很显然是本地人，那么第二种情况也可以排除。前两条排除了，那只剩下第三种情况，他们可能是出于某种原因根本不害怕监控。”

“某种原因？”

老陈弹了弹烟灰："比如，因激愤而产生的案件，凶手正在气头上，他管不了那么多，所以不避讳监控。还有就是吸毒者参与的案件，他们因毒瘾发作而作案，也不会管那么多。但我们看看这个系列案件。每起案件作案前都有针对性地选择作案目标，但是你仔细研究，会发现这里面有些问题。"

卓米听得格外认真。

老陈烟瘾一时难以控制，又续了一根："这伙人不管是在作案时间选择、作案对象挑选还是作案方式上，都仅仅是为了自己能更顺利地离开这个现场，好接着抢下一个目标。"

"对，他们很少一天只作案一起。"

"也就是说，他们精心策划的主要目的是能在一晚上抢劫更多的钱，而不是怕警察抓到他们。"

"他们不怕警察？为什么？"卓米有些诧异。

"这也是我担心的，按理说这个叫小虎的人不会不知道抢劫是重罪，但是他们还敢如此疯狂地作案，出现这种情况，要么是他们脑子不好，要么就是他们不惧怕法律的约束。"

"师父，你是说……"老陈说到这里，卓米就算脑子再不灵光，也猜到了其中的缘由。

"对，我怀疑这伙人都不满十四周岁。"

"不满十四周岁？"卓米刚想把"未成年"三个字说出口，没想到老陈比他推算得还要精准。

老陈无奈地点点头："我国刑法规定，不满十四周岁属于完全不负刑事责任的年龄，就算他们杀人了人，也不用负刑事责任。如果真是这样，就算我们把这些人全部抓到，也只能责令其家长或者监护人加以管教，但是这样的小孩子如果家长说话管用，也不会半夜出来抢劫了……”

对于老陈所说的法律规定，算是刑警队办案的基本常识，卓米也知道其中的利害关系。在我国，《刑事诉讼法》把刑事责任年龄分为三类。第一类，完全刑事责任年龄，即年满十六周岁的正常人。这些人不管犯什么罪，都要追究刑事责任。第二类，限制刑事责任年龄。即已满十四周岁不满十六周岁的正常人，这个年龄段的人，只有触犯故意杀人、故意伤害致人重伤或者死亡、强奸、抢劫、贩卖毒品、放火、爆炸、投毒这八大类犯罪时，才会承担刑事责任。第三类，就是老陈所表述的完全不负刑事责任年龄，即十四周岁以下，这个年龄段的人，不管触犯什么法律，都不用承担刑事责任。

卓米只是想到这帮小孩子可能是不懂事的未成年人，据他估算，年龄应该在十四岁至十六岁之间，可谁曾想，老陈给的结论，直接让这伙人套上了“保护罩”，面对如此恶劣的案件，卓米还是有些不甘心，他开口问道：“师父，难道就一点儿办法没有了？”

老陈摇摇头：“法律就是这样规定的，如果我推测正确的话，就算是抓到人，最多只能给他们一份问话材料，接着就要放人。”

卓米一向是嫉恶如仇，他尽量让自己冷静下来：“我觉得我们还是先找到这群人再说，万一我们的推测有误呢？”

“你说得对，抓人是重中之重。”老陈说着拿起电话按动了一串号码。电话很快接通：“喂，衫子。”

“陈大哥，怎么了？”

“回头我给你发几张照片过去，你让手下的兄弟给摸一下，线人费每人五百。”

“得嘞。”

见老陈挂掉电话，卓米开口问道：“师父，您这是……”

“这也是我接下来要交给你的任务。”

“任务？什么任务？”

“我给你一个星期，物色一个靠得住的线人。”

“线人？”

“对，线人就是我们刑警的左膀右臂。当下警察的处境你也知道，警力急缺是每个地方的通病，我们一个中队只有十几个正式民警，却要管辖整个城区的刑事案件，如果平摊下来，累死也干不完。所以我们要找帮手，给我们源源不断地提供线索。一旦线索被核实，我们可以提供相应的线人费。所以，要想干好刑警，手底下没有几个线人几乎不可能，我刚才就是给我其中一个线人打的电话。”

“线人我知道，在电影里看过。”卓米嘿嘿一笑。

“我在跟你说工作，你扯什么电影？”老陈见卓米嬉皮笑脸，顿时怒意袭来。

“师父……我……”

老陈举手打断，严肃地说道："记住，我们需要的线人是能为我们所用，但又不能危害社会的人，而且这些人还要有提供海量线索的能力。电影里放的那些主，不给咱们捅娄子就不错了。"

"师父，那我需要……找哪些人？"虽然看出老陈已经有些怒意，但对于一窍不通的卓米来说，这个问题他不得不问出口。

"只要能为我们所用，什么人都可以。干刑警，一定要自己动脑子，不能什么事情都要我告诉你，我总有不干的那一天。"

"知道了……师父。"卓米不再言语。

"但是一定要记住，千万不要用那些混社会的人，跟他们处时间长了，容易犯错误。"

卓米点头，记住了忠告。

老陈按了按因为充血而有些疼痛的太阳穴："目前要想破这个专案，最便捷的方法只有两条。"

卓米很识趣地没有说话，等着老陈的下文。

"第一条，在一些可能再次发案的地区蹲点守候。第二条就是我跟你说的依靠线人。蹲点是体力活，没有什么技术含量，我让别人去，你这些天就琢磨线人的事就行了。"

"师父……"卓米突然想到了一个人。

"还有什么问题？"

"没，没有了。"

在没有拿定主意之前，暂时还是不要在师父气头上说的好。卓米心里这样想着。

老陈抬起手腕，看了一眼手表："现在正好是下班点，你先回去休息休息，想想人选，晚上我加个班。"

"嗯，师父，你多注意身体。"

"那个……"老陈欲言又止。

"嗯？师父您说。"

"我今天说话有些严厉了，你别往心里去。"老陈的语气有些缓和。

"师父，您这话说的，您也是为我好，我知道好坏，师父如果没有别的事那我就先走了。"

老陈挥了挥手："去吧。"

关上房门，老陈回到办公桌前，把陪伴自己多年的配枪取出，桌面上的台灯被他按亮，强光之下，枪膛上一道道因子弹撞击而留下的擦痕清晰可见。老陈把枪握在手中，右手食指搭在了扳机的位置："老伙计，真想让你送我一程。"

五

桥头牛肉汤店有个不成文的规定，不管生意多好，上午十点准时打烊。究其原因，也有说道。

"桥头牛肉汤"早年只做渡客商人的生意，十点之后，在码头很再难寻觅到商人，没了生意，自然打烊，所以长年累月，一代代店主就形成了这个习惯。然而在当下，这只不过是其中很小一部分原因，罪魁祸首还是饥饿营销。

这里给人传递一种信息，一旦过了点，就算你腰缠万贯，想吃也没有，这就让人产生一种欲望。在这种欲望的驱使下，食客会想方设法地吃上一口，费了老鼻子劲吃到的东西，就算是味道一般也能被夸成美味，一旦口口相传，名声自然就炒作了出来。

不知从什么时候开始，卓米已经变得烟不离手，他坐在桥头的梧桐树下目不转睛地望着那条通往牛肉汤店的唯一入口，他的卡西欧电子表显示，距离十点只剩下五分钟。

“店都快关门了，这家伙难道不来了？”

卓米环视一周：“这一地的饮料瓶，他不会不来收吧？”

按理说应该不会……卓米心里暗想，余光瞥见了正在准备收摊的老板。

“今天没来也没事，反正师父给了我一周的时间，一周肯定能等到。”卓米用这个理由给自己打气，就在他拍拍屁股准备离开时，一个蓬头垢面的邋遢男子背着编织袋朝桥头这边走来。

“这家伙，还真会掐时间。”卓米一脸愉悦，起身迎了上去。

“喂，兄弟，还记得我吗？”他从身后拍打着对方的肩膀。

男子一转身：“大哥？是你啊。”

他的表情，让卓米想起了电影《泰囧》里，王宝强站在天桥上对徐峥的那一幕。

“嗨，还没忘记我呢。”卓米很快调整了自己。

“哪能啊？”男子憨厚地咧开嘴巴，露出一排白牙。

“记得就好，记得就好……”卓米来回重复这句话，不知该怎么开口。

男子看出了端倪：“大哥，你找我有事？”

“我先帮你把地上的饮料瓶捡完，我的事回头再说。”卓米弯下腰去。

“大哥，这脏活怎么能让你来？”

“这算啥，我上学时也捡过。”

说着话，卓米捡起地上客人喝剩的饮料瓶，拧开瓶盖，把剩余的饮料倒出，接着一脚踩扁，动作一气呵成。

“大哥，你比我还熟练呢。”

“上大学时，我捡了三个月瓶子给自己买了部手机，虽然是直板诺基亚。”卓米笑呵呵地把瓶子扔进编织袋。

“大哥，还是你厉害！”

“别喊我大哥，喊我小米就行。”

“小、小、小米哥。”

“得，你爱咋喊咋喊。你叫什么？”

“傻强。”

“傻强？这是什么名字？”

“我从小就是超生娃，家里养不起就到处送人，也没给我取个像样的名字，从小他们都喊我傻强。”

“是这样啊……不过赖名字好生养，挺好。”

“小米哥，地上的瓶子都捡完了，有什么事，咱们去那边树底下说？”

“得嘞。”卓米应了一声，转身朝店里喊道，“王叔多谢了，不耽误你关门了。”

“跟我客气啥。”

和店老板寒暄几句之后，两人径直走出百米开外，坐在了树下的歇脚石上。

“抽烟不？”卓米递过去一根。

“嗯。”傻强舔了舔干裂的嘴唇，双手接过。

火机中蹿出的火苗将两人嘴上的烟点燃，稍微抿上两口之后，卓米先打开了话匣子：“你平时住在什么地方？”

“老城区有个废弃的涵洞，我就住在那里。”

“就你一个人？”

“里面还有几个捡破烂的。”

“有没有想过以后的事？”

被卓米这么一问，傻强突然愣住了：“以后的事……”

“怎么？没有想过？”

傻强有些无奈地摇摇头：“不是没有想，是不敢想……”

卓米知道他心里不好过，所以没有接话。

“唉！”傻强长叹一声，“先不说我身无分文，我连最起码的身份都没有，你说我能干啥？过一天算一天，一人吃饱全家不饿，这对我来说就已经知足了。”

“你一天捡饮料瓶能收入多少？”

“跑遍整个城区，平均也就十多块吧。”

“这么说，你对城区的路很熟喽？”卓米眼前一亮。

“闭着眼睛都不会走丢。”傻强很自信地回了句。

“傻强，说老实话，你感觉我这个人怎么样？”

“那自然没话说。”

“你知道我是干吗的吗？”

傻强摇摇头：“不知道。”

卓米从包中掏出了一个黑色皮革证件递了过去。

傻强用询问的眼神看着卓米，没有立刻去接。

“认识字不？”

“认识得不多。”

“这两个字你肯定认识，打开看看。”卓米在他面前掂量了一下，示意他拿着。

傻强把双手在自己的裤子上使劲蹭了蹭，确定手掌已经干净后，把证件接了过来。

卓米递给他的证件分为两面，一面记录着卓米的个人信息，另一面则是一块铜制的国徽。

“警察？”傻强喊出声来。

卓米平静地抽着烟卷。

“小米哥，你，你，你真的是警察？”

卓米没有回答，笑眯眯地从傻强手中拿回证件，指着证件上的照片调侃道：“你看，那时候的我还比较瘦，现在都胖了。”

傻强的视线在照片和真人之间来回切换，在确认无误后，他“咕咚”咽了一口唾沫。

卓米将证件收起：“想不想跟着我干？”

“跟你干？”

“对，如果你干得好，说不定我可以请求我们领导，把你的户口给解决了。”

“当真？”傻强腾一下起身。

“不敢确定，但有希望。”

“我除了捡破烂，啥都不会，我跟着你能干啥？”傻强没有被喜悦冲昏头脑，有些自卑地回了句。

“不要求你会什么，只要腿脚勤快就成。”

“真的？我真的能行？”

“我说你行，你就行。”

“成！”

“这么说你愿意喽？”

“愿意，愿意，当然愿意。”

“好，我带你去见一个人，只要他同意，这件事就算成了。”

六

为了避免引人耳目，卓米告诉傻强下次会合的时间、地点后，两人便在桥头别过。

卓米打车先行一步来到单位，办公室房门打开，老陈正端坐在办公桌前研究案件卷宗。

“怎么了，小米？慌慌张张的。”老陈头也没抬问了一句。

“师父，这个案件有头绪了没？”卓米没有着急回答，端起自己的水杯喝了一口。

“证据很充分，就差抓人了。”

“这伙人现在在哪里知道吗？”

“暂时还不清楚，没头绪。”

“师父，抽支烟，解解乏吧。”

听卓米这么说，老陈这才不舍地把视线从卷宗上移开，他笑眯眯地接过烟，在桌上敲了敲。

“我给你安排的事情办得怎么样了？”

卓米把按出火苗的火机送了过去，待老陈的烟被点燃，他张口回道：“我今天就是跟您说这事，我找到了一个再合适不过的人选。”

“这么快？是谁？”

卓米用最精练的语言把和傻强认识的原委全部说了一遍。

老陈认真听完后，问道：“你告诉他案件具体细节了吗？”

“暂时没有，我想让师父给我把把关。”

老陈没有说话，从抽屉里拿出一套采血卡。

“师父，您这是？”

“这个社会，知人知面不知心，你有没有想过，他如果是隐姓埋名的逃犯怎么办？”

“这个……”听老陈这么一说，卓米心里一紧，他不得不承认，这确实是个疏漏。

老陈继续说道：“为了保险起见，你去给他采集一份血样，我让技术科的同事帮着比对一下，看看他有没有犯罪前科，如果底子干净，那他确实是一个不错的人选。”

卓米把采血卡装到口袋中欲言又止：“师父……”

“怎么？”

“如果傻强表现好的话，那他的户口能不能特事特办？”

“我会尽力帮他。”

“谢谢师父。”

卓米按照老陈的要求提取了傻强的血液样本，为了保险起见，他的指纹样本也被一并送到了技术科。比对的结果令人欣慰但也令人心寒。

跟卓米之前猜的一样，傻强的底子很干净，没有任何前科记录，这点令人欣慰。

按照傻强的描述，他已经离开家乡十多年，如果他的家人还对这个人有一丝留恋的话，估计早就会报人口失踪，一旦报警，公安局会给失踪人员的父母采集血样，血样信息也会一并录入失踪人口系统，只要傻强的DNA信息与系统对接，就应该可以找到他的亲生父母。可是，电脑上“无记录”这三个字，证明了根本没有傻强的失踪报案，也就是说，这十多年，没有一个人去关心这个人的死活，这难免让人心寒。

傍晚，桥头牛肉汤店前的梧桐树下，还是那块歇脚石。

“不是哥不信任你，这是程序。”卓米有些歉意。

“小米哥，我知道，没事的。”傻强搓着手回了句。

“既然你已经同意了，那以后就跟着我了。”卓米伸出了右手。

“嗯！”傻强一把握住。

“这是五百块钱和一部手机，我们两个单线联系，你不能用这部手机拨打除我以外的任何号码。”

“明白。”傻强双手接过。

“有些话，我想说在前面。”卓米递了一支烟。

“小米哥，你说。”

“你现在的身份比较特殊，公安局是纪律部队，有些案件可能涉密，所以我说什么，你就做什么，不能问，也不能到处乱说。”

“这点我懂。”

“当然，你也要量力而行，有什么困难，直接跟我说，不用藏着掖着。”

“嗯。”

“以后这里就是我们的秘密会合点，下午五点以后，这里基本上不会有人，需要见面时，我们就五点以后在这里会合。”

“明白！”

“该交代的就这么多，这是你的第一个任务。”卓米掏出了五张视频截图照片。

傻强看了一眼，等待下文。

“最近我们辖区发生了多起持刀抢劫网吧学生的案件，这五个人是嫌疑人，他们会选择凌晨作案，而且流动性很强，你这次的任务就是找到他们，然后第一时间通知我，我的手机二十四小时开机，随时可以给我打电话。”

“好。”

“我们全区有多个组都在找这几个嫌疑人，线人费是每人五百元，五个人加一起就是两千五。”

“两千五？”傻强惊呼，“我要捡两万多个瓶子才能挣这么多。”

“不多，这只是最低档的线人费，上万，上十万的都有。”

傻强用力咽了口唾沫。

“这帮孩子既然半夜出来作案，那白天出门的可能性不大，不行的话，这段时间你就颠倒一下生物钟，白天睡觉，晚上出门溜达。有线索，打电话。”卓米伸出右手摆了一个“六”字放在耳边。

“好嘞！”傻强干劲十足地把几人的照片贴身收好。

“去吧！”卓米挥挥手。

“是！”傻强立正朝卓米敬了个礼，他本以为这动作会让卓米会心一笑，但结果让他大失所望，也许是迫于办案的压力，卓米的脸上除了严肃冰冷以外，再没有一丝多余的表情。

傻强收起笑容，卓米的态度也让他心里备感压力：“小米哥，我走了！”

“嗯！”卓米目视远方，心不在焉地回了句。

七

湾水市城中村一出租屋内。

“老大，都一个星期没有开张了，兄弟们手里马上连撸串的钱都没有了。”猴子坐在床上急得抓耳挠腮。

“我们前段时间干得有些猛了，这里面肯定有报案的，如果我猜得没错，估计全城的警察这段时间都在抓我们几个，现在干活，肯定被抓。”小虎很老练地回了句。

“那要等到什么时候，眼看就揭不开锅了，如果这个月连房租都交不起，我们就要睡大街了。”

小虎眉头紧皱：“我们还剩多少？”

猴子往还在熟睡的鸡仔身上踢了一脚：“还有多少？”

“什么还剩多少？”鸡仔很不情愿地翻了个身。

猴子拍打着手背喊道：“钱，我们还剩多少钱！”

“喊什么喊？”鸡仔揉揉眼睛依在床头。

“你大爷的……”

“你再说一句！”

“鸡仔！”为了避免争吵，小虎喊停了双方。

鸡仔对猴子翻了翻白眼，转而对小虎客气道：“老大，剩得不多了，具体剩多少，我还要数数。”

在小虎的示意下，鸡仔把床头的枕套拉开：“一百，两百，三百……”室内鸦雀无声，几双眼睛紧盯鸡仔手中的钞票。很快，数钱声停止。

“老大，我们还有四百三十块。”

小虎点点头，回了声：“知道了。”

“老大，就四百多块了，要不今天晚上咱们干两起，解解燃眉之急？”猴子看着薄薄的一沓钱，提议道。

“看过《天下无贼》吗？电影中有一句经典台词‘我最烦你们这些打劫的，一点技术含量都没有’。”小虎答非所问。

“老大，啥意思？”

“啥意思，啥意思，天天就知道享受，我们还没到享受的时候。”小虎恼怒地把未吸完的烟往地上一扔。

这突如其来的怒火，让在场的所有人都闭上了嘴巴。

“你们是不是打算抢一辈子？猴子，你要去抢，你现在就去，我绝不拦着你，去，你去啊！”

面对小虎的训斥，猴子有些胆怯：“老、老大，我不是那意思。”

“我们几个从小在一个村长大，你们既然跟着我，我就要对你们负责任。出去抢劫是不得已的办法，以后要想出头，要么有足够的资金，要么有足够的胆子。现在看，钱我们是没有，但胆子我们有的是。有句话说得好，撑死胆大的饿死胆小的。知道为什么我让你们出去抢劫不要戴面罩吗？”

“老大，为什么？”鸡仔已经被感染。

"我就是要所有人都记住我们兄弟五个的脸，以后我们要在这里立足，我要让所有人都知道，我们兄弟是不要命的主儿。"

"老大说得对，我们要在这里立足！"猴子痛快地喊了一句。

"知道现在这个社会，什么最赚钱？"小虎继续发问。

"什么？"

小虎指着房顶一字一顿地说道："房地产！"

"房地产？老大我们要盖房子？"鸡仔接着问。

小虎摇摇头："以后肯定要盖，不过现在还太早。"

"那是……"

"现在房价那么高，整个湾水市都在大兴土木，等我们名号打起来，先从工地开始。"

猴子闻到了"肉香"，张口问道："老大，你的意思是？"

"以我们现在的实力，工地老板我们惹不起，但是送黄沙水泥的小贩绝对不敢惹我们，我们先从他们下手，在工地门口守着，不给钱就不让进，跟我们犟嘴，我们就拿刀砍，等他妈的赚到钱，抢地皮，自己干！"

"老大牛气！"所有人都已经完全被洗脑。

小虎接着说："这几天风头紧，时机还不成熟，等警察失去耐心，把我们的通缉像贴得满城都是的时候，我们再干一把大的，到那时一定能引起轰动，我们的名号绝对能一炮打响。"

"既然老大已经算计好，我听老大的！"鸡仔带头第一个举手。

"我们都听老大的。"

“好，那咱们先将就吃几天泡面，看警察那边的动静再说。”

距离限期破案还有三天时间，每次开会，对于专案内勤老陈来说都是一次莫大的煎熬。专案组成员送给他的调查材料也越来越少，虽然案件所有的证据都形成了链条，但这伙人仿佛凭空消失一般。被抢的学生家长经常把公安局围得水泄不通，邓大队几乎每天都要去市政府汇报案件的进展情况。各方面汇聚的压力就像一块山石，堵在所有专案组成员的胸口。

每天一次的专案会按时举行。

“大家都说说看，接下来我们该从哪个方向入手？”已经不知道多久没有合眼的邓大队双眼布满血丝。

“作为专案组内勤，我来说说我的看法。”老陈做了表率，“通过这些天对案件材料的分析，这伙人的头目小虎心思相当缜密。自从我们开始全面调查这起案件起，发案率几乎为零，不得不说他们的反侦查意识相当强。我们现在很多技术手段都用了，依旧没有任何下落，我猜测他们一定是躲在暗处不敢露头。”

“但有一点。”老陈伸出食指着重强调，“虽然这伙人心智很成熟，但他们依旧是年轻人，没有耐心、好玩是他们的天性，他们不可能像某些成年犯一样，在住处一待一整天，他们肯定会选择在一天中的某个时段出来放风。我们为了防止他们再犯案，几乎把所有的警力全部用在了晚上，我想这帮孩子已经有所察觉，所以我怀疑他们会不会反其道而行之，选择在白天出门？白天人多眼杂，他们一旦混入人群，很难辨认。”

“嗯，有道理。”专案组成员频频点头。

“我建议，把我们的警力全部撤出来，重新部署。”因为部署警力涉及领导层，老陈抬头望了一眼邓大队，没有再继续往下说。

邓大队读懂了他的意思，示意道：“老陈你说你的！”

老陈环顾一周，确定大家都在认真记录后，他开口说道：“我们可以给这伙人玩个障眼法。晚上只派一个人蹲守，蹲守什么也不用干，开着警车、闪着警灯停在网吧门口，这样就可以营造一个夜晚全城缉拿的假象。剩下的精干力量白天全部撒在城中村等人口杂居的地方。我推测他们的落脚点不会跑出这个范围。”

“这个方法可行。”

老陈接着补充：“这帮人要吃饭、喝水，所以超市、小卖部、小餐馆都要看死，我算过，一个城中村的零售店不会超过六家，也不会耗费太多的警力。”

“行，那接下来我们就按照老陈说的重新部署。”邓大队接着说，“我们市区一共有四个城中村，加上两个治安乱点的小区，那么我们就分成六个组，每个组八人，我回头再从别的刑警中队抽调一些人员，这两天全力排查，一有结果，马上汇报。今天的会就到这里。”

八

“跟我回办公室，我有事和你说。”刚一散会，老陈便拉住了卓米。

两人肩并肩刚一走进办公室，卓米便迫不及待地开口问道：“师父，怎么了？”

老陈放下手中的卷宗，站在了一张区域地图前，左手拿着一支铅笔，招手对卓米说：“你过来！”

“师父，你这是干什么？”

老陈没有说话，当卓米的注意力全部集中在地图上时，他才开始了手中的动作。一个圈，两个圈……很快，几十个椭圆出现在了地图上。

“田东……国庆……淮舜……”卓米随着老陈手中的动作，快速扫视了一遍他圈起的地名，“师父，这些都是案发现场？”

“对！”老陈收起笔，“有没有发现什么规律？”

“规律？”卓米眯起眼睛，“如果把这些地名串起来，好像是一个圆。”

“你说得不全面。”见自己的徒弟总算是开了窍，老陈欣慰地在地图上又画起来。

“唰！”笔尖划过——一个大圈。

“唰！”两个大圈。

……

很快，地图上杂乱的小圈被连成了一个个同心圆。

“现在呢？有没有发现什么？”

“师父！”卓米不可思议地瞪大了眼睛。

“看到了什么，说！”

卓米从老陈手中接过笔，从同心圆的圆点开始，画出了多条射线。

“师父！”卓米有些惊喜地指着其中一条线上的三个小圈，“这是团伙第一天作案的三家网吧。”

“这一条是第二天作案的两家。”

“这一条，是第三天作案的四家。”卓米越说越兴奋，“这条，是第四天，这是第五天……”

老陈站在一旁很有耐心地等卓米说完，看着眼前有些气喘吁吁的卓米，老陈微笑着递过去一杯茶水。

说了半天，卓米早已口干舌燥，他接过水杯，一饮而尽。

老陈缓缓开了口：“两点之间，直线最短，因为他们是徒步作案，所以这帮人每次作案都是选择一条直路，这条路上有几家网吧，他们就作案几起起，如果我猜得没错的话，圆心的位置就应该是他们的藏身之地。”说着，老陈用铅笔重重地把地图上“陈岗村”三个字圈在其中。

“师父，既然你都知道，刚才在会议上为什么不说？”

“虽然我找到了这个规律，但这只是推测，不能孤注一掷。”

“原来是这样啊！”卓米恍然大悟。

“师父，那接下来我们该怎么办？要不要去抓人？”

“把我们掌握的消息告诉傻强，我们在办公室里等消息。”

就算卓米脑子再笨，此时此刻他也完全明白了老陈的用意。老陈干了那么多年刑侦，办案经验在刑警队首屈一指，他所说的哪里是什么猜测，其实这就是指向性的结论，他之所以没有在专案会议上说出来，就是想让自己的徒弟有一个表现的机会。

“谢谢师父。”卓米感激地说。

“我们两个之间不存在谢，我们是捆在一起的蚂蚱。”老陈溺爱地拍了拍卓米的肩膀，“时候不早了，抓紧时间给傻强打电话，让他明天一早就在陈岗村里转悠，肯定能发现这伙人的踪影。他一个拾荒的，不显眼。”

第二天一早，陈岗村的小商小贩都支起了摊位，静静地等待着一天的收获。

“老大，泡面吃完了，我出去买点。”鸡仔打着哈欠。

按照小虎定下的规矩，每天早上七点是唯一可以出门的时刻，之所以这么定，也是有颇多缘由的：

首先，七点天刚亮，警察不会那么早上班。其次，这时候人都没睡醒，脑子处于混沌状态，不会对人的长相有太深的印象。最后，早上的人最少，如果有什么问题，在狭窄的巷子里也好逃窜。

从以上三点来看，不得不说，小虎的反侦查能力不是一般的强。

每次出门，小虎都会不厌其烦地叮嘱他定下的规矩：“一次不要买太多，这样会引起怀疑，千万不要嫌费事，多跑几家商店！

“还有，不要进超市，超市有监控，找那些路边小店，戴上口罩。

“如果发现有可疑的人，不要回来，往村西边跑，那边有个广场，那里跳广场舞的大妈多，有人跟踪你，你就往人群里钻。”

“知道了，老大！”鸡仔对小虎的话一向是言听计从。

小虎摆摆手：“去吧！”

清晨，户外气温要比室内低了许多，只穿了一件卫衣的鸡仔把身上的衣服紧了紧，快步朝第一个目的地进发。

经常露宿街头的傻强练就了一项常人无法忍受的本领，他常年打着背包，里面时刻装着一条沾满污渍的棉被，不管在什么地方，只要困了，把棉被往地上一铺，倒头就能睡。

接到卓米的电话，他头天晚上便睡在了这里，陈岗村本身就鱼龙混杂，路边多一个乞丐，不会引起任何人的疑心。

这是他第一次出任务，傻强很是上心，他早早地选了一处开有三家小商店的巷子蜷缩起来，他故意把沾满油污的长发拉下，用来遮挡窥视的双眼。从几家小店开门到现在，他几乎连眼睛都没敢多眨一下。

“老板，来三桶泡面。”一个年轻人的声音引起了他的注意。

可能是太早，店老板还没有睡醒，也可能是青年嘴巴上的口罩挡住了声源，老板不确定地问了句：“几桶？”

“三桶。”

老板扶耳：“几桶？”

失去耐心的青年拉掉口罩：“三桶，三桶，三桶。”

“三桶就三桶，喊那么大声干什么？”

青年脸上两颗黄豆大小的黑痣引起了傻强的注意，他慢慢地起身，躲在墙角，从口袋中慢慢掏出几张照片一一翻看：“有他！真的是这伙人！”

再三确认之后，傻强收起照片，目光死死地盯住青年，脚下则沿着墙根慢慢溜达。转了大半个村子后，两人一前一后拐进了一条狭窄的巷道。

就在这时，走在前面的青年突然转身，大声吼道：“叫花子，跟着我干吗！”

傻强的心瞬间提到了嗓子眼。

“你跟了我半天了，说，你想干吗？”青年从腰间抽出砍刀，慢慢靠近。

就在两人的距离只有一米时，傻强高举双手喊了起来：“阿巴，阿巴。”

“阿巴，阿巴……”他的声音越喊越大。

“妈的，原来是个哑巴！”青年放松了警惕。

“阿巴，阿巴！”傻强边点头，边喊叫。

“死哑巴，跟着老子干吗！”砍刀已经抵到了傻强胸前。

“阿巴，阿巴！”傻强指着青年手上的饮料瓶。

“吓死老子了！原来你他妈就为了一个饮料瓶跟了我半天，我还以为你是警察呢！”青年收起砍刀，擦了擦额头渗出的虚汗。

“阿巴，阿巴！”傻强使劲地摇着头。

“不过话又说回来，哪有警察会穿成这熊样，你那头发，估计都半年没洗过了吧！”青年重新把刀插入腰间。

“算了，你也不容易，跟了这么久，就为了这个瓶子。”青年拧开瓶盖，把剩下的饮料一口干完，他抹了一把嘴角，把瓶子递了过去，“给你了，拿去吧。”

“阿巴，阿巴！”傻强又是鞠躬，又是敬礼。他顺手把饮料瓶塞进编织袋，这场戏才算圆满收官。

“得得得，你赶紧起开。”消除了叫花子身份的疑虑，青年长舒了一口气，四下看看，他们正站在一户民居前，青年的视线落在门牌号上，回头瞪了叫花子一眼，“都怪你！害我兜了这么久的圈子！都跑出三十间房那么远了！”

傻强低下头，一副做错事的模样，听青年发了好一会儿牢骚，直到耳根净了，青年的身影消失在巷末，傻强才抬起头，盯着民居的门牌号看了许久：

57号。

这一瞬间，傻强好像明白了什么。

他伸头左右观察了一下巷口的动静，确定安全后，他一口气飞奔出了陈岗村，跑了有十来分钟，总算选到一个足够隐蔽的地方，拨打了卓米的电话。

九

“师父，摸清楚了！”卓米挂断了电话，兴奋地对老陈道，“那伙人就住在陈岗村87号！”

“当真？”

“傻强打探到的消息！”

“好！”老陈一拍桌子，拿起电话拨了一串号码，电话很快接通。

“喂，邓大队，卓米的线人已经找到了那伙人，他们的窝点在陈岗村87号。”

“这么快？消息可不可靠？”电话中的人似乎还有些不敢相信。

“绝对可靠。”

“好，我现在就安排人过去。”

老陈挂掉电话：“干得漂亮！”

“都是师父帮的忙。”被这么一夸，卓米的脸颊有些微热。

“如果嫌疑人能抓到，最少能记个三等功！”

“个人三等功？”卓米从未有过这样的奢求，此时此刻，他简直不敢相信自己的耳朵。

“虽然三等功对刑警来说不算是什么大荣誉，但是你才刚转正没多久，要是能立个功，绝对能让所有人都刮目相看，对你以后的成长很有帮助！”

“谢谢师父！”

就在这时，老陈的电话又响起来。

“喂。……好。……行。……马上！”

卓米见老陈的表情越来越放松，最后竟带着笑意，悬着的心也渐渐放下了，满怀期待地看向老陈，希望得到一个肯定的答复。

老陈挂了电话，对卓米咧嘴一笑：“邓大队的电话，五个人，一个不少，小子，你这次可真的立功了！”

卓米难掩兴奋，快乐的情绪也深深感染着老陈，但他还是绷了绷脸：“别高兴得太早，人虽然抓住了，可还有很多事要办。”

毕竟也不是得了表扬尾巴就翘上天的人，卓米很快就冷静下来：“嗯，师父，都听您的吩咐。”

“我是专案组内勤，主犯小虎肯定是我审讯，咱们两个把所有的报案材料全部捋一遍，把关于小虎的描述全部剔出来，列一个审讯提纲，这样问起来好下手。”

“好！”

“你以后办案也要养成这个习惯。”老陈见缝插针地引导。

“明白，师父。”

时间如沙漏般流逝，就在两人刚把卷宗大致过完一遍时，五名嫌疑人已经被押送到了办案区。公安局内部的办案区可分为审讯室、搜身室、信息采集室三大块区域。一名嫌疑人被带入办案区，第一步就是搜身，需要把随身携带的所有物品取出，寄存在特定的柜子中。接着第二步，侦查人员核对嫌疑人的身份信息。待信息核对完之后，第三步便会在信息采集室采集嫌疑人的指纹、血样、身高、体重、照片等信息。等一切做完之后，嫌疑人才会被带入审讯室接受讯问。

当五个人从信息采集室被带出时，一个不好的消息瞬间在专案组办案人员中传开。

所有嫌疑人均不满十四周岁，团伙老大周虎，才刚满十三周岁。按照法律规定，这伙人根本不用负刑事责任，换句话说，刑警队只有审讯的权力，等所有人的问话结束以后，这五个人只能由各自的家人领回。

“师父，真让你猜对了……”让这群对社会危害极大的少年钻了法律的空子，卓米有些失望。

老陈盯着自己手中的五张户籍信息，许久没有出声。

“师父，费了那么大的周折，这些人真的就这么给放了？”

老陈把五张A4纸卷成筒捏在手中：“我很好奇，周虎就一个十三岁的小屁孩，怎么有这么强的反侦查经验。”

卓米朝审讯室里瞟了一眼：“这家伙会不会改年龄了啊？十三岁长得跟二十三岁似的。”

老陈摇摇头：“早些年没有电脑，户籍制度没有那么严格，但现在人口信息全部计算机核档，小孩为了上学，改个月份还有可能，改年份这种违反原则的事，没人敢干。”

老陈瞥了一眼周虎继续说道："虽然这些小孩子的面相老气一些，但从他们说话的音质来判断，都还在变声期，未满十四周岁的可能性非常大。"

"难道真的要放了？"卓米心有不甘。

"先别想那么多，我们先去问问情况再说。"

卓米"嗯"了一声，跟在老陈身后走进了那间挂着"审讯一"标牌的讯问室。

进入房间，老陈并没有着急切入正题，他走到坐在审讯椅上的周虎旁边，上下打量了一番。

此时的周虎，昂首挺胸，底气十足，而且从他的脸上，丝毫看不出对警察的畏惧。

老陈眉头一皱，视线毫不客气地朝周虎投去，他本以为周虎面对强大的威压会有意躲闪，谁知周虎目光如炬，使劲回瞪了老陈一眼。

这一眼也让老陈瞬间明白了对方的想法，他心里清楚，面前这个十来岁的毛头小子绝对是个难啃的硬骨头。

"你今年多大？"老陈绕了一圈，在审讯椅上坐下，开始了问话。

"十三。"周虎铿锵有力地回答。

"按照我国相关法律规定，因为你是未成年人，审讯时需要通知你的法定监护人到场，你父母的电话号码是多少？"

“我爸死了，我妈跟人跑了，联系不上。”

周虎的回答，让老陈一顿，不过很快老陈就把自己调整到最佳状态，毕竟像周虎这种身世的小孩，从警多年，他不知道见过多少，见得多了，也就见怪不怪了。老陈悠然地点了一支烟猛吸一口，接着问道：

“你知不知道我们今天抓你来是因为什么？”

“知道，抢劫。”

“回答得挺痛快。”

“我没到十四周岁，杀人都不犯法，我又没有法定监护人，你们例行问完话，就应该把我们给放掉。俗话说，坦白从宽，抗拒从严，我不想浪费大家的时间而已。”

“法律吃得挺透？跟谁学的？”老陈饶有兴趣地问了句题外话。

周虎冷笑：“我有权不回答跟案件无关的任何问题。”

“案件的事，不需要你说一个字，监控都拍得清清楚楚，我也没有闲工夫给你扯这么多。我能看出来，你小子有野心！”

周虎依旧是皮笑肉不笑，面无表情地扫视着老陈和卓米。

“我知道你心里在想什么，是不是出去再接着干？”面对周虎一副挑衅的模样，老陈怒火横生。

周虎嘴角一扬，没有搭腔。

“不说就是默认了？”老陈寒着脸走到他面前，“你认为我拿你没办法？告诉你，你现在所有的信息都被我们记录在案，我会把你们五个人全部列为重点人员，以后，你们不论时间、不论场合，只要在公共场合上网、住宿、买票，甚至办一张银行卡都会有警察找上门。这些记录会伴随你们一辈子！”

面对老陈的“威胁”，周虎不以为然。

老陈目闪凶光，继续说：“别以为我不知道你心里在想什么，想趁着自己年轻，靠钻法律的空子上位，我现在就告诉你，门都没有。”

“那可未必！”周虎一横，叫嚣道。

老陈食指不停地点着周虎的额头：“你小子虽然心思缜密，但是有点太狂妄自大，信不信你前脚出这个门，后脚就有人二十四小时跟着你？你也太小看我们这些刑警的能力了。”

“我就没敢高看！”

老陈看着周虎愤恨的眼神，顿生疑惑，因为他弄不明白，为什么一个十几岁的小孩会对警察如此仇视：“你是不是对警察有什么偏见？”他问。

周虎抬头直视老陈：“认识卢阳区刑警大队的周斌吗？”

“周斌？”老陈眯起眼睛，开始在脑子里思索。

“几年前，在抓捕犯人时，中枪的那个。”

“他？你认识他？”老陈已经知道了周虎指的是谁。

“何止认识，而且相当地熟。”

“周斌兄弟可是咱们刑警的榜样，你们怎么会熟？”老陈一时半会儿还没转过来弯。

“他是我爸！”

“什么？周斌是你爸？”此言一出，老陈心里震惊无比，但转而一想，周斌与周虎同姓，而且周虎小小年纪，有这么高的反侦查能力，貌似一切又能说得通。

为了证实这一切所言非虚，老陈走到电脑前，调出了周斌被注销的户籍信息，在户主关系一栏，老陈确实发现了周虎的名字，而且身份证号码完全一致，这么一来，足以证明，周虎正是烈士周斌的独子。

老陈看着人口信息上的“死亡”二字，不禁心中一颤，惋惜之情溢于言表。老陈虽然比周斌大了十几岁，但两人之间的侦查经验却旗鼓相当，在老陈心里，周斌绝对可以算得上是刑警中的英杰，而且周斌口碑极好，关键时刻，绝对可以为兄弟两肋插刀。那次抓捕，要不是他顶着危险走在最前面，牺牲的肯定不止他一人，可以说，他是用胸膛为其他同事挡住了子弹。从这一点上，老陈打心眼里尊敬周斌这个小老弟。可如今，令人气愤的是，坐在老陈面前的竟然是周斌的独子，老陈是抠掉脑袋，也没想到自己有朝一日会经历这一幕。他看着周虎，恨铁不成钢地吼道：“周虎啊周虎，人家都说老子英雄儿好汉，你倒好，你看看你现在是什么样子！”

周虎牙关紧咬，他的表情好像在说，有一个警察爸爸是莫大的耻辱。

老陈为之震怒：“怎么？不服气？你有什么理由不服气？你爸可是烈士，你告诉我，你是什么？如果你年满十四，你就是抢劫嫌疑人！”

“烈士？”周虎摇摇头冷冷地说道，“有时候我真搞不懂你们这些当警察的，为了工作可以什么都不要，到头来，自己死了，老婆跟人跑了，自己的孩子像个垃圾一样被亲戚丢来丢去，为的是什么？是不是就为了一个‘烈士’的虚名？”

周虎的情绪越来越不稳定：“我问你，你们对得起自己的家庭吗？对得起自己的父母吗？对得起自己的老婆、孩子吗？别他妈的整天把‘为人民服务’挂在嘴边，我们也是人民，你们有空多看我们一眼吗？你们警察除了能对得起自己身上的那身警服，你们还对得起谁？”

周斌的咆哮声在审讯室内回荡，面对一位十三岁孩子的质问，干了一辈子刑警的老陈竟像触电般站在那里。

“说话啊，怎么不说了？警官，你刚才不是很有底气的吗？”

老陈无言以对，他现在满脑子都是这些年老婆被病痛折磨的呻吟声，许久之后，老陈选择离开，审讯室只留下卓米一人。

周虎见老陈离去，情绪也变得平静许多，卓米按照程序，开始给周虎做讯问笔录。

没有结果的审讯过程，变得异常简单，抢劫的整个过程就像是日记一样，被周虎一字不落地叙述出来。

“妥了！”敲打键盘的声音戛然而止，卓米起身把那份打印出的笔录送到周虎面前，“看看，笔录上记录的是不是你所说的客观情况，如果是，请签名按手印。”

"不用看，你就是把我写成杀人犯，公安局也拿我没招儿！"在周虎眼里，卓米比老陈要客气许多，所以两个多小时的问话他和卓米相处得相对愉悦，眼看审讯接近尾声，他也破天荒地跟卓米开起了玩笑。

"喂！我问你！"卓米绷着脸，丝毫没有嬉笑的意思。

周虎也感觉到了卓米有些异样："警官，你这什么表情？怎么跟换了个人似的，别整得那么严肃好不好？"

"我没有心思跟你开玩笑，我想问你一句题外话，你自愿回答，不想说我也不勉强。"

"警官，你的性格比较对我的胃口，有什么话你尽管问就是。"

卓米抬头看了一眼墙角的视频监控，接着把嘴贴在周虎耳边低声问道："你真的敢杀人吗？"

周虎眼中寒光熠熠："你说呢？"

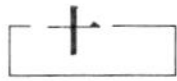

案件告破后，卓米第一时间找到了傻强。

"这里是两千五百块钱，知道你平时带现金不方便，我用我的身份证给你办了一张银行卡，密码是六个一，你着急用的时候再取，省着点花，多给自己留点钱没有坏处。"

"谢谢小米哥。"傻强笑呵呵地双手接过。

"这次任务算是圆满完成，下次有行动，我再给你打电话！"

“好嘞！”傻强把那张印着建设银行的银行卡贴身藏了起来，起身离开。

看着傻强的身影在远处越缩越小直到完全消失，卓米转过身换了一个坐姿面朝淮阳河，看着如沸水般翻滚的河面，渐渐地入了神。

不一会儿，卓米感觉自己连同地面都在迅速朝着一个方向靠拢，虽然他心里清楚，这只是一个最简单的物理现象，但他很享受这种感觉。

“咚！”一阵轻微的疼痛感传来，卓米本能地摸了一下头顶。

“从哪里来的风筝？”卓米有些好奇地看着身边掉落的纸鸢。

“对不起，真的很对不起！”女孩的声音如风铃般弹进卓米的耳蜗，他循声转过身去。

好清纯漂亮的女孩。卓米的呼吸和心跳都不由自主地加快。

“对不起！”女孩再次道歉。

“风筝是你的？”

“嗯！”

卓米又看了一眼风筝上手工糨糊的痕迹：“是你自己做的？”

“嗯，是的！”

“做得可真漂亮啊！”

“谢谢。”

“给你！”

女孩接过风筝：“没有砸疼你吧？”

“没有，没有。”卓米的脸有些微热。

“我叫宋蕊。”女孩伸出了右手。

“卓米。”

“握过手就算是朋友了，这样我心里就不用那么内疚了，如果没什么事，那我就先走喽，拜拜！”

河风吹过长发，夹杂淡淡的青甜香味扑向卓米的鼻尖，他远远望着风筝消失的方向，久久回不过神来。

十一

日月在每天的固定时间交替，和喧嚣的主城区相比，人烟稀少的老城区就像停了电的机器，进入了彻底休眠状态。

街面上除了偶尔避让的几辆出租车，再无任何生活的迹象，这里是被人遗忘的角落。

空旷的大街上，一名男子哼着小曲，东倒西歪地在路中间晃荡。他可以借着酒劲肆无忌惮地大呼小叫，因为这里没有一个人会在意他的存在。

穿过几盏昏黄的路灯，男子晃晃悠悠的身躯融入了黑暗。除了沙沙的脚步声证明他还在行走以外，再也没有人能分辨出他将要去的方向。

不知过了多久，鞋底摩擦地面的声音在黑夜里再也听不到，那名男子已经靠着墙根坐了下来。

可能是酒精使得心跳加快，他的喘息声越来越粗重，男子休息了很大一会儿后，冲着对面喊道：“小翠，睡了没有？”

除了墙壁弹回的浅浅回声，听不见任何声响。

男子有些恼怒：“小翠，你到底在不在？”

依旧没有回应。

男人的眼睛适应了黑暗，他借着微弱的月光，在墙根处仔细寻找，突然，一个瑟瑟发抖的床单引起了他的注意。

男人贪婪地舔了舔自己的嘴唇，面带微笑地走了过去。

“小翠。”他蹲下身子，轻轻地呼唤，语气中充满了暧昧。

床单晃动的幅度越来越大。

男人抬起手，慢慢地掀开了床单，单薄的床单下，一位三十多岁的妇女正紧紧搂着一个七八岁的女孩。

“原来你在这儿。”他如同饿狼欣赏着就要到嘴的野兔。

女人用惊恐的眼神看着男人，她怀里的女孩早已睡熟。

男人伸出手指，做了一个“嘘”的动作，他轻声说道：“不要吵醒娃娃，你跟我过来。”

女人咬着嘴唇，拼命地摇头，她哀求着男人，求他今天晚上能放过自己。

男人冷笑，不予理睬，他用力抓住女人的一只臂膀向外拖，女人越是反抗，他的欲望就越是强烈，他十分享受这种恃强凌弱的快感。

女人能感觉到男人越来越用力，她担心自己的动作会吵醒怀里的女娃，所以只能不舍地松开了自己的另一只手臂。

女人像死尸一样，被男人沿着河滩一路拖行。

走了几百米后，男人找了一处还算干净的地方，松开了手：“就这里吧！”

摆脱束缚的女人刚想起身逃跑，被男人狠狠一脚踹在地上。

女人趴在地上痛苦地呻吟着，男人丝毫没有怜惜，他粗鲁地解开了自己的裤带，下身的衣物被他快速地脱去甩在一边，借着酒精的余热，他赤裸着走到女人面前。

女人拖着已经失去知觉的身体，艰难地向前匍匐。

男人一脚踩在女人的背部，使她动弹不得，看着在自己脚下痛苦挣扎的女人，男人相当满足。

“小翠，这三十年河东三十年河西，以前不敢弄你，是因为老子我还没混出个人样，可现在不一样了，整个城区，只要我想，我可以横着走，我看有谁敢龇牙。”男人面目狰狞。

女人小声抽泣，在这种时刻，呜咽的悲鸣反而更激起了男人的兽欲。

欲火焚身的男人慢慢趴在了女人身上，两片薄薄的嘴唇贴在女人的耳朵上，女人抖得厉害，却听男人魔鬼般的声音响起来：“你如果不给我搞，也可以，等哪天老子憋不住，信不信我把你的宝贝闺女给上了？”

男人话音刚落，女人终于“哇”的一声哭了出来。

“哭！你越哭我心里越爽，快，接着哭，你越哭我越开心。”男人死死地压在女人身上，肆无忌惮地叫嚣着。

女人拼命挣脱，但体力悬殊让她的反抗终成徒劳，最终她还是成了男人的玩物。

男人不厌其烦地在她身上变换着花样，她像行尸走肉一般绝望地看着天空。

墨色苍穹之中，看不见一颗星星，它就像一潭死水，让女人抓不着哪怕一丝的希望。

第三章

隐形的恋人

Crime of heart

一

用“苦中作乐”去形容刑警的生活再适合不过，二十四小时“One Call”的硬规定，使得他们基本丧失了外出旅游的机会。打牌、钓鱼几乎成了很多刑警一辈子唯一的娱乐。

和大多数刑警不同，卓米更喜欢独享属于自己的时间，一杯茶，一本书，一个阳光明媚的下午，这种文艺青年的生活令他向往。但对于快节奏的刑警生活来说，这已经是一种奢望。

卓米的住处距离桥头不远，步行十分钟便可以来到那棵梧桐树下。

坐在歇脚石上静静地望着湖面，脑袋中构思着属于自己的画面，这是卓米独特的放松方式。

日落黄昏，夕阳西下。自然馈赠的美景让卓米如痴如醉。他向来是个容易满足的人，总能从阳光的照耀和草木的繁盛这些看似平常的现象中汲取快乐，他陶醉在自己的世界里不能自拔，以至于有人早已悄然而至，站在他背后许久，他都未曾感觉到。

微风拂过，鼻尖嗅到淡淡的香气，卓米这才从自己的世界抽离出来。

“你这人真是好古怪。”是一位年轻女孩的声音。

这声音是那样熟悉，虽然他只听过一次，但这声音在梦中挥之不去，他循声转过身：“是你？那个风筝女孩？”

“风筝女孩？很好听的名字。”

卓米报以微笑。

“你好像能猜到我要来？”宋蕊坐在了卓米身边，与他保持恰好两拳的距离。

“没有，只是对你身上的香味印象很深。”卓米心里小鹿乱撞，面上却假装淡定。

“这是一款韩国代购的洗发水，我也很喜欢这种味道。”

“是这样啊……”

卓米低着头，不知道该如何接话，气氛一瞬间陷入尴尬。

“这几天，你好像每天下午都坐在这里盯着湖面发呆，你是在思考什么事情吗？”卓米本身就沉默寡言，和女孩子打交道的机会更是少之又少，还是宋蕊开口，率先打破了僵局。

“没有，这只是我解压的一种方式，我喜欢一个人。”

“一个人？不闷吗？”

“闷，但一个人的时候，不用猜忌，心不累。”

“一个人住吗？”卓米的情绪有些低落，宋蕊敏感聪慧地察觉到了这一点，怕勾起他什么伤心往事，急忙转移了话题。

“是的，父母都住省城。”

“在这里工作？”

“对。”

“你刚才说，你最近都看见我坐在这里，难道这个地方你也经常来？”话匣子被打开，卓米也生涩地搭腔几句。

“对，前面五百米。”宋蕊指向不远处，那是一栋墙皮泛黄的六层楼房，在夕阳笼罩下有种静谧与安稳，就像身边的女孩一样，只听她轻声道，“我的出租屋就在那里。”

“我也住在附近，怎么好像从来没有见过你？”卓米有些诧异。

宋蕊微微一笑：“我和你差不多，你父母在省城，而我父母在乡下，我是大学毕业回的家乡，刚参加工作，这里距离单位比较近，所以干脆就在这附近租了一间房子，搬来还没有半个月。”

“哦，难怪。”卓米始终不敢正视宋蕊。

“你是警察？”

“你怎么知道？”卓米看向女孩。

“那里写着。”宋蕊朝卓米衬衫口袋方向努了努嘴。

卓米低头看了看，是口袋边缘印制的“police”英文字母出卖了他。

身份已被识破，卓米不再隐瞒：“刑警。”

“你是刑警？”宋蕊很是诧异，因为在她的脑海里，刑警应该和身材魁梧的肌肉男画上等号，像卓米这种有些文艺的男生，似乎和刑警根本八竿子打不着。

“为什么不能是刑警？”面对宋蕊带有质疑的回应，卓米反问。

宋蕊乌黑的眼珠在眼眶中转了一圈，说道：“既然你是刑警，那我考考你。”

“考什么？”

宋蕊托起下巴蹙眉思索：“嗯……要不这样，一般刑警都擅长推理，你能不能猜出我是干什么的？如果能猜出来，我就相信你是刑警。”

卓米转头上下打量了一番：“是不是工商银行的职员？”

“不会吧？真的假的？”

“这么说，我猜对喽？”卓米微笑看着女孩。

“告诉我，你是怎么猜到的？”宋蕊抓住卓米的手腕，露出女孩俏皮的一面。

卓米脸颊一红，抬头望向远处，干咳两声后，他说道：“白衬衫，西装裤，帆布鞋，这应该算是制式服装的搭配，衣服面料很有质感，价格肯定很高，一般的小公司配备不起。

“你的衬衫上有几处褶皱的小洞，洞口周围有少许微黄的锈渍，说明你有戴胸牌的习惯。

“你皮肤白皙，但唯独手指侧面有老茧，这是长期点钞形成的职业特点，所以我推测你是银行职员。”

“嗯，勉强可以说得通，但工商银行你是怎么看出来的？”宋蕊有些疑惑。

卓米微微一笑："我有个同学的制服跟你一模一样，她就是工商银行的。"

"你耍赖！"

"这怎么能是耍赖？生活常识是推理的基础。"卓米用书上的一句话做了最有力的反驳。

"你跟我想的不一样……我是说，你的职业。"

"职业？"

"我在电视上看到的刑警都是那种高大威猛的形象，"宋蕊边说边用手在空中比画，"我看你文质彬彬的，打死我也不会把你跟刑警扯上任何关系。"

"嗯，我自己也没想到我会当刑警。"嬉笑归于平静，卓米稍稍有些伤感。

"你自己也没想到？难道警察不是你理想的职业？"

卓米摇摇头长叹一口气："不是。"

"那为什么……"宋蕊刚一说出口，便感觉有些不妥，毕竟她的问题涉及个人隐私，"抱歉，我不知道我能不能问。"

卓米微微一笑："也没有什么好保密的。"

"那你不介意跟我分享吧？"宋蕊饶有兴致地侧耳聆听。

卓米默默地从地上揪起一根杂草抛向空中，他的目光随着草根的慢慢降落变得有些迷茫："我是标准的中国式家庭的小孩，父母的生活方式中规中矩，为了能让自己的子女寻求一份安定、稳当的工作，他们不惜让我放弃梦想、背井离乡。

“警察在他们的眼中只不过是公务员的代名词，是一个可以解决温饱的铁饭碗，若干年后，我再按照他们的要求讨一个老婆，这就是他们给我规划的人生。

“为了寻求所谓的安稳，我就像一颗蒲公英的种子，降落在这个陌生的城市，稍有一丝的风吹草动，我都会胆战心惊，有时候我甚至都不敢在陌生人面前大声说话，这种感觉你能体会到吗？”

宋蕊有些歉意：“你是不是有点恨你的父母？”

“这种事怨不得人，我没有出类拔萃的才华，没有高瞻远瞩的眼光，所以我只能做一个普通人，我也甘心做一个普通人。”

“你好像很感性！”

“也只有你这么说我，在别人眼里，他们都感觉我很另类。”卓米苦笑。

“现在的很多人，都是在努力活给别人看。其实人这一辈子，只要自己开心就好，不用太在意别人的评价。”

卓米笑了笑：“我感觉你比我看得更透彻。”

“看得透彻又如何？说永远比做要简单。”

“很奇怪！”卓米皱眉。

“奇怪什么？”

“很奇怪我为什么会跟你说这些。”

“不管是谁，一个人时间长了会变得孤独，只不过是你自己没有发现而已。”

“孤独？”卓米望着天际最后一片光亮不再说话。

“有些时候，或许多一个朋友，生活会因此而精彩很多，不是吗？”宋蕊很自然地把手伸到了卓米的面前。

卓米失神地望着宋蕊那张精致得无与伦比的脸庞。

“我们可以做朋友吗？”宋蕊把手伸得更近了一些。

“当然。”反应过来的卓米，慌忙握住了对方的手。

忙活了一整天的太阳，慵懒地落在了地平线的远处，白昼落下帷幕，视线也跟着模糊起来。

“天黑了，回去吗？”宋蕊撩起耳边的长发。

“你先回去吧，我还想再坐一会儿。”卓米婉拒。

“我感觉你好像在等什么。”

卓米没有说话，宋蕊也没有再继续追问下去。

当宋蕊的脚步声在卓米的耳边渐行渐远直到消失时，他对着远方长叹一口气。

“我在等什么？”他看着垂下的夜幕，嘴中呢喃，“我在等一个我想要的答案。”

二

湾水市公安局六楼的拐角有一处隐秘的电子门禁，如银行金库般厚重的金属板把一小段走廊封存在内。“未经允许，禁止入内”八个大字给这个地方增添了浓重的神秘色彩。

走廊呈东西走向，南边是一堵密不透风的墙，而北边则是一间可容纳二十人左右的小型会议室，这里是各种秘密行动的发源地。

“人都到齐了吗？下面开始点名。”肩章挂着麦穗、一颗星的市局一把手赵局长开了口。

“邓大队！”

“到！”

“王中队！”

……

依职务高低进行点名，老陈是最后一个被点到的。

“好，城区刑警中队以及骨干力量全部到齐。”赵局长拿出了一个标注着“绝密”二字的牛皮纸信封，“这种会议大家也不是第一次参加，规矩都懂，但是为了稳妥起见，我还是要再强调一遍。”

所有人正襟危坐，把自己调整到最佳状态。

“这次会议只准听，不准记录。任务等级是绝密，除了在座的各位，不准向任何人提起。”

“明白！”所有人异口同声。

赵局长缓慢撕开信封的粘连处，一张折叠得四四方方的信纸被他抽了出来。

与会人员全都屏息凝视。

赵局长看了一眼信封上的内容，倒吸一口冷气：“这是一场异地用警的持久战，你们要做好准备。”

“异地用警？”邓大队的八字眉扬起。

“也没远到哪里去，还在我们市。”赵局长的一句话，打消了邓大队的顾虑。毕竟在公安局，异地用警搞案件是最为痛苦的事情，如果不巧被分在了较远的地方，几个月甚至一年不回家都是再正常不过的事。

“这是一个在风口区刚刚兴起的涉黑团伙，团伙成员共一百余人，主要头目有四人，老大李雄，绰号黑熊；老二赵力，绰号狼狗；老三吴广天，绰号浪天；老四梁杰俊，绰号秀才。”赵局话音刚落，四人的照片便被打在了投影布上。

“根据目前我们掌握的情况，这四人能在短时间内称霸一方，里面涉及的东西错综复杂，我们目前要做的，就是把这个涉黑团伙内部关系捋顺，并且精确掌握这帮人背地里究竟干着哪些非法勾当，在证据掌握全面、时机完全成熟的情况下，我们争取用最快的时间把这个团伙一举端掉。”

“赵局，你的意思是我们要先打入内部进行调查？”邓大队好像明白了什么。

“对，这也是我为什么要异地用警，这伙人对当地公安的面孔太熟悉了，要想打入他们内部，只能用生面孔。”

“生面孔？”邓大队的手指在桌面上很有节奏地敲打着，脑袋中开始搜索合适的人选。

“一定要选一个最优秀的！”赵局在一旁提醒了一句。

“最优秀的？”邓大队的脑海里渐渐浮出了一个人的名字，

“赵局，有了。”

“哦？是谁？”

“我们城区中队刚转正的年轻小伙，叫卓米，老陈的徒弟。”

“卓米……”赵局长皱眉思索，“这个名字我好像听过……”

“前段时间那起系列抢劫网吧的案件！”

“哦，对！”经人提醒，赵局长一拍脑门就想起来了，“嫌疑人能在限期内抓获，全靠这小伙提供的线索。”

“对，就是他。”

赵局长笑了笑：“嗯，不错，是个好苗子。”

“卓米刚上班，面孔生得很，而且老陈本身就是老刑侦，有他的指点，我觉得问题应该不大。”说着，邓大队看向老陈，“是不是？”

会议室所有人的目光都集中在了老陈身上。

邓大队侃侃而谈半天，老陈没有接一句话，其实他心里是不想让卓米掺和进来的，赵局长的意思相当明确，就是选一个人打入这个涉黑组织内部，说白了就是卧底。虽然卓米刚转正就立了一个三等功，在外人看来出类拔萃，可这里面的缘由只有他们师徒两人知道。而且老陈对卓米的性格相当了解，派他去当卧底，这个任务他绝对完成不了。但市局的一把手都已经开了口，老陈又不能驳了他的面子，在权衡利弊之后，老陈并没有回绝：“行，我回去做做卓米的工作，希望他能顺利完成任务。”

赵局一拍桌面：“事情就这么定了，省厅给我们的结案期限为一年，我们必须在期限内把这个团伙给铲除。”

“老陈！”

“赵局，你说！”

“卓米那边就交给你了。”

“我尽力！”

“当然，这件事不能只让卓米一个人参与，邓大队，你再抽调一些人手暗中接应，防止发生意外。”

“明白！”

“其他中队要广辟线索，全面收集这伙人的犯罪材料，并时刻待命，随时准备收网。”

“收到！”

三

“情况就是这样。”老陈用最详尽的语言把昨晚那场绝密会议的内容转述给卓米。

“师父！你是说赵局长让我去当卧底？”一想起刘德华饰演的《无间道》，卓米已经开始热血沸腾。

“对不起，我是警察！”梁朝伟站在天台上的一句台词，也是卓米当初选择干这个行当的一个由头。没想到，愿望竟然就要在今天实现了。“卧底，我要去当卧底，太刺激了”的念头在卓米的心里挥之不去。

看见徒弟的表情，老陈冷笑一声：“知道活在这个社会上什么最可怕吗？”

“师父，我……”卓米感觉到老陈的不悦，默默低下头。

“是无知！”老陈一巴掌拍在了桌面上。

巨大的响声，让卓米浑身一颤。

“你知道这件事有多危险吗？我打听过，这帮人能在这么短的时间内发展起来，靠的就是心狠手辣，就你这性格，万一要出了事怎么办？我怎么对你的父母交代？”

“师父……那，那我不去了。”

“不行。”老陈语气稍微缓和，“军令如山，我已经替你应了下来。”

“真的？”卓米喜形于色。

老陈差点儿就要吹胡子瞪眼睛。

“你果真是初生牛犊不怕虎，我干了这么多年刑侦，就从来没听说过哪个卧底能平平安安完成任务的，不是被报复，就是受到伤害，最轻也要受皮肉之苦。”

听到老陈的训诫，卓米渐渐收起了自己的好奇心。

“想融入他们，你必须要先学会混社会。”老陈叹口气，“听过一句话吗？”

“什么话？”

“身上没刀疤，混世不到家。有哪个小混混没打过架？就你这性格，你行吗？”

“我……”卓米了解老陈的良苦用心，通过一年多的相处，他也知道自己的师父是个什么脾气，老陈既然能应下这个活，说明他早就为卓米做了充足的打算，现在的训斥，只是走走过场，让卓米长长记性罢了。

看着卓米老实了，老陈丢给他一支烟：“不过你也不要太担心。”

果然有后文。卓米想。

“小城市办案，不可能像港台影视剧里放的那样，我们这里的卧底工作其实就是简单的情报工作。”

“师父，那我需要干什么呢？”

“这个涉黑的团伙既然能被上面关注，说明已经有所抬头。为了掌握具体的犯罪证据，我们不能明目张胆地去调查，更不能安排线人。”

“为什么不能安排线人？”

“这也是我下面要跟你说的。”老陈从嘴巴里抽出烟嘴，“一般的案件，嫌疑人只涉及一条罪名，这样短、平、快的案件使用线人完全没有问题。而涉黑团伙，他们一般都会涉及几个或者几十种罪名，涉黑案件时间较长，如果有靠得住的线人还好，一旦线人有瑕疵，很容易被团伙成员同化。所以像这种案件，基本上都是安排自己人去打探消息。”

卓米眉头紧锁。

“想什么呢？”

“师父，我在想怎么打入他们的内部，我是不是要先当他们的小弟？”

老陈摇摇头：“你只答对了一半，你要先从当小弟开始，但不是他们的小弟。”

“不当他们的小弟，那怎么调查？”卓米有些糊涂。

“你先别着急，等我说完。”老陈十指交叉，面色凝重，“这次是市局赵局长钦点的你，我必须要帮你好好地把握住机会，这也是我答应这件苦差事的重要原因。我还有几年就要退休了，如果这件事你办得妥当，以后你在刑侦系统同龄人中的威望绝对无人超越，这就给你以后晋升加足了砝码，说不定，我还能看到你当刑侦一把手的那一天。”

“师父，一定会的。”老陈对自己仕途的规划，让卓米十分感动。

“好，有志气！”

卓米聚精会神地等待老陈接下来发号施令。

“从警这么多年，你师父我，可以说什么样的大场面都见过，别看上面给这伙人安上了一个‘涉黑’的大帽子，其实在我眼里，他们就是一群不知天高地厚的地痞流氓而已。”

不得不说，老陈很会打心理战，此话一出，卓米舒心不少。

“调查这些人，最好最简单的办法就是融入他们的生活圈。”

“融入生活圈？”

“知道咱们共产党为什么能以寡敌众，取得抗战的胜利吗？”老陈答非所问。

“依靠群众？”

“说得对！但是现在由于种种原因，警、民矛盾正出现逐年紧张的态势，你上班这一年，也参与过几十次调查走访，应该深有体会。”

“对，只要穿着制服，基本上不会有人主动跟我们说明情况。”卓米有些无奈。

“所以，要想从群众中得到消息，我们就要融入生活。我们调查的这帮人都是混社会出身，要想掌握到精确的信息，要先从混开始。”

“师父，你的意思是？”

老陈从抽屉中掏出一把钥匙，弯下腰，打开了固定在地面上的绿色保险柜。在刑警队，保险柜是最常配备的办公设备，和别的警种不一样，刑警一般都带有配枪，在一些不需要配枪的场合，很多刑警会选择把自己的配枪放在自己保险柜里，当然，除了枪支，一些重要的卷宗和情报也会放在其中，这个因人而异。

一个写得密密麻麻的笔记本被老陈取出，他翻开最新一页：“这上面记录着我最新调查的情况。”

老陈说了一句便转过身去，高高的靠背，正好挡住了卓米的全部视线。

“这伙人主要盘踞在风口区的中心地带。”声音从椅背那边传来，“尤其是黄山路与柳荫路这两条主干道，那里有他们开的两家浴场、一家KTV、一家酒吧。”

老陈转过身来，笔记本被重新锁在了保险柜中：“所以，我们要从这两条路下手。”

“师父，我该怎么开始？”既然老陈已经调查得这么透彻，他心里肯定有了一个完整的计划，卓米只要按照老陈的要求去办即可，所以卓米想都没想就开了口。

“黄山路，阿东美发沙龙。”

“什么？美发沙龙？”卓米有些不敢确定自己听到的内容，所以他又重复了一遍。

“对！”老陈丝毫没有开玩笑的意思，“那里是风口区最大的理发店，附近一些有头有脸的人物都会去那里理发，理发店人流量很大，足不出户就能打探到消息。你先去店里应聘个洗头小弟的工作，根据我对这一行的了解，洗头小弟工资很低，每个理发店都急缺，所以只要你去应聘，就一定能被录用。”

“师父……”卓米欲言又止。

“怎么了？你有其他更好的想法？”

“这帮人既然开的有酒吧，还有桑拿浴，我为什么不能去他们的店里应聘服务员？在他们的店里打探消息，这样岂不是更便捷？”

“问得好。”老陈调整了坐姿接着说，“首先，这几个场子都是夜场，出入场子的人鱼龙混杂，根本问不出什么消息。

“其次，你去这些场子，只能做最底层的服务员，接触不到核心人物。

“最后，这些场子里都是他们的眼线，你在那里工作，就相当于自己进入了埋伏区，稍微有些出格的举动，就容易被人盯梢。”

老陈端起水杯，润润喉咙，脸上的表情也变得愉悦：“在理发店就不一样了。第一，你跳出了他们的势力范围，只要跟里面的人混熟了，什么都可以问。第二，如果这伙人的头目过来剪头，你服务好一点，眼神放机灵点，很容易讨到欢心，一旦接触上，那后面的调查工作就轻松得多。第三，美容美发店都是白天营业，关门以后你还可以去几个夜场打探，这样可以双管齐下，不留死角。”

“里面讲究这么多！”卓米感叹。

“这次任务对你来说很重要，所以我要给你做最细致的打算。”

“嗯，我都听师父的！”卓米的眉头舒展开来。

“开会时王中队也在，有他打掩护，你离开单位不会引起怀疑，而且你是社会招考的新警，在公安局的面孔很生，不用担心那边的公安会认出你，现在最担心的就是你父母那边……”

“师父，没事的，他们都在省城上班，除非节假日，否则不会过来，我可以瞒过去。”

“那就成了！”老陈心里最后一块大石头也落了下来，他接着说，“我给你三个月的时间，你能不能打探出消息都没有关系，三个月后我自有安排。”

“都听师父的！”

“好，你现在回去准备准备，从明天开始，你就不用来上班了，直接去风口区，一切按计划进行。”

“明白！”

“等等。”老陈看着要起身离开的卓米，慌忙开了口。

“怎么了，师父？”

“我让你回去准备准备，你知道我让你准备什么吗？”交代到最后，老陈还是有点不放心。

“我知道！”卓米点点头。

“你真知道？”

“真知道！”

“行，那你回去吧，出发之前我去送你！”

“师父，您是想看我准备得怎么样吧？”

“看来你是真知道，去吧！”老陈笑眯眯地挥了挥手。

四

三十年前的湾水市还没有什么步行街、购物广场等商业中心区，早年的市民要想出门溜达溜达，只有一个去处——“老外市场”。

当年湾水市经济转型，很多重工业厂矿走向没落，企业倒闭，职工下岗，导致大批的土地闲置。厂子干不下去，企业老板就想别的出路。在那个人们还不知道房地产是什么玩意的年代，有两个高鼻子蓝眼睛的外国人，在这里圈了一片土地，盖起了集贸市场。集贸市场原先有个很洋气的名字，叫“福禄贸易中心”，但在市民心中，搞买卖的地儿，就应该叫“市场”。市场是谁建起来的就应该跟谁姓，外国人的名字通常没人会去在意，只要是黄头发蓝眼睛，“老外”就是他们统一的代名词，久而久之，在人们的口口相传中，“老外市场”这个通俗易懂、耳熟能详的名字为人们所接受。

当年的“老外市场”有点像现在的批发大市场，分为服装、小商品、家用电器、日用百货以及交通工具等几大主营项目，虽然经营理念足够超前，但这两个外国人忽略了当地彪悍的民风。

“老外市场”的建立，聚拢了大量的人气，生意自然不是一般的红火，也就在规模刚刚成型时，一些不规矩的占道经营开始出现。外国人哪里知道占道经营的厉害，起先只有一两家时，老外一心软，就忍了。可这个举动，在别人眼里却成了软弱的表现。忽然之间，各种占道经营如雨后春笋，遍地开花。市场里本来的双向两车道，发展到后来只能容得下一人勉强通过，如果有人驻足购买商品，后面就会被堵得水泄不通。

作为市场的管理者，曾多次报警处理此事，到头来都以商户集体上访、围堵政府大楼而告终。

占道经营的商贩取胜之后，租赁商铺的买卖人又有了意见，占道经营的收费远远比商铺便宜得多，而且占道经营也使商铺的生意受到了很大影响。一波未平一波又起，商铺老板又开始了新一轮的轰炸，要求降低商铺租金。接连的几锤子，把两个老外给砸蒙了，后来不得不选择低价转让商铺，撤资离开。

之后的许多年，这里便成了一个无人管理的市场。集体经营，变成了各自为政，所有事情都是店铺老板之间协商解决。正所谓“各人自扫门前雪，哪管他家瓦上霜”，强买强卖、恶意竞争开始在市场中频频出现。最终发展到顾客在市场中不敢询价，只要一询价就必须买，否则就会遭到商家的撕扯。

俗话说，好事不出门，坏事传千里，恶名一旦传出去，就很难再洗白，随着一些正规商场的建立，“老外市场”更是雪上加霜。很快，这个曾经繁华一时的地方，渐渐开始被人遗弃。紧接着，房地产开发如火如荼，“老外市场”也从原先占地几万平方米锐减到现在的两条街道。

“存在即合理”，“老外市场”虽然几经风雨，依然屹立不倒，也有它存在的理由。

“小伙子，要种子盘吗？”卓米刚走进“老外市场”南大门，一个面黄肌瘦的年轻人鬼鬼祟祟地走到了他面前。

“种子盘？”卓米还是第一次听到这个名词。

卓米的一句反问，让男子的两眼立刻放出精芒：“这里说话不方便，咱们到屋里说。”男子说完，拉了卓米一把。

见卓米不为所动，男子指着一间小门脸：“就前面开着门的那一间，不远，光天化日的，我还能把你吃了不成？”男子极力打消卓米的顾虑。

卓米抬头观察了一下周围的环境，确定自己能全身而退后，跟着男子走了过去。

这是一间不足三十平方米的门面房，中间用木板隔成了里外两间，外屋横七竖八地摆放着一些零食和儿童玩具，从食品包装上落满的浮灰看，外屋不过是个掩护，核心全部都在隔板的另一侧。

男子直接把卓米领进了里屋，接着他从口袋里掏出一个U盘，插在了墙角的台式电脑上，“叮咚”一声响，“可移动盘”显示在了“我的电脑”上。

U盘被双击打开，密密麻麻的“BT文件”出现在了电脑屏幕上。从那些标注着“苍井空”“波多野结衣”的文件名上，不难看出其中的奥秘。

“怎么样？五万多部，都是珍藏版，双击就能下载。”

“多少钱？”

“五十一盘，绝对不会收你贵！”男子拍着胸脯。

“给我来一盘。”卓米很爽快地掏了钱。

贩卖BT种子，在法律中还没有明确的规定，因为BT种子本身算不上淫秽物品，它的下载需要依托第三方软件，所以它不是通常意义上的淫秽物品。这些商贩敢肆意贩卖，就是钻了这个空子。

卓米本身对种子盘没有任何兴趣，但他心里清楚，想买到想要的东西，这联络感情的第一步尤为重要。

“老板，我还想买一些东西，不知道你这儿有没有？”卓米把U盘装入口袋，随口问了句。

“不知道，你想要什么？”男子忽然警惕起来。

“能不能从你这儿补办一张身份证？”

“老外市场”经过多年的演变，性质和影视剧里的“黑市”有点像。这里始终没有没落，就是因为还有这么一群人，专门干着见不得光的勾当。

这些过街老鼠，经常与警察打游击战，虽然警察对这个地方深恶痛绝，但依旧束手无策，每次围剿之后，都是野火烧不尽，春风吹又生。

卓米来之前已经做足了功课，和这些人谈买卖，必须熟悉他们的暗号，这就好比《智取威虎山》上的“天王盖地虎，宝塔镇河妖，莫哈莫哈，正是晌午说话谁也没有家”，不懂暗语肯定买不到东西。正如卓米口中的“补办身份证”，其实就是做一张“假证”。

男子听卓米这么一说，眯起眼睛上下打量着他，没有说话。

“走了点火，身份证不能用了。”（火与祸同音，走火即闯祸。）

“走的什么火？”

“把人给砍了。”

“真没想到，你这长得白白净净的，还能出去砍人？”

“狗急还能跳墙呢，何况是人！”卓米冷哼了一句，从口袋中掏出三百块钱，“补一张证，再用这证给我弄一张电话卡，办证两百，电话卡一百，我没算错吧？”

男子接过钱，在手里摔了摔：“哟嗬，价钱都知道？”

“寻摸熟人过来的，拿钱了就要办事，规矩我懂，两个小时后，我在这里拿东西！”

卓米面不改色、心不跳，彻底赢得了男子的信任，他搬了一张板凳：“小伙子，靠墙角，我给你拍一张半身照。”

“咔嚓”一声，照片拍完了。

“地址写哪里？”

“风口区，马店乡，土坝子村，69户。”

这串地址可不是卓米随口一报。作为四线城市的湾水市，很少有外来务工人员，如果想在当地找一份工作，本地人的优势要大很多。地址卓米已经查过，他们一家都在省城打工，家中有一个小孩刚好跟卓米同龄，所以按照这个地址去打听，找不出任何瑕疵。

“名字？出生年月？”

“马怀根，198×年×月×日。”

男子简单记录之后说：“行了。今天正好没啥生意，你一个小时后在我店里取货！”

卓米做了个“OK”的手势，双手插兜朝路对面走去。

五

“海飞思”这个谐音于洗发水品牌的理发店，在整个城区的理发店里颇具盛名。说它有名，并不是因为它的环境，更不是因为它的技术，而是理发店老板那种源于生活又高于生活的“艺术”灵感。

2005年，非主流、杀马特开始在湾水市的乡下流行起来，服装批发市场上，到处充斥着那些印着“葬爱”“孽恋”字样的廉价服饰，有了服装，如果再弄上一头狂踆酷炫的发型，那绝对是行走在流行前线的完美混搭。

流行趋势就像是一针兴奋剂，激发着一个又一个理发师的灵感，一时间，街头巷尾随处可见那些令人瞠目结舌的发型。而“海飞思”的老板就属于那种兴奋剂打过量的情况，在“哈韩”“哈日”发型已经占据主流市场的形势下，他们家的理发店依旧以“非主流”服务于客户，用老板的话说，“我剃的不是发型，是艺术品”。正是因为老板对这种“杀马特发型”的执着，最终成为行业的一朵奇葩。

正值中午，客人并不是很多，卓米站在店外，看了一眼摆在店门口的黑板，黑板的正上方被人用红色粉笔歪歪扭扭地写着“顾客留影”四个大字，黑板上的其他地方，则贴满了一张张千奇百怪的发型照片。

卓米弓着腰一张一张地寻觅。

这张跟孔雀开屏似的。

这张不就是一个菠萝？

能不能有正常一点儿的？

卓米一边看，一边在心中琢磨。

“想理发？”声音是男人发出的，但有些阴柔。卓米停止搜索，循声转头。

一个留着红色板寸头的中年男子正端着饭碗看着他。

“你是不是想理发？”男子又问了一遍。

卓米点点头，指着男子的发型：“给我来你这个，染成黄色。”

“成，没问题，等我吃两口饭。”男子加快了扒饭的动作。

碗里的饭很快见底，卓米随着男子走进了店内。

“你的发质不错，要不要试试我最新研究出来的发型。”说着，一本菜单样式的发型图册被塞到了卓米手中。

卓米见男人还在一口一口地喝汤，便象征性地翻了几页。

这哪里是正常人留的发型？这是卓米的第一反应，在好奇心的驱使下，卓米一页一页翻到最后。

男子放下碗，抹了一把嘴角的油渍：“怎么样？还不错吧？这可是今年的流行趋势！”

“还行吧。”卓米应付了一句。

“要不要来一个？我包你在街上的回头率百分之百。”

“这……”

“我头上这发型，在任何一家理发店都能剪，但是这图册上的发型，出了我这店，没一个人能弄出这样的效果。”男子相当自豪。

“我这是过渡，先剪一个差不多的，我怕一步到位，家里人接受不了。”卓米找了一个冠冕堂皇的理由。

男子有些失望：“现在的人啊，就是不懂艺术。得，顾客就是上帝，既然你想要这种发型，那我就给你剪一个。”

“嗯……”卓米如释重负。

“对了，要不要在鬓角给你加几条闪电纹，现在很流行的！”

“这个……好吧！”卓米想了想，还是勉强答应了对方的要求，他之所以没有一口回绝，是因为他还有其他的心思。

老板抽出一条毛巾抖了抖，接着搭在肩膀上，弓腰摆出一个请的姿势：“里屋，先洗头！”

洗头房是一间用木板隔开的狭小空间，一张供人躺的沙发床，一个落地式水槽，便是这里的所有摆设。

“躺下吧。”

卓米侧身睡在了一张皮面已经裂开的沙发上，老板拧开水龙头，卓米的耳边传来流水声。很快，卓米的后脑感觉到一股热流，老板控制好温度之后，把热水打在了卓米的头发上。

在温水的刺激下，卓米有一种说不出的舒适感，他很是享受地眯起眼睛，见缝插针地问道：“我有一件事老闹不明白，您能不能跟我说说？”

“啥事？”老板并没有着急涂抹洗发水，而是双手不停地在卓米的头皮上按压揉搓。

恰到好处的力道之下，阵阵麻酥感袭遍全身，卓米抖擞了精神，接着说道：“你说，为什么你们理发店给人洗头就那么舒服，为啥自己在家洗就没有这种感觉呢？”

“哈哈哈哈，那是当然，别看这‘洗头’难登大雅之堂，其实里面学问可深着呢。”

“这里面还有学问？”卓米睁开双眼，装出一脸的震惊。

“那是自然。”

“能不能讨教讨教？”

“你不会是同行吧？”男子说话间已经给卓米搭好了毛巾。

“你看我像干这个的料吗？就是好奇。”

男子上下打量了卓米一眼：“我看你也不像，那行，我今天就跟你唠一唠！”

“那我就洗耳恭听了！”卓米双手抱拳。

被卓米一顿吹捧，男子拉开了架势，侃侃道来：“理发之前，洗头是第一步，也是非常重要的一步，头发上的油渍洗得干净不干净，对理发师的发挥有很大的影响。所以别看洗头工听着不咋样，但按照我们行里的规矩来，洗头工可不好当。”

“哦？”

“第一，剃头和洗头都是站着做活，尤其是洗头工，他们按照辈分比理发师还低上一等，不管一天有多少客人，按照规矩，洗头工都必须站着，所以没有一定的体力，干不了这活。第二，洗头工要忌口，在做活期间，禁止吃一些辛辣有损口气的食物，比如葱、蒜、榴莲等，怕开口说话时熏着客人，这个好理解。第三，洗头工要学会调整好水温，要能分清楚顾客的发质适合哪种水温，比如你的发质好，我就可以把水温调得稍微高一些，这样头皮可以完全舒展，毛囊的脏东西能完全被洗出。如果头发稀疏，用高水温，客人就适应不了，这时候就要靠手上功夫，慢慢地揉搓头皮，让脏东西尽可能多地排出。第四，要学会察言观色。洗头一来是洗掉油渍，方便理发，二来也是让顾客放松享受的一个环节，洗头要多看，多问。举个例子你就明白了。”

男子说着把手放在了卓米的太阳穴附近：“现在的年轻人，都喜欢长时间对着电脑或者手机，用眼过度，会产生视觉疲劳，我只要稍稍按压你的太阳穴，就会有股刺疼感。”

“哎哟。”卓米很配合地叫了出来。

“所以一般遇到年轻的客人，我洗头时都尽量避免触碰太阳穴。如果是老年人，里面的说道又不一样。”

“有这么多讲究？”

“一百单八行，行行出状元，只不过现在按照规矩来的人越来越少了。”

“谢谢老板能解开我的疑问。”

“用不着谢，就是闲聊。”男子把卓米头上的泡沫洗干净，从身边柜子上的格子间里取了一块干净毛巾，顺着卓米的鬓角开始擦干，待头发水分被毛巾吸收得差不多时，男子又换了一条干毛巾把卓米的头完全包住，一切做完，卓米才被领到理发椅前。

所有的流程，均被卓米牢牢记在心里。

六

紧身牛仔褂，长筒喇叭裤，金黄色板寸头再加上左耳上的耳钉，这一套造型，让老陈都有点吃惊。

“你是小米？”老陈再三确认。

“师父，你真的认不出来了？”卓米背着旅行包。

“你要是不说话，打死我也不敢认啊！”老陈绝对是发自肺腑。

卓米从口袋中掏出一张纸条："师父，这是我的新手机号！"

老陈拿起，贴身收好，接着帮卓米整了整衣领，像是送儿远行的父亲："记住，一发现情况不对，给我赶紧撤！"

"嗯！"相比刚接到任务时的兴奋，此时的卓米胸口像堵着什么，有些喘不过气，他不敢回头去看老陈那张熟悉的脸，径直走向了前方的大巴车。

老陈静静地站在卓米身后没有说话，直到目送他上了大巴车，才默默离开。

从地图上来看，整个湾水市的版图造型就好像一个三角裤头，城区位于右上方，而风口区正好就卡在最隐秘的那个角，从城区到风口区几乎要穿越整个湾水市，倒三班大巴近两小时的车程。

早年，风口区的居民想进一趟城，那是相当费劲。好就好在这两年省城周边的县城乘上了改革的东风，高楼大厦纷纷拔地而起。作为毗邻的风口区也跟着沾了光。虽说风口区属于湾水市，但当地的居民却跟省城的娘比较亲。这也是为什么当地的黑势力刚一抬头，就引起了省厅的注意。

大巴车一路西下，沿途除了嘈杂的人群，并没有什么值得欣赏的风景。车载电视中播放的荤段子二人转，没有让卓米提起半点儿兴趣。为了打发这无聊的乘车时间，他从口袋中掏出耳机，循环播放着李克勤的《月半小夜曲》。

一首对味的音乐，是安抚人心的最佳良药，卓米很是享受地靠在座椅上，望着窗外发起了呆。他的脑袋里空空如也，几乎分不清耳畔的旋律，他喜欢这样静静地待着，这种视觉、听觉和感觉都模糊的状态，对他来说，是一种追求的境界。

歌曲已经不知道循环了多少遍，耳机里突然的一声提示音打破了这一切。

卓米感到有些不适，皱着眉头从口袋中掏出了手机。

是一条微信添加好友的提示。

“谁？”卓米看着手机屏幕上的一行小字泛起了嘀咕。

虽然有疑问，卓米还是滑动了解锁按钮。

追风筝的女孩！卓米看着那张熟悉的头像照片，很快猜到了对方的身份。“是宋蕊！她为什么有我的微信号？”

虽然不知道缘由，卓米的手还是控制不住按动了那个绿色的“接受”按钮。

刚添加成好友，对方就发来了一张笑脸，紧接着是聊天的第一句：

“你最近几天干吗去了？在码头都看不见你。”

“你怎么会有我的微信号？”卓米答非所问。

“你作为一个人民的公仆，打听你的手机号码并不难。”

“给你发短信，你没回。”

“打电话，关机。”

“我就试了试微信。”

“没想到你跟我一样傻。”

“都是用手机号码注册的微信。”

卓米看着一大串回复，打了一行字：“原来是这样！”

“手机怎么关机了？”宋蕊追问。

“这个……”卓米不知该如何回答。

“听你们单位值班的民警说，你被调走了？是不是发生了什么事？”

“她是不是在担心我？”卓米心想。

“怎么不说话了？还在吗？”

“在！”

“你被调到哪里去了？是不是不回来了？”

“只是暂时离开，还会回来。”

“暂时？”

“嗯。”

“暂时是多久？”

“我也不知道。”

“……”

“你们是不是有什么行动？”

“不能说。”

“那就是有喽！”

“好吧，我不问。”

“嗯，谢谢！”

“我不知道你们的规矩，总之，注意安全。”

“会的！”

卓米盯着手机屏幕许久，对方再没有回复。

“我真是话题终结者！”卓米在心里暗骂了一声。

“一、二、三、四……”卓米掰着手指在心里盘算，“我四天没有去码头了，难道是宋蕊在码头没有见到我，去单位找我了？她一定是从值班室的墙面上找到我的手机号码的，对，她刚才还说向值班民警打听过我！”

卓米低下头又翻了一遍聊天记录：对，就是这句！没错！

“宋蕊为什么要去打听我？难道她……”卓米的脸颊有些发烫。

“她，她不会对我有意思吧？”

卓米感觉自己的心快要从胸口跳出来了，他有些快按捺不住心中的欣喜之情，血液循环加剧让他的嘴巴有些干燥，他拧开背包里的矿泉水，灌了一大口。

水滋润了喉咙，也浇灭了欲火。平静的卓米开始有些后悔，他后悔接了这个任务，想想一年的时间，什么都有可能化为泡影。

“我这身装扮，根本不能跟她见面，或许一年后，她已经有男朋友了吧？”卓米突然有些心灰意冷。

“我是不是想得有点多？万一人家没有那方面的意思呢？”

“难怪人家都说我是爱情小白呢，这才哪儿跟哪儿啊？都扯到男朋友了。”卓米神经质一般，时而微笑，时而沮丧，时而摇头，时而沉默。

“百年修得同船渡，千年修得共枕眠，是百年还是千年，一切顺其自然。”想通了的卓米退出了聊天界面，他把手机揣入口袋，耳边重新响起了《月半小夜曲》的旋律。

七

黄山路对于风口区来说，就相当于北京的长安街。黄山路分为东西两段，东临政务区，西连最繁华的商圈，阿东美发沙龙恰巧位于整条路的居中位置，可以说是占尽了天时地利与人和。

美发沙龙很醒目，卓米还没下车，便从车窗中望见了那块悬挂在二层楼上的金色招牌。理发店分上下两层，三间门面，两百多平方米，在如此繁华的地段，这绝对是大手笔的投入。

走下大巴车，卓米摸了摸被扎得有些红肿的左耳，确定耳钉还在后，他横穿马路，来到了店门前。

两根斑马花纹的圆柱，在不停地交替转动。透过厚厚的玻璃墙，可以完整地看到屋内的摆设。

“金碧辉煌”这应该是最贴切的一个形容词。

卓米正在四处张望，一个挂着经理胸牌的男子走了出来：“找人？”

男子对一身古惑仔装扮的卓米有些警惕。

“应聘！”卓米指着玻璃门上一张写着“招聘洗头工若干、理发师若干”的广告纸说道。

“你是理发师？”男子重新把卓米审视了一番。

“不是。”

男子有些失望：“那你是来应聘洗头工的？”

“嗯。”

“哪里人？身份证带了没？”

“本地人，之前在省城给人洗过几年头。”卓米双手把身份证递了过去。

男子的视线在卓米和身份证照片之间来回游走，在确定真人与照片无异后，他把身份证又还给了卓米。

“听你口音好像不是本地人？”

“在省城待过，口音有些变化，我可是地地道道的本地人。”卓米说了一句风口口音。

“以前真干过洗头工？”男子依旧有些怀疑。

“嗯，干过！”

“我们这儿工资可不高。”

“有多少？”

“月薪六百，包吃住。”

“才六百？能不能再给加点儿？”

“到哪里都是这个价！”

“唉，那算了！我本以为你们家店大，能多挣点儿呢，没想到跟省城乡下的店一个价，我还是另外找家小店吧，那里客人不多，活还能轻巧一些。”卓米之所以欲拒还迎，还是为了增加可信度，如果一口就答应，难免引起怀疑。

就在卓米背起背包抬脚要走时，男子慌忙拦住："我问你，你之前干了几年的洗头工？"

卓米重新放下背包："三年啊。"

"水温、力道都会控制？"

"要不要我给你洗一次试试？"

"行，你要真是熟练工，我再给你加两百！"

卓米嘴角一扬，跟着男子走进了洗头间。

这里的洗头间要比"海飞思"宽敞许多，而且每个洗头工均配有一张皮椅。

卓米第一步先到洗手池前，用消毒水把手洗干净，接着把皮椅搬到一边。

"有椅子你为什么不坐？"男子见卓米把皮椅搬到一边，好奇地问道。

"洗头工一定要做到手勤脚勤，坐在椅子上给人洗头，容易产生惰性，所以我给人洗头都是站着！"

男子虽然对店里的洗头工没有这么苛刻的要求，但他还是对卓米的回答很满意。

"舒服，水温刚刚好！"

"力道也不错！"

"行了，八百，包吃住！马怀根，你被录用了！"

卓米瞟了一眼男子的胸牌，笑着回道："王经理，以后喊我小米就成。”

“哈哈，有眼色！在店里好好干，干好了我给你涨工资！”

剩下的事就水到渠成了，卓米交了两百元服装押金，接着被领进摆了十五张高低床的员工宿舍。

通知是第二天上班，百无聊赖的卓米掏出手机，发了一条短信。

“师父，已经办妥！”

那边很快回复：“收到，注意安全！”

简单报了平安之后，一条微信很适时地发了过来。

宋蕊的头像上出现了一个红色的①。

“这是什么？”屏幕上出现了一串乱码。

卓米想都没想，便点了上去。

界面很快跳转。“恭喜你，分享位置成功！”手机屏幕上出现了这么一行字。

“上当了！”卓米有些惊慌失措。

“原来你跑到风口区了！”

“你不该这么做！”

“你生气了？”

“没有。”

“你一定是生气了！”

“今天没上班？”卓米岔开了话题。

“今天星期六啊！”

“哦！”

“哦？你在忙了吗？”

“我发现我好像很不会聊天！”

“难道你才发现？”

“嗯！以前很少聊天。”

“不聊天，那你平时都喜欢干什么？”

“发呆！”

“流汗！”

“我喜欢一个人！”

“好吧，那我不打搅了！”

卓米好像捕捉到了对方的不悦，他慌忙回道：“我不是那个意思，我是说，我之前很喜欢一个人。”

“那现在呢？”

“现在……现在的感觉也很好……”

“明天你会去桥头吗？”

“我可能很久都不会去了！”

“为什么？”

“不能说！”

“那……你还会去吗？”

“会！”

“那……我等你！”

八

理发店作为服务性行业，开门的时间不是一般的早。卓米按照事先约定的时间，七点钟准时站在了店门口。

王经理把连夜赶制出来的工作服交到卓米手中。

“衣服合适吗？”

“大小刚刚好！”卓米撸了撸袖子。

“这是你的胸牌！”王经理把一个印着“小米”字样的金属滴胶别在了卓米的左胸前。

“谢谢！”

王经理报以微笑，接着他从口袋中拿出了一张类似银行卡的东西。

“这是你的任务卡，你每洗一个头，就在吧台刷一次卡，每天刷满四十次，才可以拿基本工资，超过四十算是奖金。”

“平均十分钟洗一个，需要四百分钟，差不多是七个小时。”卓米在心里盘算。

“不过你不用担心，我们店每天的客流量在三百人以上，只要勤快，四十个很容易完成。”

“嗯，王经理，放心。”

“超额完成一个，我给你提两块钱，如果你一天多洗十几二十个，这又是一笔不小的收入。”

“这简直是在压榨劳动力。”卓米心里暗苦。

“不过咱们有言在先，不能只求速度，不求质量，如果接到客人投诉，我还会倒扣你钱。”王经理跷起兰花指警告道。

难怪人们都想做人上人，生活在最底层只能被动地接受。卓米心里虽然这么想，但嘴上还是抹了蜜糖般回道：“知道了，经理，您放心吧！”

看到卓米如此老实听话，王经理是打心眼里满意，他抬起手表：“该交代的我都交代了，马上七点半了，你去店门口集合，跳操。”

早晨跳操，对很多人来说并不陌生，它之所以能在商家之间风靡起来，有它特殊的原因在里面。

第一，就是团队精神。如果留心会发现，凡是在店门口跳操的人，基本上都是着统一的制服，动作整齐划一，而且他们很喜欢选择在人流最密集，或者最醒目的位置。在别人眼里，可能会被当成一场“另类”的表演，而参与其中的员工会产生这样一种感觉：“我们穿着同样的制服，我们是同一个店的员工，我们是集体展现给别人看，我一定要跳好！”这就是一种自我暗示，在无形中增加了整个团队的凝聚力。

第二，就是提高员工的活力。凡是服务性行业的员工，都需要有饱满的热情，早上来一首慷慨激昂的音乐，做一做有氧运动，可以很好地振奋员工精神。

第三，就是植入行业文化。不管是什么行业，都需要文化底蕴的支撑。拿最简单的肉夹馍小贩来举例，只要卖肉夹馍，大家都喜欢打着“陕西肉夹馍”的旗号；卖泡菜的，都喜欢说自己的是“韩国泡菜”。这就是文化带动的行业发展。而跳操时，喊的口号，正是企业文化的一种传递，每天开门让员工接受一遍洗脑，久而久之，行业的文化就更容易被人接受。这就好比小孩子背交通规则，他不需要知道制定这种规则的意义，但是只要熟记，照着去做就行。

理发店员工的交替更新很频繁，像一些大的理发店，几乎每周都有新面孔，卓米的到来，并没有引起其他员工的注意。

卓米走到最后一排，填补了一个空缺，接着一首鸟叔的《江南style》从低音炮中传了出来。

音乐一起，王经理站在排头动了起来。

队伍中除了卓米，还有几个人动作并不熟练，不过好在舞蹈并不是很难，只要不是太笨，跳个两三遍基本就能掌握。

接连几首神曲之后，所有员工站在自己的岗位上准备就绪，等待八点钟第一单生意的来临。

洗头小弟这份工作，比卓米想象的要辛苦得多，尤其是对于长发的女性顾客，一个头洗半个小时再正常不过。一个星期下来，卓米做了一个统计，从早上开门到晚上打烊，就算是豁出老命，最多也只能洗四十五个。

“万恶的资本家！”卓米对王经理发自肺腑地评价。

虽然累一点，但卓米对自己的师父老陈是掏心窝子地佩服。正如王经理所说，理发店每天最少有三百人进出，只要留心，就能听到许多惊人的内幕。

俗话说，好记性不如烂笔头，卓米很喜欢把自己一天的所听所感记录在笔记本上，这已经成为他生活中的一种习惯。

201×年×月×日　星期四　晴

今天给一位老板洗头，他办理的是店里最高规格的钻石卡，由店里的专业理发师阿文亲自理发，简单的洗剪吹足足花掉了两百元。从他全身名牌来看，他肯定是个有钱人，但我在给他洗头时，他接了两通电话。

第一通：

“喂，是小刘啊。”

“我知道快过中秋节了，你放心，我是那种拖欠农民工兄弟工资的人吗？”

“咱们都在一起合作那么久了，节前我一定把工资给你结清。”

“不骗你，我骗你干吗？”

“咱先这样，我们还在外面忙着呢。”

第二通：

“喂，谢会计。”

“咱们账面上还有多少流动资金？”

“还有这么多？”

“不用一笔一笔说给我听，再一个多星期就过节了，赶快把资金转移，记住，谁找你要钱都说没有！”

“还有，过节的时候我关机，你联系我另外一个手机号！”

“不要给农民工开一分钱，让他们集体找政府闹，把政府逼急了，他们会来找我，这样政府就欠我们一个人情，以后买地也有说辞。”

“你就按照我说的去做就行了！挂了！”

“今天用一句话总结我的心情。”卓米在笔记本上这样写道，“人心之毒非蛇蝎所能相比。”

九

坐为金字塔最底端的洗头小弟，所有人都把卓米当成了一道屏风，当他们在洗头间里畅所欲言时，殊不知，说者无心，听者有意。虽然才过了一周时间，卓米已经掌握了不少消息。

“三十九个！”卓米从洗头间出来，甩了甩手上的水渍，走到吧台前划了一次卡。

“今天周末，客人爆满，这才中午，你都洗三十九个啦！”吧台前负责收银的小姑娘跟卓米搭讪。

“嗯，再洗一个就能休息休息了！”卓米伸了伸懒腰。

“今天你不加班？”小姑娘忽闪着大眼睛。

“周末，想回家一趟，就不加了。”

阿东理发店有这样的规定，凡是洗头工都没有休息日，想休息必须完成每天的工作量，一般非周末时间，人流量较小，就算完成四十个任务量也快接近下班时间点，也只有在周末可以提前一点。

就算是这，也不是你想休息就能休息，你还要和别的洗头工协商以后，才可以离开。

卓米和其他洗头小弟的关系还不错，按照他的规划，下午五六点就应该可以下班离开。

提前下班可不是为了休息，他主要还是想核实一下这些天掌握的情况。

就在卓米倚着门框喝水喘气的工夫，一阵熟悉的香味顺着门缝钻了进来。

“欢迎光临！”随着门口的迎宾把双开玻璃门完全拉开，一张既熟悉又陌生的脸出现在卓米面前，是宋蕊。

宋蕊有些诧异地打量着卓米的装扮。

“你是……”她不敢确定。

“请问您有什么需要我帮助的吗？”卓米慌忙开口打断。

光看外表，宋蕊可能还有些不敢确定，但听了卓米的声音，她已经看穿了卓米的身份。

“你是理发师？”宋蕊揣着明白装糊涂。

“我不会理发，我只能洗头！”

“那好，我就先洗个头。”

“里面请！”卓米弓腰做了一个请的手势。

理发店的所有人都在火急火燎地忙活，这里也不乏帅哥美女，所以宋蕊的到来，并没有引起太多人的注意。

三号洗头间被拉上了“正在工作”的棕色布帘。

“你是不是卓米？”宋蕊刚走进洗头间便小声问道。

“对不起，你认错人了！”卓米熟练地从旁边的隔间里拿出一条毛巾，搭在了宋蕊的肩膀上。

宋蕊掏出手机，打开微信，对着喇叭发出一条语音：“卓米，是不是你？”

消息刚一发出，卓米口袋里的手机便振动起来。

“喂，帅哥，你的手机响了，要不要拿出来看看？”

“请躺好！”

“拿出来看看嘛，说不定是个美女给你发的呢？”

“我真是被你打败了，宋蕊，你来这儿干什么？”既然已经瞒不住，卓米只好承认。

“这不周末吗，我就是无聊出来转转，刚一下大巴，用微信搜索附近的人，发现你就在我一百米以内，我这不是顺路找了过来吗？”

“你……”卓米气得说不出话，他何尝听不出宋蕊所言均是搪塞，怕是专门过来找他才是实情。

“你怎么这身打扮？好好的公务员不干，跑来当洗头小弟，你怎么想的？还有，你这身打扮……”

“嘘！你小点声！”卓米故意把水管开到了最大。

宋蕊把声音压到最低：“你是不是在这里当卧底？难道这家理

发店有不可告人的秘密？”

“这个我不能告诉你，躺好，我给你洗头！”卓米稍稍一用力，把宋蕊按在了沙发躺椅上。

卓米弓着腰解开了她的马尾辫。

长发如水散在卓米手中。

芳香扑鼻，柔顺丝滑。卓米是第一次这么近距离地接触一个和自己有些瓜葛的女生。

宋蕊平躺于沙发之上，凹凸有致的身材让他心跳开始加快。

温水顺着宋蕊的额头慢慢冲洗下来，她很享受地闭上了双眼。

眼前的这一幕让卓米想起了一则广告，他记得广告的名字叫“百年润发”，里面的男主角叫周润发。

愣神时，溅起的水花打湿了她的胸口，白色的衬衫入水变得如塑料布般通明，宋蕊粉色的内衣拽住了卓米的目光。

十厘米，这大概是两人脸对脸的距离。

宋蕊脸颊绯红，胸口很有节奏地上下起伏，空气中弥漫的玫瑰芬芳给这个场景增添了少许的香艳。

好美！卓米感觉自己的视线有些模糊，在他的视野里，唯一能让他感觉到存在的，就是宋蕊那水润的双唇。

卓米停下手中的动作，又近了近，他能清楚地感觉到宋蕊呼出的气撞在了自己脸上。

唇膏的芳香也证实了这一切并不是幻觉。

宋蕊稍稍有些蹙眉，但始终紧闭双眼。

“我……”卓米已经完全停了下来，他的鼻尖几乎快要与宋蕊相撞。

“我……好想……吻她……”卓米紧握双拳，在做最后的挣扎。

忽然，卓米清楚地感觉到，宋蕊似乎故意屏住了呼吸。

“难道她……难道她知道我要吻她？”

可能由于太过紧张，宋蕊的身体不由自主地颤抖起来。

“难道她真的对我有意思？”

“她就是我命中注定的那个女孩吗？”

此刻的卓米，内心无比纠结和矛盾。

宋蕊蜷缩着双手，指甲滑动皮革发出“吱吱”的声响。

看着宋蕊的反应，卓米从刚才的动摇变成了此刻的坚信。有人做过调查，男人与女人之间若是相处不深，那男人对女人的爱慕，百分之八十都在于长相，卓米也没能逃脱这个结论。面对长相如此标致的宋蕊，卓米找不出任何拒绝的理由。他双手试探性地按住宋蕊的肩膀，见对方依旧没有反应，卓米已经没有任何顾虑。

“这就是恋爱吗？”卓米满怀深情地靠近了宋蕊的唇瓣。

“小米，你怎么还没洗完？”一声粗狂的吼叫，让卓米定格在那里。当时他与宋蕊的距离，只有几毫米。

香艳的场景被彻底击碎。

卓米起身，有些尴尬地干咳了两声。

“小米……”房间外的喊叫声越来越清晰，卓米慌忙重新走到水池前。

“还没洗好吗？”布帘被撩起，说话的是王经理。

“马上！”卓米加快了手中的动作。

“后面还有好几个客人等着呢，别磨磨唧唧的！”

“嗯！”卓米点了点头。

王经理放下布帘，重新走回了大厅。

“大家都加快点速度，今天客人比较多！”

“明白！”理发店员工异口同声地回应。

“你好像很怕这个王经理？”恢复平静的宋蕊睁开了眼睛。

“我的顶头上司，我的工资还指望他开呢！”卓米拿了一条干毛巾包住了宋蕊的长发。

“那你岂不是拿两份工资？”

“这份工资也没有多少！”卓米苦笑，“对了，你是剪头发，还是要干吗？”

“只洗头！”宋蕊追问，“你呢？你可以下班了吗？”

“加上你，正好四十个，我可以下班了！”卓米把有些湿的毛巾往塑料桶里一扔，“走，我去帮你吹干！”

“你晚上有约吗？”宋蕊十分关心这个问题。

“没有！”

“那好，给你个机会，请我吃饭怎么样？”

“给我个机会，请你吃饭？”卓米在“你”字上加重了音调。

“嗯，你不觉得荣幸吗？”宋蕊一脸坏笑。

“荣幸之至！”卓米嘴角一扬，把宋蕊领到了头发吹干区。

十一

下班后的卓米，感觉就像挣脱囚笼的小鸟。

已是饭点，卓米张口问道："想吃点什么？"

"风口区我也是第一次来，你定！"为了晾干头发，宋蕊把马尾辫松了下来，过肩的长发随着她身体的扭动在风中来回荡漾，画面仿佛青春电影中的女主角走出了荧幕。

"我天天待在理发店，也没怎么出门逛过，我对这里也不是很熟悉，要不然咱们随便吃点？"

"嗯，行！"宋蕊点了点头。

回想起刚才在洗头间的那一幕，卓米多少有些尴尬，他双手插兜走在了宋蕊前面，两人始终保持着一定的距离。

"吃火锅怎么样？"卓米的声音伴着周围嘈杂的车鸣向后方传去。

"太辣！"宋蕊回答得似乎有些心不在焉。

"吃西餐怎么样？"卓米又建议。

"不习惯！"

"那吃小吃呢？"

"好像不太卫生！"

"那你想吃什么？"

"随便！"

对话持续了一路，直到两人走到了风口区的娱乐贸易核心地带。

“卓米，既然没有想吃的，咱们要不要去喝两杯？”宋蕊有些兴奋地指着路对面一个闪烁着霓虹灯的招牌喊道。

卓米抬头望去：九点半酒吧？这不正是黑熊的场子吗？

“去吗？”

“你以前去过这种地方？”

“没有，想去看看！”

“行，那走吧！”

按照广告牌的指示，两人先是走下地道，接着步行穿过一条画满涂鸦的走廊，最后才站到夜场的正门前。

“欢迎光临九点半酒吧！”两人刚踏进铺设有红色地毯的迎宾区，两排身材火辣、穿着暴露的女子便异口同声鞠躬喊道。

她们都是酒吧的异性陪侍，由于卓米带着女人，所以并没有人上来搭讪。随后卓米掀开了门前的水晶帘，一位挂着大堂经理胸牌的年轻女子走了过来。

“先生、女士，欢迎光临九点半酒吧，请问是找人还是消费？”女子十分客气。

“消费。”

“好的，先生、女士里面请。”女子弓腰将卓米二人一直送进了酒吧大厅内。

放眼望去，酒吧的整体布局有点像上海滩的百乐门，正对大门的位置是几排卡座区，穿过卡座则是一个矩形的舞池。横跨两层楼的LED屏正在滚动播放一首首DJ曲目。酒吧二楼则分布着软座区和包厢。

“一楼还是二楼？”卓米问。

“就在那个拐角吧！”宋蕊可能还没有适应这种嘈杂的环境，皱着眉头找了一个相对安静的位置。

就这样还闹着要出来喝酒！卓米在心中暗自偷乐。

“喝点什么？”两人刚坐好，服务员便拿着酒单走了过来。

卓米把酒单递到了宋蕊面前：“我只喝啤酒，你呢？”

“也给我来啤酒吧！”

“那行，先来十瓶啤酒！”卓米把酒单重新递给了服务员，并在托盘上放了两张百元大钞。

“稍等！”服务员欠身离开。

“你一定不是第一次来这里吧！”宋蕊见卓米的动作如此娴熟，张口问道。

“嗯，去酒吧抓过好几次人！”卓米环顾四周，随口答了句。

“你去理发店是不是工作需要？”

“算是！”

“危险吗？”

“不知道！”

“怎么会不知道？难道还真有危险？”宋蕊有些坐不住了。

“您的酒！”正说着，服务生端着托盘走了过来。

卓米见服务员将酒一瓶瓶码放整齐，接着道了声：“谢谢！”

待服务员离开之后，他拿起扳手打开两瓶，把其中一瓶放在了宋蕊面前。

“碰一个？”卓米把酒瓶举在半空中。

“你还没有回答我的问题！”宋蕊没有举杯的意思。

“有些事我不好回答，我只能告诉你，我暂时没有危险，而且我不是一个人在战斗！”卓米“咕咚”灌了一口。

这句话仿佛暂时打消了宋蕊的顾虑，她也拿起酒瓶抿了抿。

随着时间的推移，酒吧内的人越聚越多，还没到九点，所有的卡座几乎都人满为患。

一位穿着三点式的女DJ，踩着高跟鞋走到了打碟机旁，嘈杂的电子合成乐响起，三位钢管舞女郎站在了舞池的正中央。

许多人纷纷离开座位，围在舞池中，奋力扭动自己的身躯，寂寞的男人和女人们都渴望在这种场合摩擦出欲望的火花。

“要不要去跳一会儿？”

“我……”宋蕊有些胆怯。

“那行，你先在这儿坐一会儿，我去上个厕所！”卓米打了个酒嗝，起身离开。

“酒吧的啤酒也太假了，简直就是水味，还没喝两口就尿急！”卓米骂骂咧咧地走进一个挂着“烟斗”图案的房间，此时正是酒吧人声鼎沸的时刻，卫生间的尿池边排起了长龙，骚臭味让卓米很不适应，他转身走出，靠着房门的位置，点了一支烟，吞云吐雾之际，他望向了宋蕊的方向。

卡座的位置刚好背对着卫生间，卓米只能从背影去分辨宋蕊的方位，他的目光穿过缭绕烟雾四下寻找，就在卓米刚刚望见宋蕊时，他突然愣在了那里。

手指中的烟渐渐燃烧，圆柱状的烟灰滚落在地上。

不知过了多久，一位身穿“保洁”马甲的中年妇女戳了戳卓米：“喂，小伙子，你用不用卫生间？”

卓米回过神来：“抱歉，我用。”

“嗯，那你快进快出，我等着打扫呢！”

卓米胡乱把烟头按在了洗手池旁的烟灰缸内，回了声“好的”，便一头钻了进去。

再次走出的卓米，脸上稍微恢复了点血色，就在他抬脚走回卡座时，刚和他视线交接的宋蕊惊慌失措地喊出声来：“卓米！”

虽然酒吧内DJ舞曲混乱嘈杂，但宋蕊的喊叫声在卓米听来依旧那么刺耳。他循声望去，三名烂醉如泥的男子正围在宋蕊身边动手动脚。

“美女，你一个人也是寂寞，陪我们兄弟三个玩玩呗！”

“就是，我们三个的功夫可好着呢！”

“滚开！”卓米如同穿梭在丛林中的猎豹，飞快跑到卡座前，一脚把其中一名男子踹倒在地。

“你妈的，想英雄救美？”两名男子从腰间抽出了砍刀，“信不信老子今天把你给办了。”

“我看你怎么把我给办了！”卓米伸手抓住一个酒瓶，快速甩在其中一名男子头上。

“我让你办！”又是一个酒瓶被摔得粉碎。

被打的两名男子头上已经渗出了血水。

三人之前已经是醉酒状态，卓米的举动彻底激怒了他们。

“快走！”卓米死死抓住已经有些吓蒙的宋蕊。

“妈的，老子今天非杀了你们！”

卓米他们跑出酒吧，后面三人握着明晃晃的砍刀在追。

宋蕊毕竟是女子，体力明显差些，还没有跑几步，便开始大口喘气。

几人的距离越来越近。

卓米手无寸铁，三人醉酒失态，如果晚上真的被追上，后果不堪设想。

“再坚持一会儿！”卓米拖着宋蕊在漆黑一片的地下街中飞奔。

三人的嘶吼声在空无一人的走廊里回荡。

“前面是公共厕所，你跑进去把门反锁上，我来引开他们！”卓米用力把宋蕊往前一推，“快进去！”

“你怎么办？”

“快！他们就要来了！”卓米顾不上那么多，一把将宋蕊推了进去，门旁边的金属垃圾桶被他抓在手中。

“在那里，给我砍！”手持砍刀的三人，发疯似的朝卓米跑来。

卓米快速跑开，准备玩一手调虎离山。

三人见只有卓米一人，突然停在卫生间门口不再追赶。

“大哥，那女的不见了！”

为首的青年瞥了一眼房门紧锁的男卫生间：“肯定是在那里，去看看。”

其中一名男子应声走到了门前，他一把握住门上的金属球形锁，几次扭转之后，他说道：“打不开，从里面反锁了，那女的一定在里面！”

“是爷们儿就不要为难女人，有本事冲我来！”卓米手持一把消防锤，重新回到了这里。

“死到临头了还逞能！哥儿几个要不卸你一只胳膊，今天这事算没完！”

“来呀，我他妈今天就要看你们怎么弄我！”卓米额头青筋暴起，骨骼的关节处，发出咯吱咯吱的声响。

“给我砍！”一声令下，三人快速形成合围，沿着地下街道朝卓米冲了过来。

砍刀碰撞斧锤的声响此起彼伏，配着应急灯下四人砍杀的背影，这场械斗犹如皮影戏般在昏暗的地下走廊中上演。

持刀的三人显然低估了卓米的实力，毕竟体能和格斗是警察必须掌握的基础技能，交手了几十回合后，三人全部败下阵来，几人痛苦的呻吟声宣告这场斗殴已经进入尾声。

“咚！”消防锤被卓米狠狠地甩在三人面前。

“今天的事，算完了没？”

打了半个小时，为首的男子见卓米依旧面不改色心不跳，从牙缝里挤出一句话：“妈的，算我们认栽，碰上了一个练家子！”

卓米冷哼一声：“还不快滚？”

为首的男子虽然觉得面子上有些挂不住，但为了自己两个兄弟着想，只能丢下一句：“你给我等着。”接着起身朝走廊黑暗中跑去。

见几人消失在视线范围内，他忽然像丢了魂的空壳，瘫软在地上，好一会儿才缓过劲来。

他习惯性地掏出烟点燃，辛辣的尼古丁让他的呼吸从急促变得平静。

体力稍稍恢复后，卓米起身，抖擞精神朝卫生间走去。

“咚咚咚！”卓米蜷起食指，在木质房门上敲了敲。

“宋蕊，是我，没事了，开门！”

“小米，真的是你？”宋蕊有些难以置信。

看来这丫头被吓得不轻。卓米嘴角挂着笑。

“是我，你快开门。”卓米尽量用最轻松的语气。

“吧嗒！”卫生间那边传来门锁扭动的声音。

木门缓缓打开。

看着因受到惊吓而变得憔悴的宋蕊，卓米有种莫名的心疼。

“小米！”宋蕊一下子扑进他怀里，嘴中发出小声的呜咽。

卓米拍了拍宋蕊的肩膀以示安慰。

可就在他推开宋蕊的肩膀准备离开时，玻璃墙面上的一幕，让他心头一颤。

“小米，你怎么了？”宋蕊也感觉到了他的变化。

“没什么。”卓米很快恢复平静，“走吧，我送你回家。”

宋蕊“嗯”了一声，很自然地挽住卓米的手臂：“走吧！”

卓米心头一热，任由宋蕊摆布，黑暗的走廊内，多了一些暧昧的味道。

在出口等活儿的出租车司机收了一张百元钞票，发疯似的在省道上驰骋，大巴要行驶两个小时的车程，硬生生被他缩短到半个小时。

“嘭！”“嘭！”伴着两次车门的关闭声，两人站在一栋住宅楼下相视无语。

时间已经接近凌晨，周围的一切显得那么寂静。路灯洒下的圆锥形灯柱，正好将两人包裹其中。

“今天晚上谢谢你！”宋蕊撩起鬓角的长发。

“跟我不用那么客气！”

“你的胳膊……”宋蕊这才注意到卓米左臂被划开了一道口子。

“没事，小伤，我回去包扎一下就好！”

“不行，再不包扎很快就发炎了，跟我上楼！”

“这么晚了，怕是不好……”

“我都不在乎，你一个大男人还在乎这么多！”宋蕊再次拉起卓米的手时，已经变得轻车熟路，看着宋蕊不容拒绝的表情，卓米也只能被硬生生拽上了楼梯。

406。卓米趁宋蕊开门的空当，抬头看了一眼门牌号。

“进来吧！”宋蕊弯腰从鞋柜中拿出一双女式拖鞋。

“我这儿平时没有男人来，你就凑合穿我的吧！”

卓米勉强把半只脚掌塞进鞋中，踮起脚走进了屋内。

这是一套一室一厅的房子，和卓米住的户型如出一辙。

“你先在沙发上坐一会儿，我去找药箱。”宋蕊拿起电视机遥控器，打开客厅的液晶电视机，好让卓米打发时间。

电视里正放着当下最火的一档节目：

“观众们大家好，这里是《最强大脑》的直播现场，我是主持人蒋昌建。今天我们的选手要挑战的是空间位移速记。Doctor魏，请给我们介绍一下游戏规则。”

“游戏规则很简单，所谓空间位移速记，就是让参赛选手在最短的时间内记住物体的空间位置。我们科学家团队事先设计出了一个场景，这个场景内有两百种物体，选手有两个小时的速记时间，时间一到，我们的嘉宾会随意移动其中的任意五样物体，选手要能在规定的时间内找到哪些物体被移动过。”

“这也太变态了吧！”嘉宾席上的几人全部惊呼。

“今天我们就是要挑战人脑的空间记忆极限！”Doctor魏微笑着冲众人解释。

不知为何，电视机里的内容，吸引了卓米的全部注意力。

没过多久，画面很快切换到了模拟场景。

卓米目不转睛，随着拍摄镜头一一扫视场景内的所有物体。

很快，画面再次切换，卓米缓缓闭上了双眼。

此刻，宋蕊抱着一个塑料箱子从卧室走了出来。

“卓米，你没事吧？”他的表情看起来很痛苦，宋蕊有些担心。

“没事！”卓米长舒一口气，但眼睛始终没有睁开。

“那你可要忍着疼。”宋蕊用镊子夹了一团酒精棉，朝卓米的伤口擦去。

酒精的灼烧，好像并没有让卓米有太大的反应，他始终紧闭双眼，嘴巴中念念有词。

“好，我们的现场嘉宾已经改变了五种物体的位置，我们请挑战者来到模拟场景前。”

此话一出，卓米的双眼缓缓睁开，视线扫过，他小声说了一句：

“桌子上的茶壶，书架上的水壶、木椅、象棋子，还有墙上的挂件。”

卓米话音刚落，主持人便走到台前：

“挑战者已经给出了答案，我们来一一验证。”

“茶壶！我们来验证一下！”

“正确！”

“水壶，到底对不对，我们来接着验证！”

“正确！”

“挂件！”

“正确！”

“象棋！”

“正确！”

“木椅，最后一个，到底正不正确？到底正不正确？到底正不正确？”

“木椅，正确！”主持人兴奋地朝人群中甩出了提示卡。

“恭喜挑战者，完成挑战！”现场一片沸腾和欢呼。

“这些你也能记住？”宋蕊吃惊地望着卓米。

卓米微微一笑：“你傻不傻？现在是凌晨，重播！”

“吓我一跳！”宋蕊拍了拍胸口。

“好了没？”卓米低头看了一眼伤口。

“我把酒精吹干，马上就好。”宋蕊噘起嘴巴，沿着伤口轻轻地吹气。

“好痒！”卓米嘿嘿一笑。

“忍着点，马上就好！”

待酒精挥发得差不多，宋蕊拧开了一粒头孢胶囊，她把胶囊里的粉末小心翼翼地撒满伤口。

“一张，两张，三张……”宋蕊一共用了六张创可贴，才算把伤口给完全包裹住。

卓米看着宋蕊包扎的成果，有些哭笑不得。

“没有纱布，你就凑合凑合吧！”

“嗯，只要不流血就行了。”

卓米说完，宋蕊也不知该如何接下去，气氛多少有些尴尬。

卓米假装看了一眼墙壁上的挂钟说：“那个，时候不早了，我回去了！”

“你现在还要回风口区？”宋蕊突然想到卓米现在还在执行任务。

“那里明天再去，我先回我的住处，离你这儿不远，步行也只要十分钟。”

“你一个人行吗？”宋蕊有些担心。

“没事！一个大男人，难不成还有人打劫？”卓米把外套抓在手里，猛地从沙发上站起。

可能是宋蕊没有想到卓米的动作会如此迅速，她也本能地跟着起身。

“嘭！”宋蕊的膝盖重重地撞在了大理石茶几的拐角上。

剧烈的疼痛，她发出“啊”的一声喊叫。

“没事吧？”卓米慌忙掀开宋蕊的睡裙观察伤势，“你怎么这么不小心，膝盖都肿了！疼吗？”

宋蕊紧咬双唇，点了点头。

“来，试试能不能站起来！”卓米试图将她搀扶起来。

“不行，还是好疼！”

“来，搂住我的脖子！”

此时的宋蕊不知为何，对卓米言听计从，她很乖巧地把手臂绕在了卓米的脖颈上。

卓米一个公主抱将宋蕊放在了卧室的单人床上。

“有红花油吗？”

“在药箱里。”

卓米打开一个塑料方盒，取出红花油倒入手心：“忍着点！”

“嗯！”

卓米对准了宋蕊红肿的位置，使劲揉搓。

“一次，两次，三次！”

卓米不停地在手心中加入红花油。

“是不是感觉到热了！”

“是！”宋蕊呢喃细语。

卓米擦了一把额头的汗珠：“发烫之后，药力就被揉进去了，你晚上歇一夜，明天一早就可以恢复了！”

“卓米！”宋蕊一声轻唤，把眼前的这一幕变得有些暧昧。

“怎么了？”

“你……你还有其他的事？”

宋蕊的眼睛故意回避卓米，她通红着脸，鼓足勇气：“你……你……晚上能不能留下来陪我？”

宋蕊的一句话，让卓米的心跳变得飞快，全身的血液让卓米的呼吸开始变得不均匀：“我……陪……你？”

“嗯！”宋蕊的脸蛋已经涨得通红。

屋内昏黄的灯光，让两人的眼神都变得有些痴醉。

宋蕊虽然侧着脸，但那双含情脉脉的大眼睛在卓米眼中是那么迷人。

距离越来越近。

宋蕊也慢慢把脸蛋转了过来。

视线相接，两人之间仿佛有种力量，彼此牵引着对方。

越来越近，近到可以感受到彼此的心跳、彼此的呼吸。

这次再也没有人来打搅他们。

突然，一股触电般的感觉传遍了卓米的全身，他的唇间多了些温热。

呼吸声越来越粗重，宋蕊起身搂住了卓米的脖颈。

深情，忘我，禁果的美味让他们已经分不清彼此。

衣服被一件件脱去，木板床发出“嘎吱”的抱怨。这丝毫没有阻挡两人欲火的释放。

呻吟声越来越大，宋蕊的指甲已经嵌入了卓米的皮肤。

左臂的创可贴一张一张崩开，还未愈合的伤口，又流出了殷红的鲜血。

血顺着手臂滴落在宋蕊的胸前。它仿佛一针催化剂，再次点燃了两人心中的火苗。

呻吟变成了兴奋的喊叫，最后的交欢让两人紧紧相拥。

“嘎吱，嘎吱”，木板床晃动的频率越来越快，就像一位飞奔在马拉松跑道上的古稀老人，虽然随时都有可能停止生命，但依旧在顽强地支撑。

“啊！”

随着宋蕊一声满足的呼喊，屋内重新恢复了宁静。

十一

清早的爆竹声惊醒了还在睡梦中的三个人。

“这么多放炮仗的，今天是什么日子？”老疙瘩掀开有些油腻的被子随口问了一句。

“今天是中秋节。”回声很空荡。

老疙瘩离开被窝，从地上坐起，循声望去：“我当是谁呢，是长福啊！”

长福倚着墙根，微微一笑算是回答。

老疙瘩揉了揉眼角：“今天涵洞里咋就咱们两个？其他人都回家过节去了？”

“是三个，老兵还没醒呢。”

“唉……这一到过年过节心里就不是个滋味。”

“你也别想太多了，这就是咱的命。”长福撩开军大衣口袋，扒拉了半天，找了两根烧了半截的烟头，他小心翼翼地把烟捋直，扔给老疙瘩一根，说道，“我和老兵得亏你才能住在这涵洞里，要不然这大过节的，我们俩连个住的地方都没有。”

“你这说的是哪里话，都是苦命人，能照应肯定照应，我在这涵洞里住了六七年了，没有人比我住的时间更长，只要有我在，没人敢说啥。”老疙瘩猛吸了一口烟，露出十分享受的表情。

“老疙瘩，听你的口音，好像就是本地人，怎么会沦落到现在这个样子？”可能是因为涵洞里没有其他人，长福这才问出了心中的疑惑。

“你们来得晚，对我的情况不了解。”老疙瘩使劲吧嗒着烟，直到空气中弥漫着一股呛人的海绵味，他才不舍地把烟头掐在地上，“我家就住在二十公里外的郊区，家里弟兄姊妹十几个，我算是老小，我爹早年是地主，光老婆就讨了好几个，虽然我是偏房生的娃，但因为我是男孩，所以从小没有受过一点儿苦。可好景不长，刚一解放，我家就被抄了，我爹被戴了高帽，没过多久就死了，我那几个娘谁带谁的娃，走的走，跑的跑。无奈我娘是偏门，在家里一直就没有地位，遇到这事更是没了主见，再加上我娘年纪小，还有些姿色，受我同父异母大哥的蛊惑，结果他俩好上了。一大家子几十号人，到头来就剩下我一个。”

或许这件事老疙瘩已经不知道讲给了多少人听，在他的嘴中，长福已经听不出任何感情，老疙瘩仿佛在述说一个听来的故事。

“地主的儿子，这个造孽的标签就一直贴在了我的身上，我从小到大一直是同村孩子的出气筒。”老疙瘩指着自己的额头，“这个大肉包，就是当年他们用粪叉给扎的。”

长福瞅了一眼那个有点像寿星的肉球：“怎么给扎这么厉害？”

“他们先是用砖头拍，后来又用叉子戳，结果发炎了，也不给治，要不是同村的一个婶给我弄了点草药，我估计都活不到现在。”

长福没有吭声，老疙瘩接着说：“我名声不好听，根本就讨不到老婆，当年我爹死的时候，我家的田都被分了，屋子也被霸了，我一直都住在村口的破庙里。”

“这些年你都是靠讨饭过来的？”

老疙瘩点点头：“我今年已经快七十了，年轻的时候，都是集体挣工分，我本来就不被村里人待见，没人愿意把工分分给我。后来终于等到了好日子，我却上了年纪，你说我这辈子，除了讨饭还能干啥？”

“敬礼，敬礼，打死小日本，开枪……”两人正说着，一个头发花白、满脸污渍的干瘦老头睡在地上突然抽搐起来，嘴巴中不停重复着这句话。

“老兵醒了！”长福慌忙掐灭烟卷，一把攥住老兵的手。长福的举动仿佛给老兵传递了力量，刚才还叫嚣的老兵瞬间安静了许多。

“长福，老兵是你亲戚？”这个问题老疙瘩早就想问，只是一直没有找到合适的理由开口。

长福把老兵的手重新塞进被窝，直到老兵一脸酣睡他才回道：“我俩也是半道认识的！”

老疙瘩能看出长福和老兵的关系非同一般，他本以为两人有血缘关系，但听长福这么说，他更加好奇两人是因为什么变得如此亲近，所以他拐个弯问道：“我看老兵好像跟你亲得很。”

长福松开手，又把被角掖了掖：“老兵今年九十二岁了，年轻时打过日本鬼子，浑身上下都是子弹眼，我看过。”

“那他应该是抗战英雄，怎么会沦落成这个样子？”老疙瘩很是诧异。

“我是三年前认识他的，那时候他还正常得很，是一个能说会道的老头。他经常跟我说他年轻时打仗的故事。他十五岁参军，经他手杀死的日本鬼子有上千人，胸前挂了一大串军功章。”长福说着从被窝底下抽出一个已经发黑的布口袋打开，“你看，有几十个。”

耳听为虚，眼见为实，老疙瘩看着那一枚枚已经有些年代的金属圆牌，朝老兵竖起了大拇指：“老头子，好样的！”

“老兵是河南人，1942年河南闹饥荒，老兵的家里人全部都给活活饿死了，他那时候正在解放战争前线，算是捡回了一条命。接着就是新中国成立，老兵用半辈子保卫了大家，可当他站在村头，却找不到自己的小家。

“后来他凭着自己的军功章在村里总算讨到了一些土地。他自己动手盖了一间土坯房，这间房子给他挡了三十年的风雨。”

“那他就没想过讨个媳妇？”

“老兵在打仗时有过一段感情，也是一名女革命，她当年为了掩护部队撤离，被日本鬼子当众轮奸后扎死了，肠子流得一地都是，画面可惨了，老兵心里过不去这个坎，所以打了一辈子光棍。”

“这些天杀的狗杂种！”老疙瘩啐了一口唾沫。

“老兵住的那个村子，和他同龄的老人差不多都死了，年轻人基本上都出去打工，一个村子几乎看不见几个人影。他一辈子守着那一片地，可随着年纪越来越大，身体每况愈下，他已经没有办法糊口。”

“像他这样，村里应该给他解决个五保户。”

“老兵性子倔，他觉得自己还能动，就不想给国家添负担。”长福有些惋惜地看了一眼，“老兵八十岁的时候背着麻袋出门讨饭，一讨就是十几年。”

“那他是怎么疯的？”老疙瘩很关心这个问题。

回忆起往事，长福有些伤感：“两年前，我俩一起出去捡破烂，老兵从垃圾堆里扒拉了两瓶白酒，晚上我俩买了点花生米，就把两瓶酒给吹了。老兵是一边喝，一边哭，他牙齿快掉光了，我也不知道他说的是啥，听着好像还是以前打仗的故事。一瓶白酒下肚，我迷迷糊糊就睡着了，第二天一早醒来，老兵就变得疯疯癫癫了。”

“是不是喝了假酒？”

“酒肯定不假，我也喝了？”

“那是为啥？”

“我不知道，他心里的苦，或许只有他自己知道。”

“那他疯成这样，咋整？”作为局外人的老疙瘩都有些发愁。

长福瞅了一眼只剩下皮包骨的老兵，倚着墙根说道：“我和老兵认识也算是缘分，我不可能眼睁睁地看他死在大街上。现在老兵的身体是一天不如一天，我估计也没多少天活头了。我回头寻思个买家，把这包军功章给卖了，凑个钱给他找个安身之所，也不枉我们哥儿俩这情分。”

“老兵是条汉子，军功章不能卖！”老疙瘩说着从裤兜里拽出一块包裹得四四方方的手帕。

“老疙瘩，你这是？”

老疙瘩没有说话，小心翼翼地把手帕一层一层掀开，很快，一个做工精美的刺绣锦盒出现在老疙瘩手中。锦盒的前端镶有一个暗扣，老疙瘩使劲一按，一块翠绿的四方形石头静静地躺在锦盒中。

“这是什么？”长福从来没有见过如此晶莹剔透的物件，他好奇地问道。

老疙瘩的语气很平淡：“这是当年我出生时，我爹给我打的玉佩，我一直贴身带在身边，应该值口棺材钱。咱这安稳日子是他们用命换来的，如果让老兵这么寒碜地走了，我愧对自己的良心。”

“老疙瘩……你……”长福的眼眶有些微红。

“那包军功章是老兵一辈子的荣誉，也是对他这辈子的肯定，如果你把它卖了，老兵就一点儿念想都没了，给他留着吧。”老疙瘩把玉佩送到了长福面前。

“老疙瘩……”长福哽咽。

“别说了，从今以后，你俩就住在这里，老兵的后事，咱俩一起操办。”见长福没有接的意思，老疙瘩一把将玉佩拍在了他的手里，“我呢，从小也没读过几年书，大字也不认几个，我就记得电视里的江湖大侠都喜欢说一句话，叫路见不平，拔刀相助。长福，你能对老疙瘩这般仁义，在我心里，你也是个大侠，所以这块玉你收着，我怕放在我这儿，哪天被人给顺了去。”

“老疙瘩……这……”

“别说了，这玩意儿藏在我这里，天天出门都不方便，你就先拿着。”老疙瘩拍了拍衣服上的灰土，这是他出门前必做的一件事，“今天过节，你在这儿看着老兵，我出去要口吃的，这附近的人我都熟，兴许还能要几块月饼。”

“哎！”长福重重地应了声。

老疙瘩起身走到老兵面前，蹲下身子轻轻地说：“老兵啊，这辈子苦了你啦，下辈子就好啦，下辈子就好啦……”

老疙瘩念念叨叨着走出了涵洞。

中秋，预示着团圆，这个节对老疙瘩来说，比春节还让他心寒。

“爹啊，你造的孽，马上到我这辈子就还清啦，你儿马上就能下去见你啦。”老疙瘩还在念念叨叨。

“老板，过节好啊！”

老疙瘩站在一家商店门口双手作揖，他的话还没说完，一个一元钢镚便从店里扔了出来。

“臭要饭的，拿了钱，赶紧给我滚，天天来，天天来，还让不让人做生意了？”

钢镚撒欢似的向前翻滚，老疙瘩已经顾不上店主的臭骂，弓着腰跟在后面追赶。硬币沿着小路，一直滚进了积满污水的土坑里。老疙瘩撸起袖子，一点一点地摸索。

“有了！”老疙瘩兴奋地一把抓住，可手上的骚臭味让他眉头紧锁，“也不知道哪个孙子在这里撒的尿，到河边洗洗去，要不然能被这味给熏晕喽。”

打定主意的他，紧紧握拳慌忙朝最近的河边跑去。

清凉的河水冲淡了异味，老疙瘩几次把硬币放在鼻尖试闻。

"差不多了！"他甩了甩手上的水渍，起身把硬币贴身收好。

就在转身的那一刻，他忽然看见远处有个人趴在河滩上一动不动。

"难不成是喝多了？"老疙瘩疑惑着走上前。

距离越来越近，血腥味也越来越浓。

"这，这，这，这是……"老疙瘩远远地看着迸出一地的脑浆，惊得一屁股坐在了地上。

十二

"邓大队，这位就是报案人。"二十分钟后，现场被完全封锁，派出所的民警把老疙瘩领到了邓大队面前。

"小张。"

"在！"

"找个地方，给这位老人家做一份笔录，技术科的人马上就要过来了。"

"好的。"

"老人家，跟我过来。"刑警小张把老疙瘩领进了附近的民房中。

老疙瘩只是单纯的一个发现者，所以笔录做得也相当快，问话材料刚刚谈完，技术科也拉着警报赶到了现场。

邓大队把老疙瘩的笔录递给了技术科的胡主任。

"现在案件有没有什么进展？"胡主任仔细翻看了一遍，问道。

“周围的住户正在调查，暂时没有什么情况反馈。”

“行，那我们先进去再说。”胡主任言毕，带着手下几人穿戴整齐走进了警戒圈。

“老陈，想什么呢？”邓大队走到老陈面前，拍了拍他的肩膀。

“心里总感觉有点慌。”老陈倚着自己的老爷车，意味深长地看了一眼远处的案发现场。

“来，抽一支。”邓大队抖出了一根烟。

老陈接过，两人各自点上。

“这里是老城区，监控啥的都没有，办案条件是差了点。”邓大队先开了口。

“去年东风巷的案子条件不比这好多少，我不是在担心这个！”

“那你是……”

“有种不好的预感，说不上来。”

“估计是这段时间累的，小米那边怎么样了？”

“一切正常。”

“等小米这件事结束，你申请退二线的事，我就给你批了。”

“干了这么多年的刑侦，眼看就要到头了。”老陈的语气中透露着不舍和沧桑。

“天下没有不散的宴席，你这些年为刑侦事业抛妻献子，也是时候好好陪陪他们了。对了，嫂子现在恢复得怎么样？”

“还可以，比我想的要好。”

“那正好，到时候我再批你一个长假，带嫂子好好出去转转。”

“我也正有这个想法。”老陈微微一笑。

“这起命案，不行你就不要参与了，你全力盯着小米那边？”邓大队征求老陈的意见。

“没事，那边才刚开始，该安排的我都已经安排了，还是紧着这边来。”

“行，你自己把握。”

“嗯！”

室外凶杀现场要比室内勘查快上很多，技术科只用了三个多小时便把尸体送往殡仪馆进行解剖。一条条线索也被一一核实，专案会定在了中秋节的月圆之夜。

和以往不同的是，在开始会议之前，老陈被单独叫到了邓大队的办公室内。

“邓大队，有情况？”老陈把门关实。

“技术科从死者身上搜出了一张银行卡，还有一部手机。银行卡上有四千五百元余额，户主是卓米。”说着，邓大队又从办公桌里拿出一个物证袋，“这部手机里只存了一个手机号码，经查实也是卓米的。”

“难道死者是傻强？”老陈心里一紧。

“傻强是谁？”

“邓大队，有没有死者的正面照片？”

“有，但是死者的面部受到了钝器的击打，基本分辨不出容貌。”

“这张银行卡的存取记录有没有？”

“有，我给打印出来了！这个就是。”邓大队把纸条递给了老陈。

老陈只看了开头的一笔存款，就确定了自己的想法：“没错，死者应该是傻强，这第一笔两千五百元正好是去年系列抢劫案的线人费，打款的时间也能对得上。”

“线人费？难道他是……”邓大队也是老刑侦，听到“线人”二字，他大概已经猜出了其中的缘由。

老陈抢答道：“对，他是卓米的线人，去年那起系列案件，能摸到嫌疑人的住处，全部靠他。”

“那他的真实身份能不能查到？”

“对了，我曾采集过他的血样，技术科的人应该可以比对上。傻强从小没有上户口，是个黑户，但底子干净，平时在城中心以捡破烂为生。”

“他一个捡破烂的，谁杀他干吗？”邓大队犯起了嘀咕。

“身上没有财物损失，仇杀可能性比较大，难道他得罪了什么人？”老陈快速地做出了分析。

“卓米对他的情况了不了解？”

“这个我也不清楚，不行我跟他联系一下，问问？”

邓大队把手举在半空：“暂时不需要，情况我已经知道了，看技术科那边的调查情况，我们先去碰个头。”

“行！”老陈夹着笔记本，紧随其后，走进了会议室。

待会议室坐得满满当当，邓大队开口道："人差不多已经到齐了，胡主任，我们开始吧。"

"我们采集的死者的DNA，经过比对，死者有比对信息，但身份不详。"

胡主任刚一开口，邓大队打断道："死者名叫傻强，黑户，是我们刑警队的线人。"

此言一出，会议室内瞬间嘈杂起来，很多人都在窃窃私语，相互猜测。

看似劲爆的消息并没有引起胡主任太大的兴趣，他接着说："死者的死亡时间没有超过十二小时，死亡原因是重度颅脑损伤，面部已经无法辨认，作案工具就是河滩边的大石块。死者颅骨多处粉碎性骨折，这是典型的多次打击造成的损伤，再加上死者身上没有财物损失，我个人倾向于激愤杀人。法医方面暂时就这么多，皮克你来说说痕迹检验的情况。"

皮克点头应道："我在现场提取到了四种鞋印，排除报案人和死者，剩下的两种均出现在中心现场。第一种鞋印，鞋码为38码，女士布鞋，鞋底的磨损特征十分严重，说明这说双鞋穿了很长时间，从而反映出其经济水平不高。通过分析步幅特征，推测其身高在一米六左右，身材中等，无残疾，走路有明显的外八字。鞋印落足有力，考虑为三十五岁左右的妇女。第二种鞋印，鞋码为32码。应该是一双女式童鞋。"

"童鞋？"邓大队眼皮一跳。

“是的！”

“行，你接着说。”邓大队示意。

皮克继续分析：“现场有很明显的拖拽痕迹，案发时，嫌疑人和死者之间应该发生了激烈的争执。”

“能不能通过鞋印判断出是多大的孩子？”胡主任问了一个专业问题。

皮克摇摇头：“孩童属于生长发育阶段，营养不同，发育的情况也不同，我们痕迹学目前研究的成果都只是针对成年人。”

“别的情况还有没有？”胡主任继续问。

“痕迹学方面就这些。”皮克说完，合上了笔记本。

胡主任看向另外一名技术员方允：“理化检验有没有发现？”

方允翻开一摞报告，回道：“死者胃内容物充盈，说明死前刚吃过晚饭。通过分析食糜，死者当天晚上吃的是烧烤，并且饮用了大量的啤酒，血液内酒精含量为每百毫升一百五十毫克，属于深度醉酒状态。现场沙滩上提取到了大量的精斑，DNA成分与死者的吻合，说明死者死前曾有过性行为。接着我提取了死者的阴茎擦拭物，我在擦拭物上找到了血细胞，基因型为XX，为女性DNA，目前此DNA信息不详。

“最后，我剪取了死者的指甲，并提取了指甲内的皮肤组织，分析出另外一种DNA，基因型也是XX，此DNA信息也不详。虽然这两份检材没有必然相关的信息，但是我发现了一个重要的情况。”

此话一出，所有人都竖起了耳朵。

“死者指甲内的DNA图谱和死者阴茎擦拭物上的DNA谱图有关联，换句话说，她们两人之间应该是母女关系。”

“什么？母女关系？你是说……”胡主任已经猜到了结果。

“对，通过这份检材，完全可以还原现场的情况。”方允推了推眼镜片，“指甲中的DNA为母亲所留，而死者阴茎上有血晕，从而可以推测，死者曾经和那名孩童发生过性关系。也就是说，傻强在案发当晚和女娃发生了性关系，女娃的母亲找到了傻强，两人发生了争执，所以在傻强的指甲中留下了女孩母亲大量的皮屑，又因为傻强当晚饮用了大量的啤酒，处于深度醉酒状态，几乎失去了反抗能力，女孩的母亲因为愤怒举起石块砸死了傻强。”

“嗯，我完全同意方允的分析。”邓大队点了点头。

“邓大队，傻强既然是我们刑警队的线人，他的社会关系我们掌握不掌握？”胡主任问道。

“暂时不清楚。”

“那下一步只能靠走访和调取监控了。”胡主任结合目前掌握的情况做了总结。

邓大队接过了话茬：“我说几点。”他故意停顿，待所有人准备记录，他接着说，“首先，傻强没有交通工具，步行走不了多远，我们可以以中心现场为圆心，结合傻强的衣着特征走访周围的烧烤摊，看看能不能有什么发现。其次，根据我的了解，傻强平时以拾荒为生，没有社会地位，所以他的自卑心很强，他不敢朝普通市民下手，我怀疑这母女俩很有可能也是拾荒者。”

“邓大队说得有道理。”胡主任打断道，“拾荒者犯案我也不是第一次接手，他们几乎都是针对同一阶层的人动手。”

“最后，我们要摸清楚傻强的落脚点，平时和哪些人来往，和他往来的人中，有没有符合条件的人。”邓大队说完，向胡主任投去一个眼神。

“说得很全面，我没有什么补充的！”胡主任合上了笔记本。

“那行，胡主任你们技术科先回去等消息，接下来的事情交给我们。”

“兄弟们辛苦！”胡主任寒暄一句，带着科室所有人退出了会议室。

十三

旧城区人员分散，像样的烧烤摊也没有几个，排查难度并不是很大，侦查员拿着傻强的照片按图索骥，很快找到了当晚的那个摊位。这是一家挂着“小马烧烤”招牌的小门脸，面积最多十平方米，店主是一位四十多岁胡子拉碴的中年男子，侦查员赶到时，他正蹲坐在店内用竹签把一片片切好的碎肉穿起。

店内的味道刺鼻难闻，侦查员只能强装淡定翻出警官证。

“我们是刑警队的。”

店老板瞟了一眼，并没有停下手中的动作：“啥事？”

“这个人你见过没？”侦查员抽出一张照片。

店老板眼睛眯成了一条缝，眉毛也跟着挤在一起，没过多久，他把竹签往盆里一扔：“我想起来了，这个人我认识，经常来我这儿。”说着，他指向门口用红色油漆书写的“消费六十，瓶酒免费畅饮”的木板，“这家伙每次都是六十串肉，二十瓶啤酒，喝得我连本都不够，我又不好赶他走，怕砸了招牌。”

“最近一次是什么时候来的？”

“记不太清了，反正他隔三岔五都会来一次，每次都喝到我关门打烊。”

“那您每天啥时候收摊？”侦查员继续问。

“这里的生意不好做，大概夜里十一二点的样子。”

“每天都是这个点关门？”侦查员再三确认。

“咱这儿比不上城中心彻夜都人来人往，我们这里，一过十二点，扔棍子都打不到人，开门只能赔本赚吆喝。”

侦查员点了点头，表示理解，他把关键的时间点记录在笔记本上，接着问：“那您能不能回忆起，这个人每次离开时都是往哪个方向走的？”

店老板脸上阴沉：“这个鬼地方，政府连盏路灯都不舍得装，一到晚上，天黑得跟阴曹地府似的，我哪知道他往哪里走了。”

见店老板抵触情绪很高，侦查员只能道了句：“麻烦您了！”便开始以烧烤摊为圆心，观察周围的监控设备。

“这里，红府超市门口有一个。”一位侦查员负责寻找，另外一位侦查员负责记录。两人一步步地开始往前推进，目的就是把傻强可能经过的路线全部标注在纸上。待沿途所有的店铺全部记录在案，剩下的便是海量的视频分析工作。

因为卓米的关系，调查傻强关系网的活儿，很自然落在了老陈的肩上。

“喂，什么事？”卓米看了一眼熟悉的号码，故意装出陌生的口吻。

电话那头的韩语舞曲很刺耳，老陈把听筒拿开，对着话筒问道：“你在理发店？”

“有什么事吗？”卓米依旧是一种不冷不热的语气。

“你找一个背静的地方，我有重要的事情问你！”

老陈低沉的语气让卓米心中暗惊，他赶忙挂断电话，对着旁边的工友道：“毛蛋，你先帮我搭把手，我出去有个事。”

“去吧，小米哥！”

卓米仰仗自己炉火纯青的洗头手艺，现在已经混成了洗头小弟们的首脑，有了手下帮衬，卓米在理发店基本上可以做到来去自如。他脱掉制服，换上便装，和王经理说了句“去去就回”，接着推门走了出去。

为了避免人多口杂，卓米单独租了一间破旧的四合院作为临时居所，虽然条件简陋了些，但这里前不着村后不着店，说话十分方便。卓米回到家中，把门关实，接着拨通了老陈的电话。

“怎么了，师父？”

老陈并没有着急回话，而是问了句：“你现在在哪里？”

“我在自己的出租屋，就我一个。”卓米小声回答。

“唉。”老陈长叹了口气。

这一声叹息，让卓米的心沉到了谷底，他已经感觉到大事不妙，这么长时间的相处，卓米对老陈的性格再了解不过，如果不是出了他都摆不平的事，他不会是这种状态，卓米感觉自己心口压抑得难受，但老陈迟迟没有回答，他只能又问了一遍：“师父，到底发生了什么事？”

面对卓米的追问，老陈只能道出实情：“傻强出事了。”

“什么？他怎么了？”卓米的额头瞬间冒出了冷汗。

电话那边，卓米已经吓得有些失态，老陈感觉到了卓米的变化，为了能让卓米不去多想，他赶忙换了轻松的语气安慰道：“你小子心理素质真差，瞧把你吓得，这件事与你无关，是他自己闯祸了。”

“他，他，他，他闯了什么祸？”卓米舌头已经打了结。

“昨天凌晨，他被人杀死在了河滩上。”

“什么？傻强被人杀了？这，这，这，这怎么可能？”

“我们也没想到，不过这是实情。”

“那知道凶手是谁了吗？”卓米的心已经提到了嗓子眼。

“暂时还不清楚。”

“作案动机呢？”

“我们目前怀疑他性侵了一个小女孩，凶手应该是女孩的母亲。”

“女孩？母亲？”

“而且我们分析，这对母女也有可能是拾荒者。”

“也是拾荒者？”卓米已经稍稍开始平复心情。

“对了，你对傻强的社会关系是否了解？”老陈问出了重点。

“只有在有任务的时候我才会和他联系，他别的事情我一概不知……”卓米有些歉意。

卓米的回答，老陈似乎早已预料到，他劝慰道：“你也别太过自责，这都是傻强自己的行为，我们控制不了。”

“师父，可是他是我的线人……”

“天子犯法还与庶民同罪呢，何况是线人。”

“可是，发生这么大的事，我还是觉得自己有不可推卸的责任。”卓米依旧不能释怀。

“不要想太多，你目前要做的是把这个涉黑的案件调查清楚，其他的事，师父给你顶着。”

“知道了，师父。”

“对了，傻强平时有没有住的地方？”

“他以前住在河坝的涵洞里，后来有钱了，自己租了一个小院子。”

“院子在哪里？”

“我听他说过一次，好像在东风巷28号，离去年吴思浩被杀的案发现场不远。”

老陈拿起笔，“唰唰”地记录：“那他平时跟哪些人来往你清楚吗？”

“我知道的只有我，其他的一概不知。”

“那行，这件事发生得比较突然，千万不要影响你自己的心情，还是那句话，一切有我在。”

“嗯。”

一般发生命案，除非案件告破，否则刑警队是全程无休。而案件的进展情况会在每天晚上的专案会上汇总，接着由专案内勤进行梳理整合。

“邓大队，视频分析的结果已经出来了。”开口的是技术科负责视频侦查的李元。

“快说说看。”

“根据老陈提供的情况，傻强一共有两个落脚点，一处是河坝的涵洞，另一处便是他自己租住的房屋。我们沿着这两个点，调取了所有的视频录像。虽然沿途的视频监控质量并不是很好，但好就好在傻强当晚从烧烤摊离开时，手中提了一瓶啤酒，我们根据啤酒瓶的反光度锁定了他案发当晚的行走路线。”

李元把一张电子地图打在了会议室的投影仪上，接着他把激光笔按亮，红色的激光点刚好落在一处模糊的建筑物上。

“这里是烧烤摊，”激光点继续移动，“从烧烤摊出来往东边走大约一公里，是傻强租住处。”激光点又移动到了另外一处，“这里是一排涵洞，位于烧烤摊的正北方，通往涵洞的必经之路上正好有一处监控，监控机安装在一家商店门口，虽然拍不到路的全貌，我们通过监控可以观察到过往行人膝盖以下的位置。傻强手上始终拿着一个酒瓶，我以此为参照物，可以很清楚地判定，傻强从烧烤摊出来之后，直接去的涵洞。”

这一关键点被与会人员记录下来。

李元用激光笔在地图上画了一条直线：“这是那条通往大坝涵洞的唯一单行道，我调取了全天的影像，并没有找到傻强返回的监控画面，很显然，他当晚在大坝那一边已经遇害。”

李元把电子地图再次放大：“下面我们来看一下大坝那边的情况。”

激光点继续游走，李元接着道：“大坝下面是一排涵洞，这些涵洞早年用于泄洪，后来为了阻止行人从涵洞经过，避免发生危险，政府已经把这一排涵洞给封死，种种原因，这些涵洞只被封了一边，而靠近河岸的那边保留有足够长的距离，这就形成了类似于窑洞的建筑，据我了解，其中有几个窑洞中常年居住着一些拾荒者。

“涵洞再往前就是河滩，而案发现场就在河滩的这个位置，距离这一排涵洞只有五百三十七米，由于河滩上长满了杂草，痕迹检验方面也没有提取到相应的鞋印，但是依据我的推测，傻强应该是从涵洞步行至案发现场。根据烧烤摊老板的介绍，傻强是凌晨一点钟离开的烧烤摊，这一点从监控录像上也可以证实，凌晨一点，河岸上根本不可能有人行走。我们之前也已经分析过，嫌疑人是一对母女，很有可能也是拾荒者，我有理由怀疑，傻强案发当晚没有回家，而是来这边的涵洞，他一定是带有目的性的，所以我们想要的答案，一定藏在这排涵洞之中。”

邓大队眉头舒展：“现在案情越来越明朗了。老陈！”

“在！”

邓大队看了一眼墙上的挂钟，LED灯显出“22时30分”的字样：“快到后半夜了，拾荒者应该不会离开涵洞，你带几个人去摸摸情况。”

“好的。”

十四

二十分钟后，老陈带着五名侦查员站在了那条通往涵洞的必经之路上。

“小刘，你腿脚好，先进去看看有几个涵洞还住着人。”

“好嘞。”

“我们几个先在车里窝一会儿。”老陈拿出烟盒抽出烟分发下去。

“哎，我说老陈，你知不知道这个傻强是谁的线人？”闲来无事，车上的人攀谈起来。

“知道！”

“什么？你当真知道？”

“嗯！”

“是谁的？快说来听听。”

老陈寒着脸：“你干刑侦也有十年了，我怎么没见你把自己的线人给卖了？规矩你又不是不懂。”

老陈是刑侦老前辈，被训斥的侦查员丝毫没有生气，而是歉意地双手合十：“得，我不问了。”

之后的十几分钟里，车内除了烟头灼烧的声响，再听不见半点声音。

车窗外的脚步声逐渐清晰，老陈按下了副驾驶的车窗。

“是小刘回来了。”坐在副驾驶的侦查员小声说道。

老陈扔掉了烟头：“情况怎么样？”

小刘咽了口唾沫：“以这条路为分割点，东西两边各四个涵洞，目前只有东边第三个涵洞有人住，其他全部都是空的。”

为了权衡力量是否悬殊，老陈问：“里面有几个人？”

“天太黑，我又不敢打手电筒，我只是从旁边经过，听见有人打呼噜，具体几个人我也没留意。”小刘如实回答。

“嗨，管他几个人，我们只要把洞口封死，他们还能飞了不成？”副驾驶上的侦查员不以为然。

“走，去看看。”老陈几人在小刘的指引下，快速朝目标涵洞悄然走去。

“就是这里。”小刘指了指一个半圆形的洞口，示意众人停下脚步。

老陈打了个战术手势，六人呈弧形把洞口围得严严实实。

手电筒刺眼的光把整个涵洞照得灯火通明。

“你们是谁啊？”睡在最外面的人用手挡住了眼睛。

“敬礼，日本鬼子我跟你拼了！”睡在最里面的一位老年男子疯疯癫癫地喊叫着。

此时，睡在他身边的另外一位五十多岁的男子也慢悠悠地起身。

老陈放眼望去，整个涵洞只有这三个人。

为了防止照伤人眼睛，光打在了地面上。

“你不就是那个报案人，叫什么来着？”其中一名侦查员皱眉回忆起来。

“警官，叫我老疙瘩就行。”

“对对对，老疙瘩。”侦查员面向老陈，“他就是报案人，他的报案材料还是我给做的。”

老陈“嗯”了一声，看向老疙瘩：“请问另外两位怎么称呼？”

“哦，那个整天要打日本的叫老兵，旁边的是他的老伙计，叫长福，他们两个都是外地人，刚刚流浪到此。”

老陈转头望向那位神色有些慌张的中年男子：“长福？”

“是俺。”

“你和老兵是一起的？”

“对，流浪时认识的。”长福坐起靠着布满苔藓的墙壁边回道。

“你俩打哪里来？”老陈继续发问。

“我祖籍在东北，我和老兵是打徐州过来的。”

“来多久了？”

“没多久，不到一个月。”

“他怎么了？”老陈朝老兵的方向抬了抬下巴。

“疯了。”

长福一句“疯了”回答得看似轻松，但听在老陈耳朵里，却有着万千感慨，现在都流行说人人平等，但这句话对于干了几十年刑警的老陈来说，就是一句街边笑谈。

凭借着自己多年的刑侦经验，老陈基本可以肯定，长福和老兵并非案件的知情人，所以这三个人中，老陈只能把希望寄托在老疙瘩身上。

老陈走到老疙瘩面前按照程序掏出警官证：“老哥，我们是刑警队的，有件事想单独问问你，不知道能不能借一步说话？”

这声“老哥”对老疙瘩来说，相当受用，他咧开嘴巴，露出那一排已经快掉光的黄牙：“行啊！”

“那老哥跟我来！”

“我们去哪里？”说着，老疙瘩已经掀开被子，站起身来。

“不远，我们的车就停在大坝那边，几步路就到。”

“那行，警官，你们带路。”

老陈客气地道了声谢，走在前面引路，老疙瘩紧随其后，侦查员小刘排在末尾，三人呈一条直线，步行到了大坝另一边的警用商务车前。

“老哥，上车说，外面有点冷！”老陈亲自给老疙瘩拉开了车门。

老疙瘩低头看了一眼已经不知道多久没洗过的老棉裤，有些尴尬：“我就……不上去了吧，在这里说一样。”

“没事儿！”老陈一把搂住老疙瘩的肩膀，把他送上了车。

老陈的这一举动，让老疙瘩心中一暖。

“抽烟不？”老陈掏出烟盒。

“大中华？”老疙瘩舔了舔干裂的嘴唇。

老陈笑眯眯地从烟盒中抽出一支，接着把剩下的都塞给了老疙瘩：“不用客气，烟管够。”

“哎！”老疙瘩使劲点了点头。

“傻强你认不认识？”老陈摇开车窗，吐了一口烟雾。

“傻强？哪个傻强？”

“小刘，把照片拿给老哥看看！”

小刘会意，从包中抽出一张打印的彩色相片递给了老疙瘩。“就是这个！”

可能是因为上了年纪，老疙瘩眼睛有点昏花，他眯起眼睛，把照片举到自己视线的最远处，忽然，他的瞳孔快速放大：“是他？”

“你认识？”

“怎么可能不认识？以前我们就住在一起，他和我一样，也是个捡破烂的。”

“那现在这个人呢？去哪里了？”老陈开始下迷魂阵。

“去哪里了你们不知道？”老疙瘩反问。

“你说这话是什么意思？”侦查员小刘是个急性子，一句话不中听，就有些上火。

老陈没有像小刘那样喜怒形于色，他坐在老疙瘩身边，很是沉稳地等待下文。

“警官，我不是那个意思。”

“那你是什么意思？”小刘气得脸通红，今天非要问出个所以然。

“傻强不是在帮你们警察做事？你们怎么可能不知道他的下落？”老疙瘩道出了缘由。

“你听谁说的？”老陈眯起眼睛。

“傻强他自己说的。”

“他自己说的？”听老疙瘩这么说，老陈有些吃惊，毕竟作为线人的首要一点，就是嘴巴要严，而且在老陈心里，傻强应该是一个非常出色的线人，刑警队很多案件能成功告破，都有傻强的功劳，所以老陈没有想到，傻强竟然拿这件事到处炫耀。

老疙瘩见老陈有些不信，接着说：“这孩子以前跟我们没两样，就是靠拾荒为生，可如今不一样了，说现在帮警察做事，如果我们有人敢惹他，就让警察把我们枪毙了！”

老疙瘩撇撇嘴继续说：“他身上有张银行卡，还有一部手机，听说都是那警察送的，天天在我们面前显摆。”

从老疙瘩的描述，傻强故意暴露身份应该是事实，老陈现在唯一关心的，就是卓米对整件事知不知情。为了搞清楚来龙去脉，老陈问道：“你们有没有见过他嘴里说的那个警察？”

老疙瘩摇摇头：“这个倒没有，都只是听傻强在说，谁知道他有没有胡扯？”

“你们当真没有见过那个警察？”为了不让卓米蹚进这个浑水，老陈又不厌其烦地问了句。

“我眼神虽然不好，这记性可不差，肯定没见过。”

看老疙瘩回答得如此肯定，老陈悬着的心终于放下，随后他又问道：“傻强从这里搬出去有多久了？”

“时间不长，也就个把月，不就租了一个破院子吗，瞧把他给神的。”

“这附近涵洞一共有多少人住？”

“大概有七八个吧，不过最近几天就我们三个在这里，其他人我也不知道去哪里了。”

“涵洞里有没有母女俩一起出来拾荒的？”

“有啊！”

“真的？”到底是年轻气盛，憋了半天的小刘又喊了出来。

“当然是真的，就住在西边第一个涵洞。”

老陈压住小刘的肩膀，示意他不要激动，他接着问道：“能不能形容一下这母女俩的长相？”

“女的三十多岁，是个哑巴，带个八九岁的女娃。”

“除了她们，还有没有母女在这里拾荒？”

“我在这儿住了六七年，就见过她们母女俩，虽然我不知道她们的身世，但是觉得她们可怜得很。”

“哦？这又从何说起？”老陈给老疙瘩续上一支烟。

老疙瘩深吸一口吐出，捏了捏烟屁股说道：“你们可能没见过那个女子的眼睛，一点神都没有，指不定心里有多苦呢，我们正常人有张嘴，能说会道，可她连说句话的机会都没有，这得憋成什么样子。”

“你多久没有见到这对母女了？”

“两天前我还去给女娃送了块烧饼，也就这两天的事儿。”

“要是有这母女俩的照片就好办了！”小刘小声嘀咕了一句。

“照片？有啊。”老疙瘩顺嘴接了一句。

“什么？有？在哪里？”小刘兴奋地接连甩出三个问题。

“你们是不是要她们娘儿俩的照片？”老疙瘩为了确定自己没听错，又问了一遍。

“对，对，在哪里？”

“去找傻强。”

“找他？”

“对啊，那个警察不是给了他一部手机吗，他一拿回来就给那对母女一人拍了一张照片，不过是趁人家睡着偷偷拍的，我当时瞅见了。”

老陈和小刘对视一眼，没有说话。

“这个王八羔子准想人家的好事呢，谁不是被逼得没有活路才出来讨饭，这孩子做事太缺德。”老疙瘩对傻强的评价低到了极点。

“傻强有没有对这对母女做过什么出格的事？”老陈接着问。

“虽然我没有亲眼所见，但是我觉得傻强肯定动过这方面的歪心思，我看着这家伙看她们母女俩的眼神明显不对。”

“对了，跟你同住的那两个人是否知情？”

“他们肯定不知道。”老疙瘩摇摇头，“他们俩才流浪到我们这里不久，要不是我，他们连涵洞都住不上。”

“你们这儿总共不才七八个人，那么多涵洞还不够住？”老陈问了句题外话。

“多是多，但很多涵洞都洇水，住时间长了，指定得病，也只有哑巴母女和我的涵洞还好一些。”说到这儿，老疙瘩有些伤感，“像你们有钱人生病可以去医院，我们要有个小病小灾，就只能等死，去年跟我同住的老赵就是得感冒死的，还是我亲手给埋的。”

老疙瘩的一句话，让车内瞬间安静下来。

许久之后，老陈拍了拍老疙瘩的肩膀：“老哥，事情都过去了，咱不提那伤心事，今天晚上谢谢你了。”说着，老陈从口袋中掏出两百块钱，“这个你拿着。”

“警官，你们这是干啥？”老疙瘩慌忙把钱给推了回去。

“老哥，你听我说。”老陈硬生生把钱塞在了他怀中，“这大晚上的把你叫醒，我们也不能让你又熬夜又受罪不是？这两百块钱就算是报答，你拿着买点好酒好菜，跟另外两个老哥一起过个节。”

两百块，对老疙瘩来说绝对是巨款，他实在找不到推托的理由：“可这节都过去了啊……这钱……”

“俗话说得好嘛，十五的月亮十六圆！”

“对对对，十六圆，十六圆。”

“行，今天晚上就不打搅老哥了，我们回了，临走前还有最后一件事麻烦老哥。”

“警官你说。”

“我们来找你这事，一定要保密，不能对任何人提起，另外两位老哥你也交代一下。”

“哎，放心吧。”

十五

“应该就是这两张照片！”邓大队点开了傻强的手机相册，“去把照片冲洗出来，发动一切力量，让兄弟们去找，她们应该跑不远。”

侦查员小刘应声而出。

待小刘离开办公室，邓大队起身把门关死。

“老疙瘩的材料我看了，现在就我们哥儿俩，我问你，你觉得卓米知不知道傻强打着他的旗号在外面胡来？”

老陈的眉毛拧在一起：“我不知道！”

“我很欣慰，你没有偏袒自己的徒弟。”

“一码归一码，如果小米真的涉嫌包庇傻强，那就应该追究他的责任，但是……”老陈欲言又止。

“但是什么？今天没外人，你但说无妨。”

“别人可能对小米的性格不了解，我可是有一本清账，他是一个外地人，心地善良，性格软弱，他根本没有胆子去包庇傻强。”老陈的语速非常快，他恨不得能在最短的时间内解释清楚这件事。

“你别急啊，抽支烟慢慢说。”邓大队给老陈点了一支烟。

“咳咳咳”，可能是担心自己的徒弟，他第一口烟抽得有些猛。

老陈憋了半天，涨红的脸才算褪色：“再说，他包庇傻强有什么好处？他虽然走的是社会招警，但法律是一门不落地全部学过，他如果知道傻强整天打着他的旗号在外面招摇，肯定会第一时间告诉我，他本人没有一点儿主见，让他包庇傻强，给他十个胆子他也不敢。”这应该是老陈第一次对自己的徒弟这样没有遮拦地评价。

“老陈，我们俩在刑侦队里都算是老资格了，既然你这么说，那我就放心了，我也相信，小米并不知情。”邓大队说完，背手在办公室里来回踱步，“不过既然老疙瘩的问话材料提到这一块，我们最好有一个完美的解释，要不然案件程序走到法院，法官也会提出疑问。”

“不行就让纪委介入吧。”在刑侦队伍摸爬滚打这么多年，这种事老陈也不是第一次经历。

在公安队伍中，有两个管警察的部门，一个是督察，另外就是纪委。督察主要是监督管理警察的日常工作是否符合规定，比如是否存在迟到早退、警容风纪不规范等行为。纪委部门要比督察严厉太多，它的主要工作就是调查警察是否违法违纪，一旦纪委查实，轻则党内处分，重则移交检察院立案侦查。不管卓米是否涉及隐瞒不报，让纪委先行介入调查，是最直接也最稳妥的办法。

“让纪委介入也不一定都是坏事，我们都相信这件事和卓米没有任何关系，纪委调查的材料正好可以帮他洗白，对卓米也是一种保护。”

老陈重重点了点头：“这也是没有办法的办法。”

“不过你也不用太担心，卓米现在身份特殊，我会报告赵局，让他安排合适的时间地点，不可能让纪委明目张胆地调查，这件事也会尽量不让更多的人知道。”

这句话，打消了老陈的顾虑。

“我跟你说这些，就是提前给你打个预防针，你可以先跟卓米透个底，让他不要紧张，毕竟他才刚上班，这种场面我怕他适应不了。”邓大队又补了一句。

“没事，这个交给我，我来安排。”

“先不着急，还有时间，等我们先把嫌疑人抓获归案再说，什么时候需要纪委介入，我会通知你。”

十六

“喔喔！”一只花毛公鸡蹲在刑警队楼外的树枝上奋力地叫喊着，它仿佛在向屋内横七竖八躺着的人证明，它才是这一天最勤奋的动物。

“喂，几点了？”一名侦查员最先被惊醒，眯着眼睛问。

“啊……”哈欠声如病毒般在会议室内快速传播。

“才五点。”不知谁说了一句。

“抓捕组有消息了没？”

“那母女俩身上没有钱，乘不了交通工具，根本走不了多远，晚上视线不好，估计天一亮就会有结果了。”

“要我说，这个傻强死了活该，他妈的简直丧尽天良！真替哑巴母女感到不值。”

“同情归同情，法律归法律，这是两码事。”

“你说，这哑巴女人要是被判刑入狱了，那女娃以后咋办？”一位年轻的侦查员插了一句。

“如果她有亲戚，按道理，要交给亲戚抚养。”

“假如没有亲戚呢？咋办？”

“那只能交给福利院。”

“福利院啊……”得到答案的年轻干警不再说话。

“母亲被判刑，自己被性侵，现在又要送到福利院，女娃这辈子算是毁了。”不知谁又说了一句。

“我从警这么多年，这样的事情见得太多了，有时候真希望我们警察能失业该多好。”

“失业？能保证一周有两天不加班就万幸了。太阳都出来了，别做白日梦啦，赶紧收拾收拾干活了！”邓大队推门进来的一句话，让在场的人都振奋起来。

“干活？”

“对，人抓到了，正在往回带的路上。”邓大队往会议桌上扔了一条香烟，笑眯眯地回了句。

“终于能破案了！”所有人脸上的困意一扫而空。

技术科提取了哑巴母女的DNA，经过比对，与现场提取的完全吻合，整个案件形成了稳定的证据链条。

第一遍审讯工作依然由技术科的胡主任主持，当地聋哑学校的老师在一旁充当翻译（法律规定，审讯聋哑人必须有专业的聋哑老师在场）。

由于情况特殊，审讯工作一直持续到日上三竿，才取到了这份“无声的证词”。

邓大队拿着这份笔录，把老陈单独喊进了办公室。

“这是哑巴女人的笔录。”邓大队把问话材料递给老陈，他接着说，“和我们推测的差不多，傻强是趁着哑巴女人熟睡的时候，抱走了她的女儿，并在河滩上实施了强奸。由于傻强处于醉酒状态，和女孩发生性关系后，就直接睡在了河滩上。女孩被强奸后，叫醒了哑巴女人，女人一气之下，用河边的碎石把傻强给砸死了。”

老陈的视线从笔录上逐行扫过。

邓大队接着说：“这里面有一个细节，除了她的女儿，傻强还曾多次强奸哑巴女人，他都是打着帮警察做事的幌子来吓唬这对母女。傻强是卓米的线人，这件事已经闹出了人命，我觉得还是尽早让纪委介入的好。当然，我坚信这件事跟卓米无关，但是我们公安局的线人做出这种事，这个黑锅我们是背定了，纪委快速介入，形成调查材料，也好应对舆论压力，否则时间一长，我们会变得很被动。”

“我联系小米，让他请几天假，配和调查。”老陈知道其中的厉害，参与办案的人数众多，这万一谁漏了风，让一些无良媒体介入，弄一篇“警察线人强奸拾荒母女”的报道，不用想都知道结果是什么。现在消除影响的唯一途径，就是赶在事情没有跑风之前，把这件事调查个水落石出，所以老陈很赞同邓大队的提议。

“行，既然你没意见，我尽快通知纪委调查组。”

“好，我也让小米抓紧时间从风口区回来。”

由于卓米身份的特殊性，经过市局一把手赵局长的批准，纪委的调查工作就设在市公安局最机密的会议室内。

“先自我介绍一下，我是纪委副主任，我姓吴，这位也是我们纪委的副主任，姓邵。”两名中年男子表情严肃地说。

“吴主任，邵主任。”卓米有些慌乱。

“我们这次受上级委托，调查你和你的线人傻强之前是否存在包庇关系，你所说的每一句话，我们都会记录在案，我们的每一个问题你都要想好再回答，不要存在欺骗和侥幸心理。听明白了吗？”吴主任言语中充满警告的意味。

“明白了。”

“请交出警官证！”

卓米突然愣在了那里，他的心仿佛失重般难受。

“你也不用紧张，这只是例行的程序罢了。”邵主任看着有些丢魂的卓米，打了圆场。

卓米机械地点了点头，不舍地掏出证件，递了过去。

负责主讯的吴主任把证件远远放在一边，开始问话。

“说说你和傻强认识的经过。”

“从刚认识开始说吗？”卓米不敢确定。

吴主任对卓米翻了翻白眼：“你觉得呢？”

卓米像个犯错的孩子，佝偻着背小声说道：“我是去年在桥头牛肉汤店认识的傻强，当时我看他怪可怜的，就请他吃了一碗牛肉汤，后来我师父让我物色一个线人，我就选择了他。”

“傻强的身份你核实了没有？”

“当时给他采集的血液和指纹，并没有犯罪前科，而且他是超生的黑户，没有户籍资料。”

“你平时和傻强怎么联系？”

“我给他买了一部手机，需要见面的时候我们会约在桥头牛肉汤店门前的梧桐树下。”

“傻强身上有一张以你身份证办理的银行卡，你怎么解释？”

“卡里面都是我给他打的线人费，他没有身份证，我就用我的身份证给他办了一张。”

见卓米对答如流，吴主任哼了一声，语气冰冷地接着问：“根据调查，傻强的银行卡上有多笔转账记录，其中有十一笔打款并不是经过局里的账户，每笔两百元，一共两千两百元，这个你又怎么解释？”

卓米突然双手一紧，额头渗出了汗珠。

“怎么？不说话了？这些钱应该是你私自打给傻强的吧？”吴

主任自觉占了上风，意满志得。

“我……”

“看来你和傻强的关系很不一般啊，说说你给他打钱的目的？”

“钱是我打的，但都不是我主动打的。”想通了的卓米，挺了挺腰杆。

“哦？这怎么说？”

“我找傻强当线人时有过约定，平时除了给他线人费外，我还要额外给他一些补助，否则他就不愿意跟着我干，我刚上班，手里就只有这么一个线人，我实在没有办法，只有自己掏钱……所以……”

“奶奶的，傻强还真是贪得无厌啊！”旁边的邵主任啐了一口。

卓米低着头没有出声。

吴主任没有纠结在这个问题上，他接着问：

“傻强平时都干些什么，你掌握吗？”

“我只知道他平时会在市区里捡破烂，别的我一概不知。”

“你有没有告诉傻强线人应该遵守的规定？”

卓米没有着急回答，而是从口袋中掏出了自己的手机。

“线人的规定我拿给傻强看过，他不识字，我读给他听的，我手机里有录音。”卓米说完，点开了一段音频文件。

空荡的会议室内响起有些嘈杂的对话声：

“傻强，你从现在起就是我们公安局的线人了。”

“嗯，知道了小米哥。”

“你不识字，我把线人的一个规定说给你听。”

“嗯，小米哥，你说吧，我听着呢。”

“线人的安全与保密措施：第一条，单线联系。原则上，线人只能与一名警务人员单线联系。严禁警局其他人员以任何形式探询线人的任何情况。第二条，匿名处理。线人举报的案件线索，应采取匿名举报的方式载入案卷；线人作为协助办案的有功人员，领取奖励，允许其以化名或不暴露其真实身份的其他方式领取。第三条，强化提示。部分个案的查处可能会引起当事人对线人的猜疑，警局联络人应在案前、案中、案后反复提示线人，强化其自我保护意识。第四条，严格保密。警局联络人在任何情况下都不能泄露线人的任何情况，线人也不得以任何理由暴露自己的身份，对于所参与调查的案件，严格保密，对泄露者，严格追究其责任，造成恶劣影响的，需追究刑事责任。这四条，你记住了吗？”

“小米哥，你放心吧，我记下了，你给我吩咐的事，我肯定烂在肚子里。”

“好，记下就好，以后有什么困难及时联系我。”

“哎，谢谢小米哥。”

“那挂了。”

对话结束，卓米按动了暂停键，他紧接着说：“视频资料上记录有去年的日期，技术科的人可以分析出来到底是不是原声。”

调查进行到这儿，纪委两名副主任的脸上终于雨过天晴。

“你小子真是实诚，有录音干吗不早拿出来？”两人的语气变得轻松起来。

“我……”卓米已经不知道该说什么了。

邵主任从口袋中掏出三支烟卷，扔给卓米一支。

“小伙子，别紧张，有了这份录音，就证明你履行了警察该尽的义务，傻强拿我们警察当挡箭牌，只能算是他个人的行为，与你无关。”

虽然洗脱了嫌疑，但卓米依旧笑不起来。

“老吴，你瞅瞅，你都把小伙子给吓坏了。”

“都闹出人命了，我不严厉点怎么行？”吴主任起身把警官证重新递给了卓米。

“手机的录音我们拷贝一份留存，必要时我们要予以公开，你要做好心理准备。”

“嗯！”卓米擦了擦额头上的汗，点了点头。

十七

“咚咚咚。”深夜的单元楼内，响起了灵异般的敲门声。

没过多久，防盗门上的猫眼亮了起来。

拖鞋声由远及近。

卓米往后退了几步，让自己尽可能站在猫眼所能覆盖到的范围。

身份被确认后，锁舌“啪嗒啪嗒”脱离了门框，随着房门被打开，客厅的灯光刺得卓米睁不开眼睛。

“小米，你怎么回来了？”开门的是宋蕊。

卓米颤巍巍地走到宋蕊面前，忽然，他的身体失去了重心，跌倒在宋蕊怀里。

“你今天是怎么了？怎么喝这么多酒？”宋蕊吃力地把卓米抱起，一瘸一拐地把他架到客厅的沙发上。

“为什么要利用我，为什么？”在酒精的刺激下，卓米躺在沙发上说着胡话。

宋蕊突然一惊，手中的玻璃杯掉在地上摔得粉碎。

“利用？谁利用你？”她来不及去清扫地面上的玻璃碴，慌张地问道。

“傻强，是傻强利用我。”卓米嘴中喃喃地回了句。

“傻强？傻强是谁？”听到这个陌生的称谓，宋蕊的语气由急促变得平缓。

“是傻强，是傻强。”卓米嘴里一直重复着这句话。

宋蕊心不在焉地用扫帚把玻璃碎片扫进垃圾桶，接着她拿出一包冰敷在了卓米的脑门上。

刺骨的寒冰，解除了不少醉意，卓米打了个寒战，睁开有些迷离的眼睛。

“你醒了？”宋蕊的声音很轻柔，仿佛妻子照顾自己躺在病床上的丈夫。

“宋蕊……”卓米低声地呼唤，他生怕眼前这个女人会离开自己。

“我在。”宋蕊握紧了卓米伸出的右手。

双手紧握的力量，让卓米安静了许多，他的呼吸也变得均匀起来。

“你今天怎么了？”宋蕊用毛巾擦拭着卓米额头的水渍。

“宋蕊，你有没有觉得我很傻？”

“很傻？你为什么这样说自己？”

卓米抓住宋蕊的右手：“有时候我真觉得你跟我在一起是个错误。”

“卓米，你今天晚上喝多了。”宋蕊有了些怒意。

“你不要生气，听我把话说完。”

宋蕊撩起鬓发，静静地等着下文。

“今天，我被纪委喊去谈话了！”

“纪委？你干了什么事？纪委怎么会找你？”

“我的一个线人，一个拾荒者，打着我的旗号恃强凌弱，他强奸了一对母女，那女孩还不到八岁。”卓米捶打着自己的胸口，懊悔不已。

听了这番话，宋蕊并没有表现出太大的反应，她冷静得有些可怕。

“我本是看他可怜，只是想帮帮他，没想到他竟然利用我！他利用我的同情心，干出这种十恶不赦的事情，我他妈就是帮凶，我就是帮凶，我就是帮凶。”卓米一巴掌、一巴掌扇在自己的脸上。

奇怪的是，面对卓米的失态，宋蕊只是冷冷地看着他，并没有上前阻拦的意思。

卓米的嘴角渗出了鲜血，身心疲惫的他，已经无力举起自己的双手。

“够了！”宋蕊在这一刻爆发，她失声喊道。

“够什么够？”卓米的声音盖过了她，“我这辈子都不能原谅我自己，就是因为我，我伤害了一对可怜的母女，还是因为我，我放过了一个罪大恶极的凶手。”

卓米额头的青筋暴起，加上酒精的刺激，他仿佛变了一个人：“这个秘密已经憋在我心里一年多了，我不敢向任何人提起，我难受，我心里好难受。”

“秘密？什么秘密？”宋蕊使劲晃动着卓米的肩膀，她好像嗅到了一丝信息。

卓米目光呆滞地看着窗外，从他扭曲的表情，不难看出他的痛苦，他心口的伤疤正在一点一点揭开。

“去年夏天，东风巷发生了一起命案，死者叫吴思浩，凶手叫谭子明。”

听到卓米的开场白，宋蕊的双手无力地从他的肩膀上滑落。

卓米仿佛并没有发现宋蕊的异样，他接着说：“当时我刚上班，就是一个什么都不懂的愣小子，刑警队的一切对我来说都是那么新鲜，审讯谭子明那天晚上，我就傻呵呵地趴在窗外，技术科审讯结束后，让我临时看押一会儿。我为了证明自己，就爹着胆子进去了。”

卓米说到这儿，无奈地一笑：“我估计谭子明都觉得我很傻，很好骗，他就编造了一个理由，让我相信他、可怜他。谭子昄当时告诉我，他要跟他母亲交代一下身后事，希望我能成全。”

卓米忽然一拳砸在了自己胸口：“我真不知道我哪里来的同情心，去同情一个杀人犯。我还用我自己的手机拨通了谭子明母亲的电话。可万万没想到，我竟然成了他的帮凶。”

泪水，顺着他的眼角落下，此时的宋蕊，眼眶也跟着红肿起来。

“电话刚打完，就有人举报谭子明还涉毒，而且是整整两公斤。毒品就藏在他的另外一个住处，等我们赶到时，屋子已经被彻底打扫过，两公斤的毒品就这样人间蒸发了。”

卓米懊悔不已：“当时所有人都以为举报人撒了谎，两公斤毒品可能根本不存在，但是我心里清楚，这些毒品很有可能被谭子明的母亲在第一时间处理掉了，可悲的是，帮他们传话的人竟然是我这个无知的警察。谭子明应该直接被枪毙，但是因为我，他依旧能在这个世界上苟延残喘。”

身体失去控制的卓米，缓缓地往后退了几步，再次涌出的泪水，顺着早已干涸的泪痕又流了下来，他咆哮着：“只要谭子明还活在这个世界上，我这辈子良心都不得安宁，我对不起吴思浩，我对不起他们家的每一个人。”

宋蕊已经泣不成声。

感情得以宣泄的卓米，忽然发现了宋蕊的异样。

“你怎么了……”卓米怜惜地捧起了宋蕊的脸颊。

她仿佛一只折翼的天使，眼睛里有流淌不完的忧伤。

“你怎么了？你到底怎么了？”卓米有些慌乱。

宋蕊小声呜咽，依旧默不作声。

“对不起，我不该对你发火，对不起。”卓米把宋蕊拥入怀中。

“呜呜呜……”抽泣已经变成痛哭。

“对不起，我下次不会了，我心里有苦，我只想说给我爱的人听，我真的不是故意的，真的不是！”卓米无力地摇着头。

忽然，一股巨大的力量推开了卓米。

“宋蕊，你……”

话音未落，两瓣粉嫩的双唇堵住了卓米的嘴巴。

他双手撑起自己的身躯，奋力迎合宋蕊蜜汁般的深吻。

宋蕊一把将卓米推倒在沙发上，白色的衬衫被她硬生生地扯开，这是原始欲望展现出来的惊人力量。

衣服一件件褪去，两人很快缠绵在一起，这一刻的爱，让他们忘却了一切。

十八

对卓米来说，这是一场很深很深的睡眠，得以放松的大脑，在梦中极力编织着一场又一场美妙的场景，这种幻觉让卓米沉醉其中，不能自拔。他真想就这样永远地睡过去。渐渐地，他的听觉变得清晰起来。

“是汽笛声。”

“哗。”

卧室内忽然变得亮堂起来，一米阳光倾洒在屋中。

“有点刺眼，是不是宋蕊拉开了窗帘？”卓米的思维游走在虚幻与现实当中，绵绵的困意令他始终不想睁开双眼。

“吧嗒”一声脆响。

“嗯？这是什么声音？”他在心里猜测。

“刺啦……”仿佛什么东西在灼烧。

卓米皱起了眉头。

很快，屋内弥漫起呛人的烟草味道。

卓米艰难地扭动着有些沉重的头颅，缓缓地睁开眼睛。

“你醒了？”宋蕊披头散发坐在窗沿边，右手上那支在灼烧的烟让她变得有些风尘女子的味道。

“你……”卓米本想起身，可他的双手双脚却感受到了强大的束缚力。

“宋蕊，你这是干什么？”卓米这才发现自己的四肢已经被绳索牢牢捆住。

“想不想听一个故事？”宋蕊始终望着窗外，平静得可怕。

“你到底怎么了？发生了什么事？”卓米此刻彻底清醒，他仿佛已经意识到将有什么不寻常的事情发生。

“我的母亲是一个舞厅的小姐。”宋蕊忽然的一句话，让卓米变得安静下来。

“她在年轻的时候被一个老板包养了，男人最擅长的就是花言巧语，我母亲被包养半年后，怀上了那个男人的孩子。男人口口声声说会给我母亲一个名分，可当B超显示她肚子里的是个女孩时，男人把我母亲一个人丢在了医院，再也没有回来。母亲的所有朋友都劝她打掉这个孩子，最后，她还是坚持把孩子给生了下来，取名叫宋蕊，她希望我长大能像花蕊一样被呵护，不再过像她一样的日子。”

宋蕊面无表情地依在窗边：“人家都说，婊子无情，戏子无义。在我上初中的时候，母亲遇上了自己的真爱，为了这个男人，她情愿扔下自己的亲生女儿，就这样，悲剧再次重演，她和当年那个负心汉一样，离我而去。”

卓米忽然感觉一阵心塞，就好像有个人在掐着自己的脖子，让他心痛得有些窒息。

宋蕊把手伸出窗外，弹了弹烟灰，接着深吸一口，烟雾吐出，屋内又响起了她的声音：“好就好在，母亲没有把事情做绝，在临走时给我留下了足够的积蓄。母亲的离去在我心里留下了很大的阴影，我很害怕孤独，我渴望有人可以依靠，在上高一时，我终于找到了这个人，他叫吴思浩。”

“咯噔！”卓米的心仿佛被掏空了一般：“你，你，你难道……”

宋蕊没有理会，她接着说：“他很帅，是公认的班草，我们班漂亮的女孩有很多，可他偏对我情有独钟，他总是对我说，我身上有种特殊的魅力吸引着他。就这样，我们很自然地在一起了。”

宋蕊脸上露出幸福的笑容：“我和别的女孩不同，我不需要担心家人反对，我可以明目张胆地和自己爱的人在一起，我租住的小屋就是我俩爱的天堂。上高二时，我把自己给了他，那一夜，我这辈子都忘不掉。”

可能是一切来得太突然，卓米短时间内根本无法接受，他不知道该如何去形容自己的心情，接连的打击，让他已经有些麻木，他只是傻傻地坐在床上听着宋蕊继续说下去。

“时间一晃就到了高考，因为我们两个人的成绩都不怎么样，所以只能选了一个差不多的大专院校。思浩的父亲是个地产商，家里很殷实，我们两个不用为钱的事情发愁，课本上不是有这么一句话吗，经济基础决定上层建筑，当一对情侣不再为柴米油盐发愁时，那他们的世界里只会有感情。那时候，我的世界里只有思浩，而他的世界里也只能容得下我一个人。”

话说到这里，宋蕊的语气有些转变：“恋爱时的女人，她的世界里只能容下一个男人，而对于男人来说，他的世界里却还有另一类人，他们有时候甚至比自己的爱人还重要，那就是兄弟。谭子明、思浩是大学时最好的兄弟，因为他们两人的父亲都是做地产生意的，所以他们有共同的话题、共同的爱好、共同的未来，久而久之，他们变得无话不说。”

随着时间的推移，屋外的阳光照得卓米有些睁不开眼睛，唯一能看清的只有宋蕊那不停张合的红唇，她接着说：“大三时，我发现自己怀孕了，我和思浩心里都清楚，这个孩子来得太不是时候，在万分艰难的抉择后，我们还是选择流掉这个孩子。那天早上，思浩带我去了省城最好的妇幼保健院，找了最好的大夫，用了最好的仪器，他这样做的目的就是让我少受到点伤害。那天的手术很成功，医生在我体内刮去了一个葡萄大小的孕囊，也正是这个孕囊让我感到了什么叫绝望。”

心烦意乱的宋蕊，有些神经质地撕扯着自己的长发，她一度陷入痛苦中不能自拔。卓米靠在床头，像个听故事的局外人，不，他本来就是一个局外人。

平静下来的宋蕊接着说：“孕囊需要做病理检验，检验结果显示，我和思浩属于近亲结合，为了证实这一结果，医生又分别给我们抽血做了最为细致的化验。化验的结果显示，我和思浩真的有血缘关系。当天，我发疯似的跑回家里，翻出了母亲留下的影集，原来思浩的父亲，就是曾经包养过我母亲的那个老板，我和思浩是同父异母的兄妹。这个结果在狗血的韩剧中都看不到，竟然被我们撞上了。我以为思浩在得知这个结果后会离我而去，可他告诉我说，我是他的女人，这辈子都是。其实他不知道，在我心里，他是我的全部，是我的命。”

“他……是……我……的……命……”一个字，一个字，就像一把把刺刀，狠狠地扎在卓米的心口，虽然很痛，但是他的嘴角却挂着微笑，这个笑容包含了太多的深意。

宋蕊根本没有在意卓米的情感，她只是一味地在述说：“我以为事情会随着时间的推移慢慢冲淡，可令我万万没想到的是，思浩竟然在一次醉酒之后把这件事告诉了谭子明。思浩傻乎乎地把他当兄弟，可我心里清楚，谭子明曾对我有非分之想。他每次看我的眼神都透着两个字——占有。”

宋蕊又续了一支烟：“谭子明的父亲是个大地产商，非常有钱，思浩的父亲在他面前简直不值一提，但谭子明的身份很尴尬，他是私生子，他的母亲只是一个被包养的情妇。因为身份卑微，所以他得到的财产也少得可怜，谭子明很拜金，他会利用一切资源，不惜一切代价去赚钱。”

“不惜一切代价？是贩毒吗？”卓米已经彻底冷静下来。

“对。谭子明的朋友圈都是一些富二代，毒品对他们来说是一种时尚，谭子明大学毕业后，就干起了贩毒的勾当，而且他的母亲也参与其中。他只向熟人供货，你们公安局想查他，根本无从下手。渐渐地，谭子明因为贩毒赚足了资本，有了钱的他开始变得狂妄，变得目中无人，他曾不止一次威胁我让我离开思浩，否则他就会把我们是兄妹的事抖搂出去。”

宋蕊忽然没了下文，她静静地看着那一缕缕青烟愣神，仿佛元神出窍般钉在那里，一动不动。

烟灼烧后的死灰成团地落在她的指间，她捋了捋垂下的秀发：“那天晚上，谭子明喝多了给思浩打电话，两人相约在淮阳河边，他借着酒劲告诉思浩，他喜欢我，既然思浩不能给我一个名分，为什么不让给他。谭子明是什么人，思浩后来也看得清清楚楚，他想得到我，绝对不是因为爱我，而是想证明自己无所不能，他曾在很多人面前夸下海口，一定要把我从思浩身边抢过来，我在他眼里只不过是一个暂时得不到的玩物。因为这件事，思浩和谭子明彻底翻了脸，撕破脸皮的谭子明威胁思浩，一定会把我们的秘密抖出去，让思浩和我一辈子背上乱伦的骂名。”

“当天晚上你也在场？”事情发展到了这个地步，卓米看着悲痛欲绝的宋蕊，依旧有些心疼。

“我不在……”宋蕊掐灭烟卷，接着说，“其间思浩曾给我打了一个电话。我当时真的很担心，别的不说，如果这件事抖出去，思浩的父亲肯定第一个不同意，思浩在电话里安慰我说：‘我知道谭子明一个秘密，在他住的地方藏有毒品，如果他敢把我们的事情说出去，我们就报警。’思浩为了证实这件事，还给我发了一张他偷拍的毒品照片。可没想到，这通电话竟然成了思浩的临终遗言。”

卓米闭上眼睛，他不想去看眼前的宋蕊，他自己都觉得老天这样一次次地戏耍他没有任何意思。他累了，他真的累了，要不是还能闻到宋蕊身上那特有的体香，他真觉得这就是一场荒诞的梦。

“是报应吗？这是报应吗？”卓米在心里一遍又一遍地问着自己。

宋蕊没有理会，继续说道：“得知了思浩的死讯，我只有一个念头，就是杀了谭子明，我恨不得把他给碎尸万段。”宋蕊的声音又在这狭小的空间里回荡，“但后来一想，这根本不值得，思浩已经死了，他一定不想看到我因为谭子明把自己的命也搭进去，用不着我出手，故意杀人加上贩卖毒品，足够他死一万回！想到这里我也释然了。事发的第二天，我以同学的身份参加了思浩的葬礼，那天正巧你和你师父过来调查这起案件，我本以为你们警察会很快抓到凶手，可没想到，案件竟然还没有任何进展。我在警民联系卡上找到了你师父的电话，把他约在小区的一个巷子里，交给他一封举报信，里面详细记录了谭子明的两个落脚点，我也明确地告诉他，那两块毒品就在他其中一个住处。我本以为这些足以置谭子明于死地，可没想到，他贩毒的事情到后来竟然没有一个人提及，谭子明这个人渣还是活了下来。我以为这一切都是你师父捣的鬼。之后的很长时间里，我开始疯狂地调查你师父，甚至跟你师父的女儿成了微信好友。调查的结果是，你师父身上没有任何疑点，他在第一时间把这个消息公布了出去，只是有人先行一步，把现场给清理了。我第一个反应是，公安局里有内鬼，是他给谭子明通的风、报的信，于是我雇用了私家侦探开始调查，最终让我查出，有人在谭子明被抓期间给他母亲打过一个电话，这个电话的机主就是你。”

宋蕊说完，转头瞟了一眼没有任何表情的卓米：“你师娘曾做过一次换肾手术，手术很成功，术后你师父的女儿拍了一张合影发到了朋友圈中，也是那一次，我终于把你的名字和真人对上了号，你和你师父形影不离，当天你们两个一同来到思浩家调查情况，你完全有机会在第一时间得知举报信的内容，一切似乎都能说得通，于是我认定，你就是我要找的那个人，那个比谭子明还要可恶万倍的内鬼，我把所有的恨，全部发泄在了你身上。”

“你是不是想杀了我？”卓米平静地问道。

“想！”宋蕊没有反驳，“你是警察，却干着见不得人的勾当，在我心里，你就是披着人皮的鬼。”

“披着人皮的鬼，多好的形容。”卓米自嘲地笑了笑。

宋蕊接着说：“谭子明还活着，我们之间的账还没有算清，所以我不能死，但是我也不能看着你就这么安心地活在这世上，我想让你生不如死。”

“所以你就主动接近我？”

“报复一个人，不一定要成为仇人，也可以成为恋人。”

“好一个恋人。”卓米有说不出的心酸。

宋蕊起身走到了卓米面前：“你有没有想过，我要是悄悄给那些黑老大打个匿名电话，说在理发店有个洗头的小弟是卧底，你觉得你的结果会怎样？

“再或者我们结婚，我每天在你的饭菜里放点毒药，你这辈子的生活又是怎样？

“实在不行，我还可以给你生个孩子，用孩子去折磨你，或许也是一个不错的办法。

“我能想到一万种让你痛不欲生的办法，可是为什么？为什么你根本就不是那个十恶不赦的人？原来这一切只是一个天大的玩笑，你也是玩笑的受害者。”

“不，这一切的罪孽因我而起，我应该承担责任。”卓米毅然决然。

“昨天晚上我突然想明白了，一切都应该结束了。”宋蕊的眼神很空洞，像是看破了尘世。

“结束？你想怎么结束？”卓米没有明白她的意思。

宋蕊看了一眼卓米，她的瞳孔蒙上了一层灰白。

“我有句话想问你！”卓米喊住了将要走出房门的她。

宋蕊停下了脚步：“你觉得还有这个必要吗？”

“有，当然有！”卓米在绝望中挣扎，“我就想知道，你有没有爱过我？”

宋蕊微微一怔：“这个问题，应该马上就会有个答案。”

“宋蕊，你干吗，你到底要干吗，你回答我！你回答我！”卓米奋力想坐起，但无济于事。

宋蕊这次再也没有回头，卧室外，传来了防盗门锁死的声响。

冷汗，顺着卓米的额头流下，他突然意识到了什么：“宋蕊……”他一边呼喊，一边拼命地挣脱，可绳索依旧死死地将他捆住，让他动弹不得。

“宋蕊……宋蕊……”他一遍又一遍地喊着她的名字，他多么希望自己的呐喊能得到哪怕一丝回应。

忽然，他的手指触碰到了枕边的苹果手机，他用力地将自己的身体翻滚过来，用下巴抵住了手机的HOME键。

“您好，Siri。”手机的自动提示音响起。

“呼叫师父。”卓米几乎是喊出了声。

“嘟……嘟……”手机信号正在连接。

“师父，快接电话，快接电话。”卓米趴在窗边催促着。

“喂，小……”

“师父……”老陈的话还没说完，卓米便焦急打断。

声音落在老陈耳朵里，已经没有了人腔，一想到卓米还在卧底期间，老陈心中早已奓毛，他心急火燎地问："发生什么事了？"

"河岸小区，8号楼，2单元406室，我被锁在了屋里，师父快过来！"

挂掉电话的老陈不敢怠慢，他从保险柜中拿出配枪插在腰间。卓米目前的身份很特殊，为了不暴露目标，他只能只身前往。

二十分钟的路程，对卓米来说是那么漫长，一种可怕的预感笼罩在他的心头。

几次剧烈的撞击后，防盗门开了。

"师父，我在这里！"

老陈拉上枪膛，循声跑进了卧室，四处观察之后，屋内除了被五花大绑的卓米，再无其他人，老陈把枪重新放回枪套，问道："到底怎么回事？"

"师父，快帮我解开，我一会儿再跟你解释。"

老陈从没见过自己的徒弟如此紧张，他看了一眼系死的绳结，冲进厨房拿出了菜刀。

很快，卓米恢复了自由，他抓起床边的衣服胡乱套上，起身朝门外飞奔。

老陈也快步跟了上去。

短暂可怜的爱情，没有给卓米留下一丝关于宋蕊的线索，卓米甚至开始怀疑，他现在嘴中呼唤的名字是不是也是虚构的？

"宋蕊……"卓米漫无目的地边走边喊。

忽然，一个闪念出现在他脑海里。

“桥头，对，去桥头！”

卓米发疯似的奔向与她第一次见面的地方。

梧桐树下聚满了人，人群中是一具被河水打湿的尸体。

“怎么回事？”老陈拨开人群，第一个冲了过去。

“不知道，这姑娘突然从这里跳了下去，等我们把她救上来时，已经溺水断气了。”救生员这样回答。

“这么年轻，太可惜了。”周围的人议论纷纷。

卓米木讷地站在远处，他感觉不到悲伤，更谈不上心痛，他的大脑空空如也，他甚至回忆不起前一秒的画面。“这到底是怎么了？”他在心里一遍遍地问着自己。

“小……米……”

“小……米……”

他感觉自己像是一个提线木偶，被人拽来拽去。

呼喊的声音也像放慢了的磁带，扭曲得有些怪异。

很快，他的意识逐渐清醒，呼喊声也变得清晰起来。

“小米！”

“师父！”他机械性地回了一句。

“你没事吧？”

“没，没事。”卓米闭上眼睛，揉了揉自己的太阳穴。

“死者是谁？”

“我女朋友……那个你曾经想找到的举报人。”

十九

正午的太阳如同一个极力炫耀自己的纨绔子弟，生怕别人不知道它会发光发热。它就那样高高地挂在天空，藐视着它脚下的每一个人。阳光刺得人睁不开眼睛，空气中到处夹杂着焦煳的味道。

“该死的秋老虎！”炎热使老陈也变得焦躁起来。

卓米坐在副驾驶上一声不吭，他额头渗出的汗珠密密麻麻地串成了线，他很热，但心很寒。

老陈察觉到了异样，没有再发出声音，只是默默地驾驶车辆一路直行。

此时的罗山安静得有些诡异，除非是特殊日子，否则这里鲜有人来，就算是偶然经过的路人，也会不由得加快脚步，好像很担心会打搅到山中的清净。汽车摩擦地面的声音十分刺耳，墓碑上一排排黑白照片目送着两人离开的方向。

车子一路上行，几分钟后，老陈找了一块平坦的路边，把车停稳：“到了，要不要我陪你？”

卓米轻轻地摇摇头，一滴滴汗水随着他头部的摆动落在了衣服上。

老陈有些心疼地看着卓米：“事情已经过去了，你应该尊重宋蕊的选择，不要想太多。”

“我……我知道……”

老陈拍了拍卓米的肩膀，像父亲安慰自己的孩子：“去吧！”

推开车门，一道强光刺入卓米眼中，他的脑袋一阵眩晕，强烈的不适让他紧闭双眼。

“卓米，卓米……”有一个声音仿佛在他耳旁轻轻地呼喊。

“宋蕊？宋蕊，是你吗？宋蕊……”

卓米站在原地四处寻觅，自始至终他都接受不了这个残酷的现实。他恨自己，为什么那天晚上会把压在心里的秘密说出去，如果一切可以重来，他情愿这一切都没有发生过，哪怕宋蕊心中带着恨，哪怕她会报复他，他也不愿意看到宋蕊就这样死去。

卓米的双脚像灌了铅一样动弹不得，他的心口仿佛病变般疼痛不已，短短的四级台阶，他足足走了二十分钟。

那张既熟悉又陌生的脸，在他的瞳孔中逐渐放大。

“我来看你了！”

“和你认识这么久，你也没有告诉我你平时喜欢什么，给你打扫屋子时，发现你很喜欢玫瑰，这束白玫瑰送给你！”

卓米停顿了几秒，仿佛在等待着宋蕊的回答。

“自从第一次见到你，我就深深地被你迷住，你很漂亮、很优秀，对我来说简直是无可挑剔，我也从没奢望你能做我的女朋友，你利用了我，但是我不恨你。当你把真相告诉我时，我就已经有了不好的预感，可是我没想到，你走得这样毅然决然。”

卓米慢慢蹲在墓碑前面，他用手轻轻地摸着那张挂着微笑的黑白照片：“还记得我最后问你的那个问题吗？”

“不，你一定还记得！”

“我问你爱不爱我……”

“我现在已经知道答案了。”

“你知道我喜欢坐在码头的梧桐树下，却偏偏选择了那里，你是不是在告诉我，只要我愿意，你永远都在？”

卓米微微一笑：“其实你真该杀了我，我现在活得比死了还痛苦。真不知道这个世界，我还能相信谁？你告诉我，我该怎么走？你能不能告诉我？”

墓地很空旷，宋蕊的墓地近在咫尺，卓米所说的每一句就像是刀片一层接着一层割开了老陈心中最深的地方，眼角涌出的泪水模糊了他的视线，那张写满岁月痕迹的脸一点点变得湿润：

“小米，是师父对不起你。”

第四章

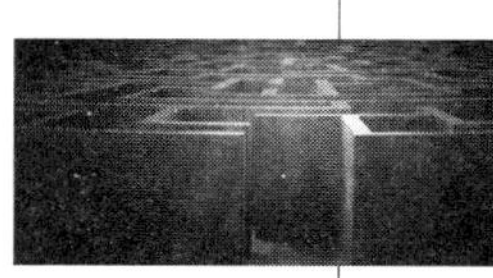

意想不到的结局

Crime of heart

一

湾水市公安局的秘密会议室内，一圈人团坐在会议桌前。

“今天召集大家来，是有重要的情况要通报。”市局一把手赵局长从手提包中掏出了一份红头文件，“一周前，省厅暗访组对我们市的歌舞娱乐场所进行了全面暗访，结果很不理想。”

赵局长顿了顿，接着说道：“几乎全市的相关场所都有涉黄涉赌的现象发生，所以我今天找大家来，就是想从源头铲除这些毒瘤。”

“局长，全听您安排！”

“对，局长您怎么说，我们就怎么做！”

“这些过街老鼠，早就该打！”会议室内的分县局一把手各个义愤填膺。

没有接触公安工作的人可能会很不理解，假如眼前的这一幕出现在电视上，大部分人都会以为这只是装出来表表决心。

“天天打举报电话，为什么还是黄赌漫天飞？”不少人都会有这样的疑问。

其实，公安局内每天接到举报线索最多的就是“黄赌”警情，此类警情核实起来难度很大。如今媒体及影视剧对警察工作的争相播报，导致许多信息都已经泄露。一些涉黄涉赌场所的老板更是道高一尺魔高一丈，望风、蹲点这些招数他们早已烂熟于胸，新闻中就曾报道过，一位浴场老板竟然派驻小弟二十四小时轮班蹲守在派出所门口，只要有警车出动，消息便会第一时间从对讲机内传出去。

警车未到，违法人员就已作鸟兽散。这一幕不禁让人联想到：“是不是警察队伍里有人通风报信？”

“警匪一家”的屎盆子就是这样无形之中扣在了警察头上。

所以公安局从上到下几乎都对这些无法根除的“黄赌”现象深恶痛绝。

看到所有人的反应，赵局长欣慰地点了点头：“既然大家都这么有决心，我决定，从明天开始，部署为期一个月的扫黄赌统一行动，代号为‘飓风’。行动的核心宗旨就是：打掉源头，铲除毒瘤。”

第二天晚上八点，“飓风”行动如期开始，全市共动用警力四千余人，一夜之间，铲除黄赌场所一百余家，全市共处理嫌疑人近千人，这一串串数字，算是给这场行动打了一个开门红。

凌晨一点的“九点半”酒吧，本该是人山人海，可一张“停业整顿通知书”让店里彻底关门谢客。

二楼的VIP包间内，一群人坐在沙发上抽着闷烟。

“熊哥，浴场里的小姐全都被抓走了！”开口的男人名叫赵力，绰号狼狗，在兄弟四人中排行老二。他口中的老大名叫李雄，绰号黑熊。

“浪天，赌场的情况怎么样？”浪天大名叫吴广天，排行老三。

“也被端掉了，刚买的几十台赌博机全部被销毁了。”浪天垂头丧气地回了句。

“秀才，我们这次损失多少钱？”秀才大名梁杰俊，排行老四，专门负责管账。

“桑拿浴、赌场、酒吧这次几乎全部被关了，损失很严重，估计要在上百万。”

“多少？上百万？”兄弟四人中，老二狼狗的脾气最为火爆，他差点儿就要骂街。

“只多不少。”秀才又火上浇了油。

“公安局要是失心疯，一年扫个几次，我们还不喝西北风去？”浪天气愤之下，一拳捶在了沙发上。

“好了，大家都不要吵了！”黑熊的呵斥，让包间内重新变得安静起来。

“你们其余的人都下去吧！”他一声令下，包间内只留下了兄弟四人。

“秀才，咱们现在最赚钱的生意是什么？”

秀才想都没想，便开口说道：“狼狗的酒吧！”

“酒吧？”从黑熊挑起的眉毛不难看出，这个结果令他很意外。

“对！”

“咱们刚起步的时候，不是桑拿浴最赚钱吗？”黑熊平时不管账，所以对盈利一无所知也属正常。

“多亏狼狗胆子大！”秀才咂巴着嘴。

“哦？说来听听？”

狼狗立起了腰杆，一副自信的模样：“熊哥，事情是这样的，我手底下新来两个小弟，以前因为贩毒被处理过，从监狱出来就跟着我混，酒吧光卖酒也赚不了几个钱，所以我就寻思着让他们弄点东西来卖，没想到在酒吧卖这个销量还挺好。”

“有没有什么风险？”黑熊有些谨慎。

狼狗信誓旦旦：“我事先都给他们打过预防针，如果被警察抓住，这两个小弟愿意全都揽下来，跟我们一点儿关系都没有！”

“靠得住吗？”

“绝对靠得住！”

看狼狗如此信心满满，黑熊满意地点了点头。

“以目前的大环境来看，涉黄涉赌的生意根本不好干，这帮孙子输钱了就打电话举报，在浴场花个百十块钱找个小姐，服务不好，也要举报，只要一扫黄赌，就必须进去一个小弟，算上补偿加安置费，蹲一年大牢，一个背黑锅的小弟就要补偿二三十万。浪天说得对，公安局一年要多来几次，我们绝对喝西北风。”

“熊哥，你的意思是？”

“我觉得我们要转行。”

“转行？”

“我有个想法。”黑熊起身打开包间门朝外看了看，确定周围没人后，他把房门锁死，“我想把赌场和桑拿浴的资金撤出来投资酒吧。”

“熊哥，你是说？”狼狗眼睛一亮。

“做黄赌生意太惹事，还不如贩毒来得快。吸毒违法，一般瘾君子不会去报警，只要我们找好替死鬼，绝对是一本万利的事。”黑熊说出了自己心中的想法。

“熊哥，你真是说到我心坎里了。”狼狗欢呼雀跃。

“浪天，秀才，你俩什么意思？都说说看，这里也没有外人。”

“熊哥，”开口的是浪天，“不瞒你说，这个赌场我早就干够了，我觉得咱兄弟要干就干点大事，开个小赌场，弄个桑拿浴没有意思，就算有一天被抓，咱也要轰轰烈烈不是？你说因为开个小赌场被弄进去，这算是什么事啊？”

“说得好！”

“秀才，你呢？”

“当然什么赚钱快弄什么，妈的，‘裤子一脱，管他许多’，干！”秀才也已经完全被感染。

“好，既然咱兄弟几个都同意，趁着停业整顿的工夫，咱们先好好准备准备。狼狗，酒吧是你的场子，你有什么好的意见？”

“目前急需要办的就是把酒吧重新装修一番。”

“装修？现在不挺好的吗？”浪天不解。

“不行，咱们的包间太少了，现在吸毒的都是在包间里玩，你以为是抽烟，还敢明目张胆地来？”狼狗一语惊醒梦中人。

“可地点就那么大，从哪里弄包间去？”

“这个简单，咱们只要把卡座区重新规划一下就行了，每个卡座周围都加上隔板，这样客人可以在里面玩暧昧，也可以直接吸毒，简直就是一举两得！”

“嗯，还是狼狗想得周到，那就按你说的去办！”

“对了，这毒品的来源问题有没有谱？”黑熊话锋一转，又问道。

“这更简单，只要有钱，一切都可以搞定！”

见狼狗拍着胸脯表决心，黑熊端起面前的白酒一饮而尽：“妈的，痛快！”

二

上午八点，理发店的员工刚跳操结束，一辆宝马X5便停在了店门口的停车位上。那张湾D99888的车牌已经把车主的身份显露无遗。

车刚停稳，一位男子推门走了下来，下意识地松了松衣领，那根有小拇指粗的金链子很是晃眼，似乎在透露着一个信息——老子很有钱。

“狼狗？”虽然是第一次见到这个人，但他的照片对卓米来说早就烂熟于心。

“这么早就来了？难不成有事？”卓米正在疑惑中，前台经理已经弓腰跑了过去。

“这不是狗哥吗？您这么早来有事？”

“有个屁事！我就是剪个头，老子准备从头开始了！”狼狗的长相很粗犷，看到娘们儿唧唧的王经理，丝毫没给他一点面子。

“原来是剪头啊，那正好，那正好，今天我亲自给您剪！”

“那就快点，别磨磨唧唧的！”狼狗一脸不耐烦。

“哎哎！”王经理慌忙把狼狗迎进了屋内，然后望向还没有来得及进屋的人群，“来一个洗头的！”

狼狗四兄弟在风口区可谓臭名昭著，谁要是得罪了他，免不了皮肉之苦，傻子都看得出来他正在气头上，心里稍微有谱的店员都不想蹚这个浑水，所以并没有人回应王经理。

“来个洗头的，听见没有？”王经理已经有些急了。

“我来！”卓米举着手走出了人群。

“好样的，今天这个头洗完，我给你放一天假！”不管怎么说，卓米算是给他解了围，王经理爽快地说了句。

“狗……狗哥，里面请！”卓米有些紧张地给狼狗鞠了个躬。

“小伙子年纪不大啊？”狼狗边把包放在存储箱中，边打量卓米。

“十九岁！”

“干几年洗头小弟了？”狼狗有当无地问了句。

“好几年了！”卓米不敢直视。

“刚才门口站那么多洗头小弟，他们都不敢进来，为什么偏偏只有你站出来了？难道你不怕我？”狼狗故作凶相。

“我怕！”卓米战战兢兢地点了点头。

“怕？怕为什么你还要站出来？”

“为了挣口饭吃！”

“好一个为了挣口饭吃！”卓米随口的一句话，竟然让狼狗大为触动。

“小老弟，我知道……”狼狗刚想开口，理发室内响起了一首韩国音乐。

“谁让你们进来的？”狼哥冲着门口的一群人喊道。

“啪！”王经理胆战心惊地把刚刚打开的音响重新关上，屋内又恢复了安静。

“都给我滚出去等着，老子没剪好头之前，你们谁也不能进来！”

“狗哥说了，快快，都出去！”王经理像赶小鸭子似的把店里的人轰出了门外。

狼狗的吼叫声，也惊吓到了卓米。

“我没吼你，你别紧张。”狼狗脸上挂着笑，语气也变得温和了许多。

“哦，哦！”卓米木讷地应了声。

“不瞒你说，小时候，我也当过洗头小弟，也是为了填饱肚子，你刚才说的那句话，我相当理解！”狼狗叹息一声，回忆着以前的酸甜苦辣。

“您也……也……干过这个？”

狼狗抬头看了看墙上的挂钟：“来，抓紧点时间，我还有事，有时间下回再唠。”

“嗯，狗哥里面请！”

卓米熟练地把他领进洗头间的皮椅上躺好。

“这可是千载难逢的机会！”俗话说人生如戏，全靠演技，卓米等了快三个月，还真让他给等到了，刚才做了这么多铺垫，能不能拉近关系，全靠接下来这头要怎么个洗法了。

卓米仔细地打量着头发不是很茂密的狼狗。

“四十多岁，脱发严重，欲望发泄过度，肾功能不好。”

“黑眼圈明显，有长期熬夜的习惯。”

“面色蜡黄，肝功能不好，估计是长期饮酒所致。”

“牙齿有大量烟垢，烟龄五年以上。”

……

狼狗身上的讯息，被卓米逐一解读出来。

“狗……狗哥？”卓米小心翼翼地问了句。

可能在狼狗眼中，卓米身上有他过去的影子，所以他对卓米也相当有耐心，他很客气地回了句：“怎么了？”

“您最近是不是老失眠，而且有时候还有些头疼？”

狼狗眯起的眼睛突然睁开：“你怎么知道？”

“我会推拿，要不要试试？说不定能有所缓解。”

“哦？真的？那正好！”狼狗饶有兴致。

“狗哥要是同意，那我就开始了？”卓米试探性地问道。

“没问题，来吧！”狼狗重新闭上眼睛。

人的头部一共有七大穴位，分别是太阳穴、印堂穴、安眠穴、鱼腰穴、百会穴、风池穴、曲池穴，每个穴位按摩得当都能起到缓解疲劳、放松心情的效果，狼狗身上的异样，可以说在任何一个人身上都能找到一二，经过这几个月的打磨，卓米的手法早就练得炉火纯青。

卓米刚一下手，狼狗就喊了出来：“舒服！”

“哎哟哟，酸爽。”

“对对，这里，这里，加点儿力道！”

卓米按照自己摸索出来的手法，熟练地在狼狗头部的穴位上逐一游走。

“他娘的，按摩完了简直轻松一大截！”狼狗对卓米竖起了大拇指，“这头不能让你白按，一会儿哥赏你一百块小费！”

卓米弓腰成九十度，说了一句：“谢谢狗哥！”

就在这时，狼狗口袋中的手机响了起来，他掏出手机看了一眼，表情突然变得严肃起来：“小伙子，你出去一下！”

卓米很识相地退出了洗头房，并顺带把木门也给带上了。

阿东理发室的洗头房只不过是用乳胶漆木板围起来的一个狭小空间，根本起不到任何隔音效果，再加上店里的其他员工都乖乖地站在外面，狼狗的说话声就像独自一人戴着耳机欣赏音乐那样清晰。

“狗哥，你干啥呢？”电话那边的声音虽然很微弱，依旧可以被卓米捕捉。

“在阿东理发，老子准备从头开始了！”

“我听浪天哥说，咱们的赌场和桑拿浴准备撤资了？”

“对，你小子给我好好干，熊哥已经拍板，钱都往酒吧里投！以后就指着卖货赚钱了！”

“狗哥放心，这事我一定给你办得妥妥的！”

“别他妈嘴上说得好听，货源的事情搞定了吗？”

“我兄弟已经托人联系上了那边，什么样的货都有！绝对可以嗨翻天！”

“好，只要有货，就不愁卖不出去！咱们的场子里，玩货的可多了去了！”

“跟着狗哥走，有烟又有酒！小弟以后可全靠狗哥罩着了！”

“别贫了，等我剪完头，我们见面说！”

电话被挂断，卓米把伸长的耳朵快速收了回来。

“小伙子……”狼狗在屋内喊道。

“狗哥，我现在能进来了吗？”

“进来吧，我赶时间！”

三

夜幕下的乡村让人有一种不寒而栗的诡异感，微风拂过玉米地，发出沙沙的声响，仿佛有人贴在耳边在述说着什么，尤其是在夜晚，这种感觉很真实，真实得就如同一直有人跟在你身后，你走一步，他也跟着走一步。

卓米的脑海中不由得想起了电影中的恐怖片段，一幕幕场景从他眼前滑过，白衣长衫、披肩散发、大眼男孩，这些瞬间就能勾勒出的经典代表，此刻好像就隐藏在这漆黑的夜幕中，窥视着卓米的一举一动。

看着一眼望不到边际的黑暗，卓米感到了莫名的恐惧，脚下的乡间小路起伏不平，以至于他想加快步子都变成了一种奢望。

“我的老家，就住在这个屯，我是这个屯里土生土长的人……”

手机里播放的一首粤语版《咱们屯子里的人》让他宽心不少，他努力跟着音乐的节拍哼了起来。

“汪汪……”

陌生的气味引起了村里的犬吠。

“嗡嗡……”卓米的手机忽然振动起来，来电显示是一串陌生的号码。

“喂？”卓米压低声音。

“把音乐关掉，我就在你附近！”

“在哪里？”卓米原地转了一圈。

“我能看见你，你把音乐先关掉！”

对方很快挂断了电话，卓米随手按下了静音键。

手机屏幕的亮光，让卓米的视觉在黑夜中短暂丧失，他紧闭双眼缓解眼前的不适。

“咯吱，咯吱。”

皮鞋碾压石子的声音越来越重。

“有人来了！”卓米睁开眼睛。

远处一个黑影正快速向他移动。

卓米一步跨在了小路的一边，他生怕对方是不相干的陌生人。

看到卓米的变化，黑影也跟着改变了路线。

“看来真的是找我的！”

“是二叔吗？”卓米对着黑影小声喊了句。

“是，你干啥来了？”对方回应。

“给家里带信来了！”

“那成，回家坐！”

这是老陈交代给小米的接头暗号，话音刚落，黑影一把搂住卓米的肩膀。

“卓米？”

“丧彪？”

“走，前面就是我的屋，进屋说！”

两人步行不过五分钟，一间孤零零的瓦房出现在卓米眼前，丧彪摸黑打开了那扇古董般的双开木门。

“快进来！”丧彪招招手。

卓米不敢怠慢，快速闪进屋内。

木门被重新关闭，随后是一阵木闩锁死的声响。

闻着屋内谷物特有的香味，卓米推测这里应该是一间粮仓。

“啪嗒”，从屋顶耷拉下的灯泡被按亮，两个堆砌得像金字塔似的谷堆证实了卓米的猜想。

“小米警官！”站在他面前的男子有五十来岁，从穿衣打扮看根本不像是庄稼人，相反，他颇有点成功人士的味道。

“你是师父的……”卓米的话只说了半句。

“对，我和老陈是多年的朋友，我叫丧彪！”

“这里是哪里？”

“我在风口区的一个接头点。”

“我师父应该和你交代过了吧。”

“我今天找你来，就是因为这件事。”丧彪给卓米搬了一个板凳，“我和你师父这关系铁得很，这次我愿意揽这个活也是因为有这层关系在，不过有些话，我觉得还是说在前面的好。”

“哦？怎么说？”听丧彪的口气，他好像是做了极大的妥协，这让卓米感觉到了一丝不适。

“风口区虽然属于湾水市，但因交通不便，导致上面管不着，下面很难管的局面，所以现在的风口区几乎就是三不管地带。

“黑熊他们兄弟四个，以前虽然干过恶事，但这都过去多少年了，咱别的不说，很多当年被他们祸害过的人早就离开了风口区。现在他们哥儿几个都转行干了正当生意，你们公安局为啥还要咬着不放呢？”

“这么说，你今天是来劝和的喽？”卓米的脸色有些难看。

在丧彪眼里，卓米只是一个初出茅庐的小屁孩，他本意是想让自己占据主动，可见卓米并非想象中的那么容易对付，他只能见风使舵，换了一种口吻：“小米警官，你别误会，我和黑熊他们几个虽然有点生意上的往来，但我绝对不会向着他们说话，况且有老陈在，我更不会给自己找不快活。”

“那你是什么意思？”

“唉！”丧彪长叹了一口气，“实不相瞒，你们当警察的，根本不知道这帮人有多狠。”

气氛有所缓和，卓米主动递上了一支烟。

烟被吸了半截，丧彪倒出了自己的苦衷：“这帮人是出了名的不要命，我是怕，万一你们公安局掌握的证据不能把他们一锅端掉，我迟早要跟着遭殃。”

“原来你是在担心这个。”卓米一脸轻松。

“怎么？难不成你们真的有把握？”

“当然。”

丧彪有些不确信地摇摇头：“你别骗我了，临来之前，你师父已经跟我透了底，他还让我罩着你呢，你说你们手里能有多少证据？”

“我问你，你对黑熊他们兄弟四个了解多少？”

“我有几个家里的亲戚现在就跟着他们混，其中一个还是中层的小老大，你说我了解多少？”丧彪撇撇嘴。

“那好，我问你，这段时间他们是不是把赌场和浴场的钱都给抽了出来，准备全部投资在九点半酒吧里？”

“你怎么知道？”丧彪一惊。

“还有，狼狗的酒吧里是不是卖了些不该卖的东西？”

“你怎么什么都……”

还没等丧彪说完，卓米继续又“补了一刀”：“如果不出意外，就这几天，他们会派人去南方走一趟。”

“这你也知道？”丧彪突然从椅子上站了起来，他此刻的心情，就仿佛卓米预言了彩票中奖号码那般震惊。

“我说得对不对？”

“前两样想打听倒不难，你怎么会知道他们要去南方？”丧彪此时心里已经翻江倒海，今天晚上之所以和卓米见面，只不过是碍于老陈的面子，走走过场，但听卓米倒出这么多秘密，他不得不重新做打算。

“这么说你也知道了？”卓米皮笑肉不笑地盯着丧彪等待答案。

丧彪能混得风生水起，就是因为他能踩在警戒线上让黑白两道各取所需，卓米既然能说出这么核心的秘密，他也没有隐瞒的必要：“我是今天下午吃饭时刚听我那内侄说的，而且他是喝醉了酒，不小心秃噜出来的，他还千叮咛万嘱咐，让我别说出去，否则他就死定了，说这件事只有几个人知道，你到底是怎么知道的？”

要怪就怪狼狗喜欢上了卓米的按摩手法，所以他想知道这些只言片语的消息并不难。

卓米故作神秘：“你别问我怎么知道的，他们酒吧里卖毒品，这都是秃子头上的虱子——明摆着的事，我想这个你应该知道，你也不用隐瞒。”

丧彪没有说话，表示默认。

“现在黄赌生意不好干了，他们准备把宝全部都押在毒品上，如果我们能掌握他们贩毒的证据……”卓米伸出一根手指，“只需要认定一百克以上，他们四兄弟就别想活着从监狱里出来。”

丧彪在临来之前早就做了两手准备，毕竟谁也不会拿自己的性命做赌注。虽然他和老陈之间的关系不一般，但如果警察要拿他当“探测仪”，他绝对不会上这个钩。他本想着忽悠忽悠，这事就算完了，但听了卓米所说，他的砝码很自然地偏向了警察这一边，长年混迹社会的人，见风使舵是他们的生存之道。

卓米并没有在意丧彪心里在想什么，他接着说：“狼狗这次去南方，就是看货，正好你内侄也有份，如果他们能谈拢，要是能从你内侄那里打听到具体的交货时间和地点，我们警方来个瓮中捉鳖，这事就算结束了，就这么简单。”

“这……”

“当然，你也可以选择不干，这个不勉强，不过有些时候站错队很危险。”

丧彪眉头紧锁，仔细权衡其中的利弊。

“识时务者为俊杰，不知您意下如何？”卓米惬意地把双手抱在胸前等待答案。

为了几条丧家犬去得罪警察，孰轻孰重他能掂量得清楚，考虑清楚的丧彪一下吐出嘴里的烟，回道：“啥也别说了，这件事我干了！”

四

广东省是我国的南大门，毗邻港澳台和东南亚，加上有长达8500公里的海岸线，一直被各路毒枭看作是贯通和渗透内地毒品市场的主要通道，这里也是新型毒品制造商图谋盘踞的重要区域。

蓝口村，广东省一个名不见经传的小渔村，在外人眼里，村民的生活方式可以用与众不同来形容，所有的村民好像跟“劳作”两个字一点儿也扯不上关系，在村口打牌休闲，才是他们一年到头的主业。

然而，一旦有生人靠近，看似其乐融融的景象就会被彻底打破，面对不熟悉的面孔，他们就如同猎犬护食般露出警告的獠牙。

“狗哥……前面就是我们的小渔村啦！”一个宋小宝翻版的男子领着狼狗一行人走在礁石路上。

狼狗借着歇脚的空当夸赞道：“我说黑子，你们这里真是占尽了天时地利人和啊，村子三面环水，这唯一一条路，连摩托车都骑不进来，村口还有放哨的，除非警察会飞，要不然根本奈何不了你们啊！”

“车是开不进来，除非警察用快艇，可那玩意噪声大得很，离老远就能听见。”黑子边走边介绍，“我们全村都是干这个的，一天二十四小时都有人看着，而且我们隔一段时间还会演习一遍，现在我们有十足的把握能在警察赶到之前把手里的原料和半成品全部处理掉，警察搜不到东西，也拿我们没有任何办法。”

“还是你们专业！”狼狗竖起大拇指。

“我们这里是分户经营，每家每户做的东西都不一样，狗哥也是熟人介绍过来的，你们主要是用在什么地方，我好给你推荐推荐！”

“咱们那里就是一个四线的小城市。”

“四线啊……那经济水平……”

“别看咱们那里城市级别不咋样！”狼狗停下脚，灌了一口矿泉水，“可是我们那里是矿产资源城市，地底下全部都是煤炭，煤炭是啥？那可是黑金！”

“是是是！”黑子在一旁奉承。

“矿工一个月的工资基本都在一万上下，所以我们那边的小年轻有钱得很！”

“那这就好办了！”黑子如释重负。

“我在我们当地的实力，相信中间人也跟你说了。”

“对对！狗哥在当地绝对是这个！”黑子竖起大拇指。

“我这次能亲自来，就是诚心想跟你们长期合作。”狼狗拍了拍胸口，“都是混社会的，我也实不相瞒，我今年准备把所有的资金都投到这上面来，到时候量一定不会少，只要你们的质量能保证。”

“狗哥放心，全国来我们这儿拿货的人不在少数，我们就是凭借口碑吃饭的！”

“那就好！钱我有的是！”狼狗使劲地拍打着自己的口袋。

黑子贪婪地舔了舔舌头，没有再接话。

看起来近在咫尺的渔村，一直走了近二十分钟才算到村口。

“哟，黑子带客人来啦？”村口一位镶着金牙的老太太笑眯眯地用当地的语言打着招呼。

“是啊，太奶！”

“是大客户吗？”

“算是！”

“别忘了给你表叔那里带点生意，他刚起步，还要你多照应呢！”

“知道了太奶，您就放心吧！”

黑子简单地寒暄了几句后，几位年过古稀的老者，颤巍巍地把一张八仙桌挪开，一条只供一人进出的巷子出现在几人面前。

“狗哥，你一个人进去就好，别的……”黑子欲言又止。

狼狗瞅了一眼身边的小弟，小弟会意，从腰间掏出一把六四式手枪递了过去。狼狗一把接过，出于礼貌，他把弹夹与手枪分开装入口袋，接着对身边的小弟道：“你们三个在外面等着，我去去就来！”

“是！”

黑子见狼狗是懂规矩之人，弓腰做了一个请的手势：“多谢狗哥，里面请！”

狼狗“嗯”了一声，接着两人一前一后走进了这个神秘的渔村中。

“狗哥，这条就是我们村子的主干道，路连接七十二户人家！”黑子像一个导游，给狼狗详细介绍村子里面的情况。

“这要是胖一点，走一半非得卡住！”狼狗左右打量着狭窄的过道。

“狗哥，这你就不明白了，这种设计也是防警察的。”

“哈哈，都说你们南方人鸡贼，还真是，这地方这么窄，警察要是拿着枪，根本就进不来啊！”

“等跑到了，我们也都散了！”黑子接了一句。

“嗯，不错。”

话题到此结束，黑子又继续介绍道：“我也听中间人说了，狗哥要的货主要是供应给酒吧夜场，酒吧里软货最好卖！”

“软货？啥东西？”

黑子不紧不慢地说：“我们这里的人把那东西分为硬货和软货。硬货就是传统的毒品，比如海洛因、鸦片、可卡因等，这些成瘾性强、依赖性大，但随着这些年公安部门的宣传，很少有人会主动去沾这种东西，所以市场销量并不是很好。

“而软货呢，就是这几年卖得最疯的新东西，也是我们村子主要的生产项目。有摇头丸、K粉、麻古、神仙水等，它们也有成瘾性，但很多年轻人对这种东西很麻木，认为对身体伤害不大，不认为它们是毒品，甚至有的人还拿这些东西减肥，所以这几年，市场上流通的基本上都是这种软货。”

“对，我们场子里就属K粉最好卖！”狼狗没有否认。

“狗哥之前是从哪里拿的货？”

“我们都是从一些二手经销商手里拿的，货的质量那肯定不能跟你们生产的相比！”

“狗哥客气，前面这一家就是专门生产K粉的，我带狗哥进去看看。”

村子里的道路十分曲折，狼狗被黑子带着七绕八绕已经快忘记了来时的路，很快，两人来到一座四合院的门前。高高的院墙，厚重的铁板门，先进的门禁系统，这一切都表明，院墙内肯定圈着不为人知的秘密。

“大嫂，开门！”黑子站在门禁系统前大声喊。

“几个人？”

“只有我和一个客人！”

黑子回答完毕，墙上的旋转式监控对准了门口。

一切确认以后，只听“嘀”的一声，门禁上的指示灯变成绿色。

厚重的铁门缓慢地打开一个缝隙。

“狗哥，里面请！”

在黑子的带领下，狼狗站在了屋内的楼梯间门口，这里有一条通往地下的台阶。

“这个二层小楼只是一个幌子？原来工厂在地下？”

“我们村的所有工厂都在地下，就是防止航空拍摄！”

“考虑得真是太完美了。”狼狗赞不绝口。

“嫂子，这是我带来的客人！”穿过最后一道门禁，狼狗终于见识到了传说中的毒品加工厂。目测有两百平方米，分为六个玻璃间，每个房间内都有一群人身穿防护服在紧张地生产。一袋袋白色粉末如同食盐一般堆放在一起。

“他喊我苗姐！”女人把手伸了过去。

“我应该比你小几岁，喊我狼狗就成！”两人礼貌地握了握手。

“我们这儿主要生产K粉，也是目前市场上销量最好的产品。”苗姐说着把狼狗带到一个玻璃展示柜前。

“我的产品一共分三种。第一种是纯K粉，没有一点杂质。第二种是混合K粉，在纯K的基础上，加入适量的致幻药物。第三种就是目前最销量最好的‘嗨粉’。”

“嗨粉是啥？”

“这算是我们行业的潜规则，嗨粉就是在纯K中，混入一定比例的玻璃粉。”

“啥？玻璃粉？”

黑子接过话茬介绍道：“K粉基本上都是鼻腔吸食，如果在里面掺入玻璃粉，在吸食的过程中，玻璃粉可以刺破鼻腔内的毛细血管，这样K粉就能在短时间内被身体吸收，吸食者能在瞬间产生飘飘欲仙的效果，绝对带劲！”

“还能这样玩？！”

“我们南方百分之九十的K粉都是嗨粉，你要是弄纯K，根本不带劲！”

狼狗经常过着刀口舔血的日子，但听黑子这么说，他还是止不住打了个冷战，他问道：“要是吸时间长了，肺里还不全是玻璃碴？”

“嗨，只要有钱赚，还管那么多？你就当他们吸雾霾了！”

“对对，就当吸雾霾了。黑子老弟，你要是这么说，我心里就得劲了！”这个看似可以说得通的借口，让狼狗也宽心不少。

“我们这里的嗨粉都是自己配好的，可以直接供货，价格绝对划算。”苗姐接过了话茬，“当然，你们也可以买纯K自己回去配，但是我担心你们一不小心玻璃粉配多了，容易弄出人命，咱们生意人，讲究和气生财。”

“苗姐，你放心，我是个大老粗，你只管给我成品就行，我这次来，先弄点样品，看看哪些好卖！”

“没问题！”苗姐打了一个响指，“六子，拿点样品过来！”

“按照我们这里的规矩，第一次买样品，五折优惠！”黑子开始介绍行情。

“行！村子逛完，回头到我车里拿现金。”

“谢谢狗哥！”

五

要说风口区最近一段时间最红火的夜场在哪里，那非“九点半”莫属。每天一个主题派对，一次又一次刷新夜场接待的纪录，各类二、三线明星的频频光顾给夜场积累了超高人气。

现如今，晚上能到“九点半”浪一晚，在年轻人眼里，那绝对是倍有面子的一件事。

酒吧三楼的包间内，随着一扇房门关闭，屋外嘈杂的音乐声被彻底阻隔。

“秀才，我们这一星期赚了多少？”狼狗摇头晃脑地端着酒杯问道。

“比以前翻了几十倍，看来干这个确实挣钱！”

“几十块的成本，卖上千块，你说赚不赚！”狼哥趾高气扬，一副傲气冲天的模样。

“得得，别乐了，我找大家来商议正事！”黑熊摆摆手，示意狼狗坐下。

“哎，大哥，你说！”对于黑熊，狼狗还是相当尊敬。

见众弟兄都坐成了一圈，黑熊接着说：“赌场和桑拿浴已经处理得差不多了，咱们手里的一些地产、商铺我也做好了抛售的准备。”

“嗯，县城里的房子也涨不上价！”作为掌管经济大权的秀才很同意黑熊的做法。

“我是这样打算的，以前是浪天掌管赌场和桑拿浴，狼狗主营酒吧，我主要是房地产，秀才管账。现在赌场没了，桑拿浴也就是一个空壳，狼狗的酒吧是咱们以后的主要经济来源，以后‘出货’这一块就由狼狗负责，浪天负责经营，你们看有没有问题？”

“没有，自家兄弟，怎么都好说！”狼狗回答得很爽快。

“那好，既然狼狗没问题，那这件事就这么定了！”

“没问题！”

“这是第一件事，下面我们来说说酒吧下一步的计划，狼狗，你来谈谈！”

“熊哥，我们酒吧现在的主要收入就是酒水和货，我从南方带来了十几个品种，就目前的销售情况来看，‘嗨粉’和‘神仙水’最好卖，我准备这次多弄一点过来，量一大，成本可以压到最低。”

“行，这点我无条件支持，需要多少量？”

狼狗贪婪地伸出一根手指。

“这是多少？”开口的是秀才。

“一千万！”

风口国际大酒店的豪华包间内，一桌丰盛的酒菜已经准备就绪。

“内侄，你到了没有？”丧彪拿起了电话。

“你就别说那客套话了，跟你叔没必要，今天就是家庭聚餐，来的都是家里人。”

“哎呀，你来了再说，难不成还要叔亲自去请你不成？别废话，快来吧，就等你了。”

挂掉电话，包间内陆陆续续来了不少人，几十分钟后，丧彪朝思暮想的内侄终于推开了包间的大门。

“彪叔！”

“二毛，你现在是混好了，你看看，都多长时间了。”丧彪用手指使劲戳着自己手腕上的手表，有些不悦。

“叔，我不是故意的，我真有特殊情况。”

“彪子，别难为二毛了，他是小字辈，年轻人有年轻人的事，来了就行！”

“对对对，快坐，快坐！”几个六十多岁的长辈劝着。

“彪叔，不好意思！”二毛搬了一个板凳，主动坐在了丧彪身边。

“老规矩，来迟的罚三杯！”丧彪说着举起了酒瓶。

“彪叔，我这两天不能喝酒，有事。”

“你平时就着花生米都能喝一瓶，今天你这么多叔叔大爷在场，你竟然跟我说你不喝？”丧彪气得把酒瓶往桌上一摔。他的举动，让全场瞬间安静下来，单从这一点不难看出，丧彪的辈分虽不是最长，但绝对是最有威望的一个人。

二毛作为晚辈，更不敢顶撞，他吓得差点儿就要给丧彪作揖。

“怎么？今天是不打算给我面子，还是不打算给这些叔叔大爷面子？”丧彪的脸寒了下来。

二毛被搞得实在没有台阶下，但是又敢怒不敢言，于是他起身把丧彪拉到一边：“彪叔，我们到卫生间，我有件事跟你说。”

“有什么事不能在这里说？”丧彪没有起身。

“彪叔，你就给内侄一个面子，我跟你说过，你就知道我为啥不喝酒了。”

一群人看着一桌子饭菜不能下手有些焦急难耐，于是有人开口说道：“二毛还小，彪子你多担待点，说不定他真的有事。”

丧彪等的就是这个台阶，于是他很自然地起身，一把抓住二毛的衣领：“行，既然你叔叔大爷们说了，我就听听你用什么理由说服我！”

“唉唉，彪叔这边走！”二毛说着推开了位于包间拐角处挂着

“卫生间”铜牌的房门。

二毛刚把门关严，丧彪就质问道：“你小子今天是不是不给你叔面子？”

“叔，你说哪次我没给你面子？只不过，这次特殊情况。”二毛很是为难。

“说，到底什么特殊情况？”丧彪不依不饶。

二毛急得双手直搓，不知该如何开口。

“说，怎么不说了？是不是你小子在诓我？”丧彪一脸不悦。

“好吧，我说。”二毛一咬牙，一跺脚，“狗哥安排我这两天去港口接货。他也没跟我说是哪天，所以我真的不能喝酒。”

“接货？接什么货？”

“您就别问了，反正就是货。”

丧彪微微一笑：“前几天我听到风声，黑熊兄弟四个把赌场、桑拿浴全部对外转让，现在又让你去接货，难不成这兄弟四个改邪归正，干起批发的买卖了？”

面对丧彪的调侃，二毛只能守住底线不接腔：“哎呀，叔，您就别问这么多了，我真不能说！”

“得，今天我就饶了你小子。”

见丧彪松了口，二毛长舒一口气：“也就这两天的事，等事情忙完，我一定跟叔不醉不归！”

“成，有你小子这句话就够了！”

六

湾水市公安局，赵局长办公室内，邓大队和老陈分别落座。

“赵局，风口区那个黑势力线索能提前收网了！”邓大队很兴奋。

“等等。”赵局把手举在半空中阻止邓大队继续说下去，接着他起身走到门后，拿了一张“正在接待”的提示牌挂在门把手上，最后房门被他从里面完全锁死，做完这一切，赵局才安心地重新回到座位上，“到底什么情况，快说说看！”

“老陈，你来介绍一下吧！”邓大队示意老陈。

老陈点头应许：“赵局，那我就把这五个月以来我们所掌握的情况跟您做个简要的汇报。”

“你说！”

“这一本是卓米整理出来的摸排情况，里面记录了黑熊四兄弟的组织分工，以及这股势力主要成员的详细信息，根据这些线索，我们已经基本掌握了团伙的全部运作方式。”

赵局长“哦”了一声，很是兴奋，他双手接过那本黑色皮质封面的笔记本。

老陈接着说：“我们外围调查人员核实了曾经被这伙人打击过的受害人，并形成了笔录。”

“干得好！”

“另外，这个黑恶势力从起步到成型的主要犯罪事实我们也都在派人调查，基本上不会有什么疏漏！”邓大队补充了一句。

“嗯，一定要把这帮地头蛇打击到位！”

“除此之外，我的线人还摸出来一个比较重大的线索。”老陈很谨慎地说道。

“什么线索？”赵局长合上了手中的笔记本。

“黑熊这帮人关闭了赌场和桑拿浴，准备下血本投资毒品，我的线人打听到，最近这两天，在港口会有一大批毒品交易。”

“消息可靠？”赵局长再三确认。

“我的线人跟我是几十年老关系了，绝对可靠！”

“赵局，以我们现在掌握的情况，只要这批毒品查实，那我们就有足够的理由把这伙人一举端掉！”邓大队激动得双拳紧握。

“确实是收网的最佳时机，邓大队，你想办法确定好交易的具体时间，剩下的事情我来安排！”

“明白！”

平安港是风口区唯一的一个港口，处于淮阳河的中段，是内陆水运的重要航线之一，由于船只运输成本低，这里顺理成章地成了风口区最重要的交通枢纽之一。

午夜十二点，借着港口昏黄的光亮，一辆货船缓缓靠岸。

夜幕下，几个黑影快速围了过去。

“人来了！”附近的一栋居民楼内，邓大队正端着红外望远镜观察着港口的一举一动。

赵局听言拿起另外一个望远镜："加上船上的一共八个人，看来货不少！"

"一船的货，他们这次到底买了多少毒品？"看着那一箱箱从船上卸下的木头箱子，所有人都倒吸一口冷气。

"邓大队，现在安排人悄悄过去，等货一卸完，争取做到人赃并获。"

"明白。"邓大队领命退出了房间。

因为年龄的关系，老陈并没有参与到这次抓捕行动之中。难得的一时空闲，却忽然被一通电话打断。

老陈拿起手机，是一串没有备注姓名的手机号码，这串数字对他来说并不陌生。

丧彪？这个时候打电话过来，难道情况有变？几百号人已经布置了出去，万一在这个时候出纰漏，老陈对赵局长绝对无法交代，他有些忐忑地按动了接听键："阿彪，怎么了？是不是出幺蛾子了？"

"没有，我就是感觉今天晚上这心里七上八下的。"听丧彪这么一说，老陈悬着的心很快落了下来。

"你说说你，在社会上混这么多年了，什么大风大浪没见过，瞧你那出息！"老陈乐呵呵地说。

"老陈，你在哪儿？陪我出来坐坐，有你在我心里踏实点。"

"我在单位呢，你来不来？"

“别逗了，我最害怕的就是进公安局，你又不是不知道。”

“得，不跟你开玩笑了，你在哪里，我现在过去。”

“那咱们就在我那村屋见，我去准备点好酒好菜。”

“得嘞，马上到，你也不要太担心，天一亮，这件事就算是过去了，你的任务也算完成了！”

“但愿如此吧！”

“收网！”随着赵局长一声令下，上百名荷枪实弹的特警把整个平安港团团围住。

“你们已经被包围了，停止反抗。”大喇叭这样喊道。

包围圈内的一群人被这阵势吓得魂飞魄散，哪里还敢有一点反抗，他们高举双手，表示投降。

很快，一组特警迅速将几人控制，待危险消除，赵局长带头冲进了警戒圈。

“第二小组注意，第二小组注意，封锁整个风口区的交通枢纽！”赵局长调整对讲机的波段，下达了第二条指令。

特警队长递来一根撬棍。

赵局长将撬棍插入木箱的缝隙，随着他“嗨”的一声喊，木箱盖子被完全掀开。周围的人好奇地把头伸了过去。

“这……这……这怎么可能？”特警大队长舌头像打了结一般。

“把箱子全部给我打开！”赵局长额头的青筋暴起。

港口上的特警纷纷上前，几十个木箱很快被全部撬开。

“赵局，全部都是荔枝！”

港口对面的另外一间居民楼内，一伙人正铁青着脸坐在客厅的茶几旁。

“妈的，还好我提前收到了线报，要不然，这次真够我们喝一壶的！”黑熊擦了擦额头冒出的冷汗。

“二毛，多亏你在丧彪面前演了这么一出好戏，他果真是公安局的线人，隐藏得够深的！”狼狗也被吓得不轻。

“是啊，我从小就跟着他混，没想到他竟然是个无间道。”

“这件事办得漂亮，回头亏待不了你！”

“谢谢狗哥！”

“浪天，丧彪现在在哪里？”黑熊咬牙切齿地问道。

“我小弟正跟着呢，丧彪现在正在他的村屋里。”

“在村屋？很好！找个小弟，把他给我做掉，一定不能留活口！”

“好的，老大，我马上去办！”

村屋内，老陈和丧彪围在一张摆满饭菜的八仙桌前。

“你倒是吃啊，老盯着墙上的钟看什么看？”老陈端起酒杯和丧彪碰了碰。

“我说老陈，这个点你们的行动也该结束了吧？”丧彪有些惴惴不安。

“谁知道黑熊他们什么时候上货，我还没接到电话，再等等！”

两人正聊着，村屋的木门突然被一脚踹开，两人下意识地闪开，很快，一梭子弹伴着“突突突”声响打了进来。

“是黑熊的人！”猝不及防的丧彪捂住汩汩往外冒血的胸口，痛苦地挤出了他这辈子的最后一句话。

“嘭！”找到掩体的老陈一枪打在其中一个人的脑门上。

持枪的几个人迅速闪出门外。

老陈用顶着性命换来的一点时间掏出了手机：“卓米，快跑，我们暴露了！”他几乎是喊出了这句话。

“嘭！”屋内再次响起枪声，电话那头的卓米听得真真切切。

“师父，你在哪里？你在哪里？”

“不要……过来……危险……快……快……快跑……”

“师父……”卓米嘶喊着。

可电话那边再也没有了回应……

七

酒精混合尼古丁的气味在充斥着卓米的整个房间。卓米面前的烟灰缸里已经堆起了小山，写着“古井原浆”的白酒瓶狼藉地放在一边，他像一具丧尸般瘫软在沙发上。

“师父……”

“宋蕊……”

“傻强……”

卓米边念叨，边将三张黑白照片逐一立在桌面上。

照片上的三个人，直勾勾地盯着他，仿佛在等待着下文。

卓米又开了一瓶白酒，斟满四杯。

放下酒瓶的他，嘴角先是扬起，接着张开，最后他那放肆的笑声充斥着整个房间。他的笑脸像魔鬼一般恐怖："这个游戏太精彩啦！哈哈哈！"他面目狰狞地扫过面前的三个人。

"你在看我？你在看我？你也在看我？"卓米端着酒杯对着照片一一指了过去，"你们是不是以为我今天疯了？平时在你们眼中傻乎乎的卓米今天怎么变成了这个样子？你们是不是感觉到吃惊？"

卓米把杯中的酒一饮而尽："告诉你们，这才是真正的我，我只不过跟你们玩了一个小小的游戏而已！"

卓米阴着脸："谁让你们先利用我？这就是你们的报应，你们死有余辜！"

他重新倚在沙发上，点了一支烟，让自己稍稍平静下来，他的脸上很快浮起了狂妄的自信："我从小就有一种能力，只要我看到的东西，哪怕是一个动作、一个表情，我都会刻在脑子里，永远都不会忘记，我甚至到现在都能清楚地记起，从小到大受过多少人欺负，我的仇人长什么样。从出生到现在，我从来都是睚眦必报，我八岁时，就曾因为一块糖果把自己的表弟推下河淹死，我是不是很变态？"卓米眯着眼睛，他的表情就像电影里的反派人物那样阴险。

他故意压低声音："我的能力，没有跟任何人提起，包括我的父母，我就喜欢在所有人面前装傻充愣，你们每个人都会认为我是个善良的傻小子，不会把坏人和我画上等号，当年我舅舅也是这么认为的，他一直都坚信表弟的死是因为失足落水，想想真是有趣。”

卓米缓缓地扫过三人的照片，最终他的视线停在了“宋蕊”那里：“你说得没错，我就是一个披着人皮的鬼。哈哈哈……”笑声已经不能用狂妄去形容。

他面露寒光：“你们所做的一切根本逃不出我的眼睛。”

卓米瞪着老陈：“师父，要不是您先给起了个头，我还真没想到游戏竟然如此精彩。当年吴思浩被杀那起命案想必您这辈子都忘不掉吧？”

卓米端起老陈黑白照片前的那杯白酒，酒杯倾斜，散发着刺鼻气味的酒一股脑儿洒在桌面上：“您老先干了这一杯，听我慢慢跟您说……”

他放下空酒杯：“当年我只是出于好奇才趴在审讯室窗前听听怎么审讯杀人犯。技术科问完话出来，我本想一走了之，可没想到被那个叫皮克的痕迹检查员叫住，是他让我看着那个叫谭子明的家伙。我初来乍到，又是外地人，我也不想跟他们结下梁子，而且这本来就是我分内的事情，如果不答应也说不过去，于是我极不情愿地应了下来。

“那是我第一次面对杀人犯，我强装镇定，但还是有些紧张，看着谭子明声泪俱下，我当时确实很同情他，可能是从来没有接触过这行，我对他竟然破天荒地动了恻隐之心。当他提出要给他母亲打个电话时，出于人性的本能，我并没有拒绝，我找不出拒绝的理由。”

卓米端起酒杯，又给老陈倒上了第二杯，他意味深长地说："师父啊，不得不说姜还是老的辣，我自认为自己的思维很缜密，没想到到头来竟然能被你利用，不得不服啊……来，徒弟我再敬你一个。"

卓米给自己斟了一杯："要是换成别人，你这狸猫换太子的把戏或许不会被识破，可不巧的是，你偏偏遇上了我！"卓米一饮而尽。

他打了一个酒嗝："在我旁听审讯时，你曾经出去过，回来时，你的鞋跟还有裤脚都沾有糊状的粉煤灰，在湾水市，只有走到河运的码头附近才会有这种东西，我就租住在码头附近，我心里清楚，你在离开的这段时间里，去了河边，当然，这并没有引起我的疑心。当技术科的人去谭子明的另一个落脚点搜查时，我才仿佛捕捉到了什么。我忽然想起你回来审讯室时曾把我支开，跟谭子明单独待了一段时间，至于你们两个说的什么，我调取监控听得清清楚楚，你表面上是说谭子明贩毒的事情，其实你主要的目的还是提醒他事情已经败露。你走出审讯室时，并没有着急离开，而是在走廊外看着我的一举一动，直到我挂掉电话，你才笑着走开，走廊上的视频探头记录得清清楚楚，你明明知道我违反了规定，但是你没有阻止我，等到我挂完电话，您竟然还笑着离开，你在笑什么？是不是觉得我这个傻徒弟已经中了你的圈套？对，你当时一定是在这么想！你已经猜准了蒙在鼓里的我会被谭子明利用，所以你提前把毒品给换掉了。而谭子明的母亲之后销毁的毒品不过是你换掉的'狸猫'，真正的'太子'其实已经被你藏了起来，你真正的目的就是想吞掉这批货！师父啊师父，您老真是太精明了，把我们三个玩得是团团转。”卓米朝老陈的方向拍了拍手掌。

“当然，这些事我也是之后才发现的，当年我还真以为谭子明贩毒的事情没有被查实是因为我所致，我很担心，也很害怕，我学过法律，我心里清楚，如果这件事追究起来，我真不敢保证，自己的铁饭碗会不会丢掉。知道师娘做手术，我为什么把我买房子的钱都拿出来了呢？”卓米换了一个口吻，“你是不是真的以为我卓米念你那份师徒情？你跟我非亲非故，我凭什么把钱借给你？我才没有那善心！”

卓米面无表情，冷冷地说道：“从小到大，我不敢轻易相信任何人，给谭子明打电话的事只有你知道，我借给你钱，就是想让你欠我一个人情，有了这个当借口，你就可以把这件事烂在心里，我只不过是花钱买个平安而已。”

卓米猛吸了一口烟，辛辣的尼古丁就像是镇静剂一样，让他有了少许的平静，他接着说：“俗话说，聪明一世，糊涂一时，估计你自己都没有在意是在哪里暴露了吧？”卓米眼角的皱纹挤在一起，他的笑容颇有点小人得志的味道，他接着说，“师娘做手术，需要一大笔手术费，你一共借了五十多万的外债，可让我没想到的是，你竟然在一年之内把账全部还清了，你哪儿来的这么多钱？还有，案发当天你为什么要去河边？我借给你钱时，你说一年后准会还给我，你哪儿来的底气？

“师父，你败就败在你太看不起我，你自认为我能受你摆布。”卓米淡淡一笑，“你保险柜的密码，我只看了一眼，就烂熟于心，你每次打开保险柜都背对着我，你的小动作勾起了我强烈的好奇心，你越是背着我，我就越想知道保险柜中到底藏着什么不可告人的秘密。所以我趁你不在单位的时候，打开了你的保险柜，里面的一样东西让我又惊又喜。喜的是，我果然在你的保险柜里看见了被调包的毒品。而惊的是，两大块毒品只剩下了一块半，那消失的半块估计已经变成师娘的医药费了吧？”

“哎呀……”卓米长叹一口气，“您不愧是老刑侦，迂回战术玩得是出神入化，您先借钱给师娘看病，接着再静观其变，等到一切风平浪静，再把毒品变卖用来还账。我没说错吧？”

“可惜啊，可惜……”卓米咂咂嘴，“您的心眼太实诚啦，我看过您藏在保险柜中的笔记本，您说您后悔这么做，还说您玷污了这身警服，所以这件事对您的打击一定很大，于是我也打了个赌，我赌这剩下的一块半毒品您不会再脱手，您大概到现在都想不到，那天晚上我把您的‘太子’又换成了‘狸猫’，怎么样？是不是很刺激？”卓米的奸笑声像极了东厂的太监头子。

“还有更刺激的呢？”卓米继续说，“师父，您大概到死都没想到，我在你办公桌的台灯上装了一个摄像头吧？你每天的一举一动我全部都看在眼里，你果真如我想的一样，把剩下的毒品冲进了下水道，你不贪心，但是我贪，不对，这不应该叫贪。”卓米轻轻掌了一下自己的嘴巴纠正道，“这本来就是我应得的，这是你利用我的代价。”

“哈哈哈……”卓米放肆的笑声又回荡在房间内，许久之后，他端起了傻强照片前的那杯白酒：“毒品既然到手，我要找一个渠道把它变成钱，我不可能亲自出马，我需要一个能被我利用的人，于是我选择了你！”卓米把视线看向了“傻强”。

他一口把手中的白酒干完，擦了擦嘴角：“傻强，你不是一个好人，你以为你天天打着我的幌子在外面欺男霸女我不知道？你大概自己都不知道，我多次跟踪过你吧？有一次你强奸哑巴女的时候，我就蹲在大坝边从头欣赏到尾，不得不说，你小子确实比我想象中的阴毒太多。”

卓米的眼睛中略带鄙夷，他接着说：“所以，我对你从来都留了一手，这次纪委调查，要不是我提前给你录了一段录音，老子差点儿就阴沟里翻了船。你在我心里就是一个不入流的垃圾，你死也是自作自受，怨不得谁。你搞了哑巴女也就算了，你还去弄人家女儿，狗急了还跳墙呢，何况是人，你他妈就是死有余辜。”

卓米啐了口唾沫：“其实就算你不被哑巴女人弄死，我也会把你给杀掉。剩下的一公斤半毒品可都是经你手卖掉的，你到死大概都不知道，你先后十一次送给下家的货，其实就是海洛因，那十一次额外的‘线人费’差点儿被纪委的人看出猫腻，不过还好我有准备，算是虚惊一场。在我看来，你是一颗定时炸弹，所以你必须死，我早就想好了一个完美的谋杀方案，根本不需要我亲自动手。还记得你的第一笔线人费吗？那个系列抢劫案件，带头的那个人叫小虎，自从他们被抓以后，这日子可不好过，这帮孩子虽然年纪小，但是心狠手辣，你说，如果让他们知道你就是那个出卖他们的线人，他们会不会饶了你？假如我再火上浇油一把，估计他们下手的概率会更大。反正他们有人没满十四周岁，杀人也不犯法，如果让他们把你做掉，是不是很完美？”

卓米深吸一口烟，辛辣的尼古丁让他全身的汗毛孔完全张开，一种笔墨难以形容的舒适感袭遍全身，他抬头看了一眼天花板，从他的表情看，他好像在回忆什么：“毒品被我从师父那里偷出来，接着又被傻强变成现金，现在唯一让我担心的就是那个举报人。”

卓米的视线看向了宋蕊的黑白照片：“在码头梧桐树下，我第一次见你时，其实我就想到了一件事，你曾经出现在吴思浩的葬礼上，当然，对于这一点我并没有在意，毕竟湾水市就这么大，人际关系圈本来就很窄，你认识吴思浩也不足为奇。”

卓米端起了宋蕊面前的酒杯：“你很漂亮，是那种一眼看到就很想占有的女人，当然，我也不例外。但我有自知之明，我自认为不会有哪个女孩能像你一样主动。还记得我们第二次见面的场景吗？你让我猜你是做什么工作的，我只是随口一说你是‘工商银行的员工’，你竟然顺水推舟地承认了，那只不过是我在试探你，你却很自然地跳进了我挖的坑，所以我对你起了疑心。我偷偷调查过你，你的一切身份都是编造的，你和我在一起的动机不单纯，这一点我十分确信。”

卓米放下酒杯：“当年吴思浩死后，你能去参加他的葬礼，说明你们两人之间肯定有关联。我的刑警身份，从我们认识的第一天你就知道，而且你不会不知道这起案件是我们中队主办的，按照正常人的思维，你最起码会过问一下这起案件，但是你没有，这根本不符合常理。也许只有两种情况可以解释得通，要么是你真的不记得，要么就是你故意埋在心里，如果让我猜，我更相信是后者……”

卓米用手搓了搓脸颊，从他有些痛苦的表情上不难看出，他好像不想再回忆起关于宋蕊的事情，但平静之后，他依旧继续说道：“后来你的一些举动，证实了我的想法。还记得你来风口区找我那一次吗？我俩一前一后地走在大街上，虽然我背对着你，但是我却从电瓶车的后视镜中观察着你的一举一动，你当时看我的眼神充满了仇恨，我看得真真切切。当我提出要去吃饭，而你执意要去酒吧的时候，我就已经猜到你的动机不纯，所以进酒吧之前，我就已经做好了准备。

“果然不出我所料，你趁我上厕所的空当，给我找了个大麻烦，你失误就失误在太小看自己的对手，你根本不知道我曾练过散打，你这招借刀杀人对我根本不起作用。当我把那三个男人撂倒在地后，你从卫生间里走了出来，可能是夜晚光线太暗，暗到你根本没有注意到卫生间墙面上的洗漱镜，镜子里你那张写满失望的脸，至今还印在我的脑子里。

“原来你一直都想弄死我！”卓米突然有些失落，随后，他接着说，“虽然我知道你恨我，但我始终弄不明白我到底哪里得罪了你。直到后来，我无意间看见了你放在桌子上的便签条，你的一行字迹让我彻底顿悟。是你的字体出卖了你，原来你就是当年那个举报人。”

卓米的笑容再次浮现：“真是踏破铁鞋无觅处，得来全不费工夫，我正愁找不到你，没想到你竟然自投罗网，你对我来说是另外一颗定时炸弹，如果把你处理掉，就再也不会有人知道那两包毒品的事情。你想杀我，一定有你的动机，当年你举报谭子明贩毒，就是想让他死，但后来他判了个死缓，究其缘由就是他的毒品被销毁，警方没有证据指控。师父在这起案件上可以说是全身而退，在外人看来，基本上是天衣无缝。而对于我来说，我毁就毁在，曾经用自己的手机给谭子明的母亲打了一个电话，而且这个也很好调查，只要查通话记录就可以知道。思来想去，你之所以想杀我，就是因为你把我当成了内鬼，那条通话记录，就是你寻仇的线索。所以我假装喝醉，在你面前演了一场好戏，为的就是向你证明，这一切都是意外，而非我本意。不过现在看来，我的演技还不错，估计可以拿个奥斯卡男主角。”

一轮下来，半瓶白酒已经下肚，卓米的思维并没有因为酒精的麻痹而变得模糊：“按照我原先的计划，我先把师父的毒品换出来，再利用傻强当搬运工，把毒品处理掉，接着再把傻强杀掉，最后找到举报人，化干戈为玉帛，这一切是多么完美。”卓米说着把傻强的照片拍在桌面上，只留下了“宋蕊”和“老陈”。

“师父，我真没有打算让你死。”卓米的语气有些沉重，“其实我也知道，你卖毒品是没有办法的办法，你和师娘感情很好，你说过，你为了师娘什么都愿意去做，其实你心里早就知道，师娘换肾的那笔手术费你根本就凑不齐，去掉借我的钱，你大部分都是拿了高利贷，你心里跟明镜一样，现在这个社会，一到关键时刻，什么亲戚、朋友，什么战友、同事，都是扯淡，你要不是被逼得没办法，会去铤而走险？你干了一辈子警察，你比谁都爱身上的警服。”

卓米的眼角忽然涌出了泪花：“师父，说句掏心窝子的话，你利用我，我其实一点都不怪你，这些年你对我的好，我都记在心里。我一个外地人无亲无故，是你把我当成儿子一样，也正是因为这个，我才会想着帮你除掉丧彪。我看过你的笔记本，你的那半块毒品是通过丧彪出的手，你以为你和他的关系很不错，其实在我眼里，丧彪这个人不能信，没出事都好，这万一走了水，丧彪绝对会把你给卖掉，所以我不得不借黑熊四兄弟的手，把他给除掉。没错，抓捕行动的消息是我通知黑熊一伙人的，为了验证丧彪是不是警方的卧底，黑熊故意指使二毛给丧彪设了个局，抓捕行动一开始，其实就是丧彪的死期，可为什么……”

说到这里，卓米忽然一拳砸在了桌子上，他万分不理解地对着老陈的黑白照片问道：“我之前给你打电话时，你不是说你没有参加行动，在单位等消息吗？可为什么你会出现在丧彪的村屋里？要不是这样，你会死吗？

“还有，你当时为什么不打电话请求支援？你为什么要给我打电话？让我跑，让我跑，我他娘的早就跑了，只是你不知道而已……”

不知什么时候，眼泪已经顺着卓米红肿的眼眶滴了下来，泪滴落入酒杯中，溅起大片的水花，他指着老陈埋怨道：“你的枪法我心知肚明，你平时外出手枪有压满膛的习惯，当晚就去了三个人，你完全可以突围，你为什么不尝试突围？还是你根本就不想活着出去？

“你别以为你心里想什么我不知道！”卓米咆哮着，“你曾经不止一次一个人在办公室里用枪抵住自己的太阳穴！我都看得清清楚楚！你其实早就想死了是不是！”

卓米的牙齿紧紧地咬着自己的下嘴唇，他强忍着不让自己哭出声音，此时的他，蜷缩在沙发上：“师父，其实不管你做过什么，你在我心里都是一个好警察，我知道，你内心比任何一个人都煎熬，尤其是宋蕊死了以后，你觉得对不起我，死对你来说是一种解脱，所以你这次用身体挡住了枪眼，你终于完成了自己的心愿，战死在刑侦岗位上，你是烈士，当之无愧。”

卓米接着看向另外一张照片：“宋蕊，我很喜欢你，自从你那天早上跟我说了那番话，我心里就已经释然。其实你不知道，你的过去我根本不在意，如果你愿意，我真的很想这辈子就跟你走下去，但是你为什么这么傻？”

接着他换了一个口吻：“宋蕊，说实话，我挺佩服你的，咱俩年龄相仿，你却能为了你爱的人甘愿牺牲一切，哪怕是自己的身体，你也心甘情愿，扪心自问，如果我是你，我做不到。以你的长相，你完全可以选择另外一条路，可是你没有，我估计这世上像你这样的傻女人，比熊猫还金贵。

“你的死，我真的很后悔，我不该利用你对我的恨，让你成为我的女人，如果我们之间什么都没有发生过，你也不会在最后进退两难，你能感觉到我爱上了你，我同样能感受到在你心里对我的那一点爱，你很清楚，因为吴思浩，我们两个之间不可能有任何结果，你选择去死，其实就是想用这种方法让我彻底忘掉你，只要你不在这个世界上，我就不会那么痛苦地活着，在你眼里，我就是那个单纯的不能被伤害的小米，为了我，你情愿选择这种极端的方式。

“对不起，我骗了你。”

卓米直接拿起酒瓶，灌了一大口，傻强的照片被他重新扶起：“你也是个苦命的人，要不是你的家人把你当垃圾一样扔来扔去，你也不会过这种生活，更不会遇上我。当初我选择你的时候，你在我眼里就已经是个死人，我用自己的身份证给你办了一张银行卡，你以为我是在帮你？”卓米摇摇头，“等哪天你死期到了，我打到你卡里面的钱，到头来不还是我的？我做得是不是很绝？”

沉吟了一会儿的卓米有些伤感地说道：“活在社会上的很多人都喜欢去猜别人的心思，他们愿意把赌注押在自己的猜测上，如果人心真的那么容易被揣测，就不会出现出轨、乱伦之事，太容易相信别人，就是对自己的放纵。

“人生就像一盘棋，不是你利用我，就是我利用你，你们三个都把我当成自己的棋子，可到头来你们有谁能想到，我才是这局棋的最大赢家？

“当你们对别人动歪脑筋的时候，你可曾想过对手会用什么的手段去报复？当你们自认为掌控全局的同时，你们可曾想过自己会成为别人的口中食？

“一旦有人踏出红线，其实就等于打开了一场死亡棋局，而我们的这局棋已经下到了最后，我现在就是站在棋盘上的王者，可这又怎么样呢？”

卓米突然变得失落，眼睛无神地望着窗外，喃喃自语：“这本来就是一个错误的开始，我赢了你们，却输掉了良心！我这辈子都将背负着愧疚！这样的我，算是赢了吗？”

浓烈的酒精，终于在这一刻起了效果，他缓缓地从腰间掏出了配枪，慢慢举到头顶。

“师父，谢谢你临死前给我打的那通电话，这次我不会跑了。”

“宋蕊，不管怎么说，我心里还是有一块地方给你留着。”

“傻强，卖毒品的钱我留给哑巴的女儿了，你造的孽我替你还清了。”

卓米望着三人，眼中噙着泪水：

“到了下面，你们不要怪我，来生，我们再见！”

空荡的房间，响起了一声清脆的枪响。

尾声

剧烈的失重感让卓米忽然惊醒，他“啊”的一声喊了出来。

床头灯的开关被打开，暖黄色的灯光赶走了他的恐慌，过度的紧张让他大口大口地喘着粗气。

呼吸声从大到小，渐渐平静。

卓米摸了一把额头上惊出的冷汗，汗水在他的手心融为一片，他感受着窗外的微风滑过肌肤，迷糊的意识最终被真实感占据，他长出一口气：“原来只是个梦？”

堵在胸口的巨石瞬间落下，他也逐渐变得清醒，他仔细回忆着梦境中那些片段：“为什么这个梦如此真实？”

卓米在虚幻和现实之间显得很困惑。

他闭起眼睛，使劲甩了甩头，他试图用这种方法去忘掉这个荒诞的梦。

就在这时，放在枕边的手机焦躁地振动起来，卓米看了一眼手机屏幕上的“师父”二字，有些不安地拿了起来，在电话接通的一瞬间，卓米像触电般惊在那里，因为电话那头只传来一句话：“东风巷，命案。”

卓米拿起电话的手从耳边垂下，他无神地望向窗外，皎洁的月光下，他一遍遍地问自己：“这一次，我又该怎么做？”

图书在版编目（CIP）数据

迷心罪 / 九滴水著. — 北京：中国友谊出版公司，2017.5
ISBN 978-7-5057-4007-5

Ⅰ. ①迷… Ⅱ. ①九… Ⅲ. ①长篇小说－中国－当代 Ⅳ. ①I247.5

中国版本图书馆CIP数据核字（2017）第068176号

书名 **迷心罪**
作者 九滴水
出版 中国友谊出版公司
发行 中国友谊出版公司
经销 新华书店
印刷 河北鹏润印刷有限公司
规格 700×980毫米 32开
10印张 176千字
版次 2017年11月第1版
印次 2017年11月第1次印刷
书号 ISBN 978-7-5057-4007-5
定价 39.80元
地址 北京市朝阳区西坝河南里17号楼
邮编 100028
电话 （010）64668676

如发现图书质量问题，可联系调换。质量投诉电话：010-82069336